Zum Buch

Das Softwarehaus Curafox hatte bisher mit seinen Kunden immer gut zusammengearbeitet. Aber dann musste mit InfoLogis das verhängnisvolle KI-Projekt APTIL gestartet werden.

Eigentlich bestand das Projekt nur aus einem Vertrag in Papierform. Dafür sollte Software - ein immaterielles Gut - geliefert werden. APTIL war ein Projekt der künstlichen Intelligenz und an sich wertfrei, neutral und unparteiisch. Aber die beteiligten Firmen und Personen hatten bei diesem Geschäft ihre eigenen Vorstellungen, Ideen, Hoffnungen und Ansprüche an das Projekt. Der auf allen Seiten erzeugte enorme Druck lieferte hohes Konfliktpotential. Diese nicht kontrollierbare Gemengelage von unterschiedlichen Erwartungen projizierten sie auf nur eine Person. Die Nerven des Projektmanagers Zven Bergmann hielten dem nicht stand. Er konnte nicht alle Forderungen erfüllen. Er forderte Rache für die erlittenen Demütigungen und Intrigen. Das tragische Gezerre um Macht und Geld begann und die menschlichen Defizite kamen bis zu einem tragischen Ereignis zum Vorschein.

APTIL stand unter keinem guten Stern und riss alle mit. APTIL hatte alle herausgefordert, aber alle hatten in Fairness und Umgang versagt. Die Schuld war ein Kollektiv.

Über den Autor

Dr. rer. nat. Matthias Hallmann (Jahrgang 1959) hat Informatik und BWL studiert und 1988 in Informatik promoviert. Er hat in vielen Führungspositionen in der Softwareindustrie gearbeitet. Die Arbeit in den Branchen der Telekommunikation und der Automobilindustrie hat ihn in den letzten 25 Jahren geprägt. Neben der Softwaretechnik interessierte ihn immer auch der soziologische Hintergrund der Zusammenarbeit im Projektteam. Viele internationale Vorhaben und Projekte hat er in diversen Rollen begleitet und diverse Fachartikel und Fachbücher geschrieben. DAS PROJEKT ist sein Debutroman. Er wohnt mit seiner Familie in der Nähe von Frankfurt.

DAS PROJEKT

ICH HÄTTE. ICH KÖNNTE. ICH WOLLTE.

- ICH HABE!

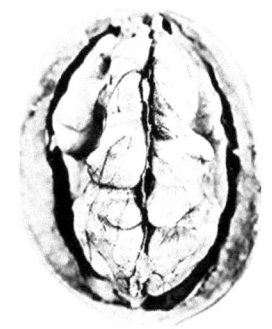

Thriller

Matthias Hallmann

Bibliografische Information der Deutschen Bibliothek
Die Deutsche Bibliothek verzeichnet diese Publikation in der Deutschen Natio-
nalbibliografie; detaillierte bibliografische Daten sind im Internet über die Adresse
http://dnb.ddb.de abrufbar.

Herstellung und Verlag: BoD – Books on Demand, Norderstedt
ISBN: 9783751918961
Cover: Canva/Hallmann, Rödermark
Kontakt: das_projekt@gmx.net
Layout: Canva/Hallmann, Rödermark

Widmung

Gewidmet allen IT-Experten,
die ständig die Erwartungshaltung anderer
managen müssen.

Passt auf euch auf.

Inhaltsverzeichnis

Prolog	9
Kapitel 1. Der Abnahmetest	11
Kapitel 2. Das Programm *HardBeat*	25
– 2 Jahre zuvor	
Kapitel 3. Das Angebot	47
Kapitel 4. Die Meetings	86
Kapitel 5. Das Jubiläum	142
Kapitel 6. Projekt-Befindlichkeiten	156
Kapitel 7. Der Labortest	179
Kapitel 8. Das große Ziel	202
Kapitel 9. Der Projektnachlauf	225
Kapitel 10. Das Projektende	278
Epilog	305
Danksagung	309

Prolog

Nun bin ich wieder draußen. Zwischendurch war ich ein Nichts, jetzt bin ich ein Etwas. Kennst Du mich noch? Ich hatte mehr als genug Zeit nachzudenken. Lange konnte ich keinen Gedanken festhalten und hatte Probleme alles so richtig zu sortieren. Sie haben mich immer wieder verfolgt und ruhiggestellt. Aber nun geht es wieder und ich bin ins Leben zurückgekommen. Was für ein Glück.

Die Geschichte habe ich aus meinen Erinnerungen aufgeschrieben und es ist nun ein Roman und kein Geständnis, sonst kämen sie wieder. Das will ich nicht. Sie haben ja alle meine Berichte gelesen. Offenbar glauben sie mir immer noch nicht. Ich musste daher unter einem Pseudonym schreiben. Aber so, oder so ähnlich hat es sich zugetragen. Erkennt ihr euch wieder? Ich habe alles verloren, trotzdem bereue ich es nicht.

Ich tue euch nichts. Ich will nur leben.

Z.B

9

Kapitel 1. Der Abnahmetest

Niklas von Haasen ging noch einmal zur Herrentoilette. Hier im Gebäude war alles sachlich spartanisch eingerichtet. Der Büroteil war der großen Lagerhalle seitwärts angegliedert und es entsprach modernem Industriestandard. Er nahm Seife aus dem Spender, wusch sich die Hände und schaute in den Spiegel. Er fühlte sich extrem gut. Alles war angerichtet.

„Das Projekt hat Zähne gezeigt. Nun will der Tiger geritten werden", sagte er laut zu sich selbst und prüfte dabei seine Frisur und den Sitz des Hemdkragens. Seine Zähne blitzten werbemäßig strahlend weiß. Er nahm seine randlose Brille ab und prüfte die Sauberkeit der Gläser, indem er sie gegen das Neonlicht hielt. Eine alte Angewohnheit, die er schon selber nicht mehr bemerkte. Der prüfende Blick hatte eher den Zweck der Konzentration, als eine Verunreinigung zu erkennen. Dann zupfte er noch einen Fussel von seinem Hemd, strich sich über die leicht gegelten Haare und faltete kurz die Hände, die er gedreht und weitgedehnt vom Körper hielt, dass die Knöchel seiner schlanken Finger knackten. Dabei spürte er in der Magengegend ein angenehmes Gefühl der Vorfreude. Er betrat kurz die kleine Kaffeeküche und wählte am Vollautomaten einen Espresso aus. Die Maschine pfiff und presste gequält das Getränk in die kleine Tasse. *Die Party kann beginnen.*

Pünktlich um neun Uhr trat er aus dem höhergelegenen Büro auf eine Gitterrostplattform in die gleichmäßig ausgeleuchtete Hochregal-Lagerhalle von InfoLogis, einem großen europäischen Logistikkonzern mit starkem Expansionsdrang.

Die Büros befanden sich seitlich auf der ersten Etage innerhalb der Halle und hatten große Glasscheiben, sodass eine Kontrolle der Halle mit einem Blick möglich war. Von der Büroetage führte eine Gitterrosttreppe von einem offenen Podest hinunter. Die Halle war so groß wie zwei Fußballfelder, mindestens dreißig Meter hoch und die Regale reihten sich dicht an dicht bis zur Decke.

Von Haasen stand noch kurz auf dem offenen Podest und sog die Luft ein. Mit einer Miene, wie ein Feldherr schaute er ins Rund. Er mochte diese Geruchsmixtur aus Stahl, Öl und Pappe nicht. Aber dieses Projekt hatte ihn nun mal hierhin verschlagen. Er war sichtlich stolz, dass alles für den großen Abnahmetest vorbereitet war. Es sollte endlich der lang ersehnte große Tag für ihn werden. Als verantwortlicher Projektleiter von InfoLogis stand er hier im Mittelpunkt und heute könnte er genüsslich seine Dienstleister herumkommandieren. So machte es ihm richtig Spaß. Heute würde er nicht nur einen entscheidenden Karriereschritt bei InfoLogis schaffen, sondern auch sein privates Investmentkonto würde einen Freudensprung vollbringen. Es war sein privates Abenteuer. *Zwei Fliegen mit einer Klappe schlagen – noch acht Stunden*, schmunzelte er. Der Gedanke an diese beiden kommenden Ereignisse versetzten ihn in beste Stimmung. „Out or Up" predigte sein Chef immer. Dies war die Management-Philosophie von InfoLogis. Er stand nun auf der Gewinnerseite. UP.

Das Projektfinale der letzten zwei schwierigen Jahre, sollte sein Triumph werden. Zunächst würde er ein bisschen Show machen und dann…? Dann würde er zum Punkt kommen. Punkt und Linie, das war sein Motto. Fokus und Umsetzung, das forderte er von seinen Dienstleistern, obwohl er selber nicht immer danach lebte.

von Haasen war groß gewachsen, sportlich schlank und immer modisch gekleidet. Die entsprechenden Accessoires einer

12

Mühle Glashütte Uhr und der randlosen Silhouette Brille trug er gerne, aber gelassen. Auf etwas Luxus legte er großen Wert. Ein eloquenter Frauentyp, der sich gut verkaufen konnte. Mit Anfang dreißig durfte er vor zwei Jahren bei InfoLogis endlich ein sehr wichtiges, - nein DAS wichtigste Innovationsprojekt übernehmen. Dieses Softwareprojekt APTIL hatte ihn allerdings in dieser Zeit schon viele Nerven gekostet. Und Schuld hatte diese unfähige Softwarefirma Curafox, mit ihren sogenannten Experten.

Warum haben wir uns überhaupt vor fast zwei Jahren für Curafox entschieden? Na gut, der Preis stimmte damals. Und Curafox war bei den Vertragsverhandlungen so entgegenkommend. Aber das Projekt APTIL dauert nun schon doppelt so lange, als damals geplant, zog er gedanklich eine kurze Bilanz. Die Projektkosten waren wegen des großen Projektverzugs, auch bei InfoLogis ungeplant angestiegen. Das Schlimmste war, dass sein Management auch ihn dafür verantwortlich machte. Er habe den Dienstleister nicht richtig gesteuert, ihm zu viele Freiheiten gelassen und nicht das Maximum herausrausgeholt. Heute wollte er allen zeigen, wer hier versagt hat. Er ließ es nicht zu, dass APTIL oder Curafox ihn in Misskredit brachten. Was einen guten Manager ausmacht, ist die Fähigkeit, andere zu ungewöhnlichen Leistungen zu veranlassen, dozierte er immer bei InfoLogis gegenüber seinen Kollegen. Und die Firma Curafox hatte er sich nun zurechtgelegt.

„Guten Morgen meine Damen meine Herren" begrüßte er das gesamte Projektteam von Curafox und InfoLogis, die sich in der innovativen Hochregal-Lagerhalle eingefunden hatten und in einem großen Kreis zusammenstanden. Er spürte und genoss seine Macht, als er die Gitterrosttreppe langsam hinunterstieg.

„Dann lassen sie uns mal loslegen. Ich hoffe, wir können heute das ganze System endlich abnehmen und sind am Abend mit dem Wesentlichen durch. Das wird sicherlich auch in ihrem Interesse sein Herr Mohring – oder?" Dabei schritt er auf den Angesprochenen zu und gab ihm einen festen Händedruck, nicht ohne diesen mit einem intensiven Blick herauszufordern.

Stefan Mohring war seit ca. einem Jahr der verantwortliche Projektmanager von Curafox. Er hatte nicht ganz freiwillig diese Rolle übernommen, aber die Situation hatte es damals erzwungen. Natürlich musste er einige liebgewonnenen Freizeitaktivitäten hintenanstellen. Er hatte sich damit aber arrangiert.

„Guten Tag Herr von Haasen" begrüßte er sein Gegenüber freundlich und fast unterwürfig. Von Haasens Händedruck hatte es in sich. „Ja, es kann losgehen. Wir haben in den letzten Wochen hart gearbeitet und diverse kleine Fehler in der Software behoben. Wir sind nun bereit. Der Gabelstapler sollte jetzt in der Halle autonom fahren und mit allen Hindernissen zurechtkommen. Die Vernetzung über den Datenaustausch zu ihren Softwaresystemen ist umfangreich. Die Performance passt nun auch. Sie kennen ja die ganzen Tests, Bildmuster und deren Dokumentation. Viele komplizierte Prozesse und Testfälle sind von InfoLogis beigesteuert worden. Also, in welcher Reihenfolge wollen sie beginnen?" Mohring hatte die Hände hinter seinem Rücken gefaltet, als erwarte er jeden Moment den soldatischen Befehl „Stillgestanden".

Von Haasen hörte gar nicht genau hin. Er kannte aus den vielen, vielen Projektsitzungen die ganzen Entschuldigungen und Erörterungen und Verweise auf Verträge, Protokolle und bei InfoLogis angemahnten Beistellungen. Er hatte immer wieder betont, dass er nicht permanent die Probleme geschildert, sondern die Lösung präsentiert bekommen wolle. Er konnte Curafox ja nicht vorwerfen, dass ihr Produkt ROSE-Co schlecht sei. Aber diese inkompetenten Experten brachten ihn immer wieder auf die Palme.

Er schmunzelte, nickte kurz und sah versonnen auf dieses vor ihm stehende Ungetüm von Gabelstapler. Er dachte kurz nach und entschied spontan. „Geben sie mir mal die VR-Brille für den Freitest. Ich werde den Stapler erstmal manuell steuern. Das muss ja auch funktionieren. Ich gehe davon aus, dass meine Projektmitarbeiter unsere Testfälle eh schon abgenommen haben."

Mohring zeigte sich erstaunt und war eher auf einen anderen Testprozess eingestellt. „Sie kennen sich mit den Gesten über den Datenhandschuh aus? Oder soll ich ihnen noch eine kurze Einführung geben?"

„Danke, ich habe die Anleitung gelesen. Die wichtigsten Befehle habe ich hier auf dem Zettel. Es sollte ja selbsterklärend sein", erklärte von Haasen herablassend und mit gespielter Ungeduld in der Stimme.

Ein Curafox-Mitarbeiter reichte ihm die Virtual Reality Brille, die von Haasen über seinen Kopf stülpte, nachdem er seine teure randlose Brille abgelegt hatte. Er sah nach ein paar Sekunden die große Lagerhalle mit ihren vielen fünfzehn, zwanzig und bis zu dreißig Meter hohen Regalen, den schmalen Gängen und dem Freigelände draußen als eingespiegeltes Bild im Screen der Brille. Er hob die VR-Brille kurz hoch und setzte sich auf den Gabelstapler. Diese wendigen Hightech Stapler wogen über acht Tonnen und konnten bis zu dreißig Stundenkilometer schnell fahren. Die mächtigen Gabelzinken konnten mühelos über den dreifach ausziehbaren Hub, Paletten von fast zwei Tonnen in den Himmel wuchten. Dabei wurde die grobschlächtige Technik unter stylischen Formen verborgen, die auch Designer Luigi Collani – der Meister des Schwungs – nicht besser hätte entwerfen können. Die riesige Lithium-Ionen-Batterie wog zweieinhalb Tonnen und hatte eine Spannung von tausend Volt. Über einen Spannungswandler wurden diverse Steuergeräte für die Lenkung, Hydraulik und auch für das große digitale Display mit Strom versorgt. Es schien, als wäre es ein Gigant in dieser Halle. Sie kosteten auch so viel, wie ein Auto der Oberklasse. In Zukunft sollten zwanzig von diesen speziellen Gabelstaplern autonom wie Roboter durch die schmalen Hallenfluchten und auf dem Freigelände fahren und Waren entladen, einlagern, wiederfinden und für den Transport zum Kunden disponieren. Kein Mensch befände sich mehr in der Halle und auf dem Gelände. Dafür stand das Projekt APTIL: *autonomous pallet transportation for InfoLogis*. APTIL war ein Softwaresystem mit künstlicher Intelligenz, dass alles wie von Geisterhand steuern sollte.

Von Haasen ließ sich durch eine Irisvermessung vom System kurz erkennen und registrieren. Mit dem Finger tippte er sein OK virtuell in den Raum. Zu den dabeistehenden Zuschauern nickt er kurz, verbunden mit einem Daumen-hoch-Zeichen. Der Stapler war mit sieben Rund-Um Kameras und diversen Sensoren ausgestattet, er wusste wo seine Ladestation war und seine Zielvorgaben bekam er über ein betriebsinternes Hochleistungs-WLAN gefunkt. Selbständig lagerte er Waren ein und fand sie wieder. Die Lagerorte der unterschiedlichen Maschinenteile in den diversen dreißig Meter hohen Hochregalen waren abhängig vom Durchsatz, dem Gewicht, der Gefährlichkeit der Güter und der sinnvollen Zusammensetzung von Komponenten geregelt. Zu sogenannten Schnelldrehern gab es kurze Wege. Teile, die statistisch oft zusammen geordert wurden, lagen nah beieinander. Alle Wege fand der Roboter völlig autonom und das Be- und Entladen der LKWs sollte wie von Geisterhand geschehen. Für den Mensch wäre das Lager absolut chaotisch aufgebaut.

Der Stapler erkannte nun, dass er in diesem Fall von einem Fahrer seine Befehle übernehmen sollte. Von Haasen triumphierte auf dem Sitz. Er stülpte einen speziellen Handschuh über seine rechte Hand. Über die Gestensteuerung wurden Befehle vom Handschuh an den Server geschickt, dort interpretiert und als Anweisungen an den Gabelstapler geschickt. Dies geschah ohne Verzögerung in Echtzeit. Wie ein Herrscher, der in eine Schlacht zog, bewegte er einzelne Finger oder auch den rechten Arm. Seine Befehle wurden vom Stapler direkt ausgeführt. Auf der VR-Brille konnte er die Halle erkennen und diverse Informationen über die zu transportierenden Waren wurden eingespiegelt. Paletteninhalt, Gewicht, Zusammensetzung, Produktionsorte, Lieferant und vieles mehr, konnten optional abgerufen werden. Eigentlich hätte er dies auch vom Büro oder auch von den Malediven aus steuern können. Faszinierende Technik. Mit der VR-Brille sah man ja, was neben, vor, hinter und über dem Stapler vor sich ging. Aber auf dem Stapler sitzend konnte ihn jeder bei seinem Triumph sehen. Er war sichtlich von der Technik begeistert. Kleinste Gesten wurden von dem Koloss sofort umgesetzt. Und statt dieser klobigen Brille, würde der Mensch in ein paar Jahren Kontaktlinsen mit Mikrokameras tragen. Alles lief erstaunlich gut. Zu gut. Seine kleine Narbe auf der rechten Wange begann zu jucken.

Wie bekomme ich das System nun an seine Grenzen?, überlegte er. *Ich will denen doch zeigen, dass sie versagt haben. Am besten bleibt dieser Stapler irgendwo stehen oder findet die Güter nicht mehr wieder.*

Schnell ließ er den Zeigefinger vorschnellen. Der Stapler nahm sofort Fahrt auf, erkannte aber ein Hindernis, wich diesem aus und fuhr weiter. Von Haasen bewegte nun seinen Finger nach oben und sofort reagierte der Stapler, bewegte den Hubwagen nach oben, erkannte die richtige Palette, entnahm diese vorsichtig, drehte zurück und entlud alles auf einen bereitgestellten LKW, der draußen im Freigelände stand. Von Haasen war einerseits von diesem Roboter entzückt wie ein kleiner Junge, andererseits enttäuscht, da er einen anderen Plan verfolgte. Er hatte Vorsorge getroffen, dass irgendwann ein kritischer Fehler auftauchen müsste. *Dann muss ich halt auf Chrissys Idee der fehlerhaften Datenvernetzung später zurückkommen.* Bei dem Gedanken an Chrissy wurde ihm warm ums Herz.

Er ließ den Stapler durch die vielen Lagerschluchten fahren, erhöhte das Tempo, fuhr direkt auf Hindernisse zu und gab immer wieder neue aufzufindende Teile über ein Blinzeln in der VR Brille frei. Die Hubzinken bewegten sich behände schnell nach oben und unten, als wenn sie der übergroße Taktstock eines unsichtbaren Dirigenten wären. *Wenn ich hier keinen Fehler finde, dann muss das in der angeschlossenen Dispositionssoftware und den anderen Datenschnittstellen nachgewiesen werden,* stellte er fest und ließ den Stapler langsam auf die beobachtenden Projektmitglieder zufahren.

Da steht ja sogar der Bergmann, die Lusche – und winkt. Heute mal nicht so besserwisserisch unterwegs. Will der mir ein Zeichen geben, oder hat er Angst ich fahr ihn über den Haufen? Ganz schön abgenommen hat er. Seine Gedanken sprangen in die Vergangenheit zurück, als Zven Bergmann noch der verantwortliche Projektmanager von Curafox war. Er musste dann das Projekt abgeben.

Bergmanns Frau sah ja gar nicht übel aus. *Genau mein Typ. Da komm ich schon auf andere Gedanken. Wie ausgerechnet dieser Bergmann an die gekom ……?*

Plötzlich wirbelte der Stapler rum, das Bild in der VR-Brille wurde blass und von Haasen musste sich festhalten um nicht abgeworfen zu werden. Anscheinend interpretierte der Stapler diese Haltung falsch und raste nun auf eine Rampe zu. Von Haasen fing an zu schreien. Er zeigte mit dem Befehlshandschuh nach unten, was den sofortigen Stopp zur Folge haben sollte. Keine Reaktion. Das Ungetüm hatte ihn unter Kontrolle. Erst dachte er noch daran abzuspringen, aber die Geschwindigkeit des Kolosses war zu hoch. Er hatte auch Angst, unter die Reifen des Staplers zu gelangen und überfahren zu werden. *Was, wenn ich dann auch noch von den Gabelzinken aufgespießt werde,* schoss es ihm durch den Kopf. In Todesangst riss er panisch seine Augen weit auf, und ein Adrenalinschub durchfuhr seinen Körper. Kurz konnte er sehen, wie Stefan Mohring mit einem geschockten Gesichtsausdruck zu einem PC stürmte und heftig auf die Tasten schlug. Der acht Tonnen Gigant war völlig außer Kontrolle, krachte in ein Hochregal und ließ dieses durch die Kraft des enormen Aufpralls einknicken.

von Haasen hörte noch einen lauten spitzen Schrei. *Galt der ihm?* Ungläubig schaute er zu Chrissy, bevor er von seinem Sitz geschleudert wurde und plötzlich neben den sich rasend schnell drehenden Reifen lag. Schützend hielt er seine Hand vor das Gesicht, während erste Einzelteile aus dem Regal herunterfielen. Ihm wurde schwarz vor Augen. Ein Schmerz durchzuckte seinen Körper, als er sich das Bein verdrehte. Da kam auch schon das riesige Regal mit Wucht auf ihn zu und diverse dort testweise gelagerten Kolben und Motorgestänge fielen auf seinen Brustkorb. Letzte Gedankenfunken blitzten auf. Er spürte schon keinen Schmerz mehr. Sein Körper hatte eine vermeintliche Überlebensstrategie gestartet. Adrenalin und Cortisol wurden ausgeschüttet und er merkte den Stich einer herabfallenden Stange nicht mehr. Nicht mal einen Schrei konnte er von sich geben. Wozu auch? Woher kam das viele Blut? Eine weitere Stange stürzte herab und zermalmte seine Rippen. Er hatte keine Kraft mehr zu schlucken. Ein letzter Gedanke an Chrissy. Es war vorbei. Die mächtige Hubkette des Staplers riss und schnellte wie eine Peitsche durch die Halle, in der ein ohrenbetäubendes Lärminferno dröhnte und traf seinen Kopf. Das Schutzgehäuse der tausend Volt Batterie des Staplers wurde durch eine Pleuelstange durchbohrt. Sie entlud sich durch heftige Blitze. Lichtbögen schweißten die verbogenen Regale teilweise wieder zusammen. Das zerborstene Hochregal stieß noch zwei weitere Regale um.

Weitere gelagerte, große Teile stürzten wie in einer Gerölllawine herab. Der Boden bebte. Von Haasens rechte Hand ragte mit dem Befehlshandschuh aus einem Regal heraus und war unverletzt. Die Szene sah gespenstisch, aber trotzig aus. Der Gabelstapler hatte sich in einem Regal festgefahren und verkeilt. Schnell hatte die Batterie eine Temperatur von über hundertundzwanzig Grad erreicht und eine Selbstentzündung folgte. Die einzelnen Zellen blähten sich auf und barsten. Der entstehende Brand entzündete einige Kartons.

Nach einer gefühlten Ewigkeit war es totenstill. Kein Jammern, kein Schreien. Nur das Zischen des Zersetzungsprozesses der Lithiumverbindung war zu hören. Erste Projektmitglieder von Curafox und InfoLogis lösten sich aus ihrer Schockstarre und stürmten zum Unfallort. Sie sahen die schreckliche Tragödie mit weit aufgerissenen Augen. Von Haasen lag in einer großen Blutlache. Sein Kopf war zerplatzt und Gehirnmasse trat heraus. Sein Oberkörper völlig zerquetscht und der Brustkorb eingedrückt. Die linke Hand und die Beine abnormal verdreht. Es war jedem sofort bewusst, dass von Haasen tot sein musste und keine Erste Hilfe mehr geleistet werden konnte. In den ungläubigen Gesichtern war die reine Panik zu erkennen. Die Münder standen weit auf und die Augen zeigten blankes Entsetzen, wie in einem Horrorfilm. Die totale Verwirrung war jedem anzusehen. Sie alle waren Zeuge eines unvorstellbaren Schreckens geworden. Keiner konnte direkt realisieren, was geschehen war. Keiner konnte schreien.

Nur Zven Bergmann lächelte in sich hinein.
Tilt. Game over. Recht so!

*****

Stefan Mohring riss endlich geistesgegenwärtig einen Feuerlöscher von der Hallenwand, ohne zu wissen, ob er damit die kochende Batterie in den Griff bekommen könnte. Dadurch wurde ein Alarm ausgelöst und eine Sirene begann kurz, laut und schrill zu hupen. Blitze aus mehreren gelben Warnlichtern durchzuckten die Halle wie das Außengelände und verstärkten das Chaos.

Nach rekordverdächtigen fünf Minuten war die Betriebsfeuerwehr und kurz darauf der alarmierte Johanniter Rettungsdienst mit dem Notarzt schon vor Ort. Alle Anwesenden wurden in einen sicheren Bereich geführt. Schnell hatte die Feuerwehr die Hochregal-Lagerhalle abgesperrt und geprüft, ob weitere Regale einstürzen konnten. Das hatten sie schon mehrfach geübt. Jeder Handgriff saß. Mit einem feinen Sprühstrahl kühlten sie die Batterie aus gebührendem Abstand, damit sie über das leitfähige Wasser keinen Stromschlag bekamen. Ein Feuerwehrmann begutachtete, ob gefährliche oder toxische Güter in der Nähe lagerten.
„Wo ist denn das Rettungsdatenblatt für diesen Typ Stapler", schrie ein Feuerwehrmann mit offenbar höherem Dienstgrad seinen Kollegen zu. Sie schauten sich irritiert an, da sie für diesen Gabelstapler kein Datenblatt finden konnten, auf dem normalerweise alle kritischen Komponenten eines Fahrzeugs genau aufgeführt sind. Ein weiterer Feuerwehrmann näherte sich im Laufschritt mit einer Atemmaske dem Unfallfahrzeug, aus dem freiwerdendes Lithium immer noch mit der Umgebungsfeuchtigkeit eine exotherme Reaktion hervorrief. Er suchte mit dicken Handschuhen nach rot eingefärbten Hochvoltkabeln und der bauseitigen Trennstelle, um den Stapler stromlos zu machen. Als es ihm endlich gelang, gab er den anderen ein Zeichen.
Das ganze InfoLogis Gelände war nun in Blau- und Gelblicht getaucht, bis der Gruppenführer dem Notarzt sein ok zum

Betreten der Halle gab. Dieser näherte sich dann dem stark Verletzten und konnte nach kurzen intensiven Untersuchungen auch nur noch den Tod feststellen.

Die parallel benachrichtige Polizei kam mit Blaulicht zum Unfallort und das kriminaltechnische Untersuchungsteam der KTU dokumentierte das vorgefundene Geschehen. Es wurden auf vielen Fotos die Unglückshalle festgehalten und die Zeugen vernommen. Nach einer Stunde traf Moritz Bremer von der Kripo Fulda mit einem Kollegen ein. So einen Fall hatte er auch noch nicht.

Ein Unfall mit einem eigentlich autonom fahrenden Fahrzeug. Warum saß dann überhaupt jemand darauf ?, fragte er sich. Gott-sei-Dank gab es ja genügend Zeugen zum Tathergang, die alle das Gleiche bestätigten. Auch die Identifizierung des Toten war kein Problem. Niklas von Haasen, Projektmanager der Firma InfoLogis, fünfunddreißig Jahre, wohnhaft in Hannover, ledig, keine bekannten Vorerkrankungen oder Behinderungen notierte er in sein Notizbuch. Alle Zeugen waren geschockt aber mittlerweile gefasst. Bis auf eine Frau, Christine Zielke, von allen Chrissy genannt, notierte er. Sie war völlig aufgelöst und bekam immer wieder einen Schrei- und Heulkrampf. Sie musste von anderen gestützt werden. Vermutlich hatte sie ein besonderes Verhältnis zum Toten. Eine weitere Vernehmung konnte Bremer mit ihr erst planen, wenn die vom Notarzt verabreichte Beruhigungsspritze nachließ.

Bremer mutmaßte, dass es sich entweder um einen tragischen Unfall oder eine Fahrlässigkeit bei der Einführung eines neuen Produktes handelte. Er hatte mitbekommen, dass es sich hier um die Abnahme eines neuen Softwaresystems auf der Basis von künstlicher Intelligenz handelte.

„Gibt es nicht so etwas wie Produkthaftung?", rätselte er gegenüber seinem Kollegen Till Hallstein.

„Ja, bestimmt. So etwas habe ich auch noch nicht gesehen."
Aber mit diesem gesamten technischen Kram, Software und
künstlicher Intelligenz kannten sie sich nicht aus. Für Bremer
hieß KI nur kriminalistisches Institut oder
Kriminalinspektion.

„Warum müssen ausgerechnet wir in so eine Logistikhalle
gerufen werden?", fragte er Hallstein, ohne auf eine Antwort
zu hoffen.

Bremer und Hallstein ließen sich von allen Zeugen Namen,
Wohnort und ihre Rolle und Verhältnis zum Toten geben und
notierten jeweils deren erste kurze Zeugenaussage. Sie wussten,
dass dies für weitere Ermittlungen ausschlaggebend sein
konnte.

Eigentlich schien der Fall klar zu sein. Ein tragischer Unfall,
ohne Tatverdächtigen oder Beschuldigten. Also: kurze
Aufnahme, Protokoll schreiben, eventuell ein paar
Vernehmungen mit Abgleich der Eindrucksprofile und dann
war es das. Gut für die Statistik.

Kapitel 2. Das Programm *HardBeat*

– 2 Jahre zuvor

Dr. Albert Gratz rauchte genüsslich einen abendlichen Zigarillo und legte seine schwarze Hornbrille ab. Er versuchte einen zweiten Rauchring durch den ersten zu hauchen, was misslang. Er nahm ein Nosingglas und genehmigte sich zum Zigarillo einen Whisky. *Morgens pushen und abends dämpfen,* sinnierte er und schaute aus dem fünften Stock des gläsernen Hochhauses auf Rödermark herunter, einer Kleinstadt am Rande des Odenwaldes im Süden von Frankfurt. Hier im ländlich geprägten Speckgürtel, genau am fünfzigsten Breitengrad, ließ es sich gut leben. Die örtliche Politik war mal schwarz grün, dann wieder grün schwarz und spielte sich geschickt die Bälle zu. Alle Politiker versicherten ihm allerdings immer wieder, dass man sehr wohl wüsste, was man an Curafox, dem größten hiesigen Arbeitgeber, habe. Durch die ansässige Berufsakademie hatte Curafox auch immer wieder pfiffige duale Studenten rekrutieren und später einstellen können.

In letzter Zeit favorisierte er mehr die Highlands Single Malt, nachdem er früher eher den rauchigen Geschmack der Whiskys von der Isle of Skye bevorzugt hatte. Mit einer kleinen Pipette tropfte er Wasser in das Nosingglas, um die Fassstärke von achtundvierzig Prozent etwas zu reduzieren und geschmacklich zu verändern. Er hielt das Glas gegen das hereinfallende Abendlicht, nippte und umspülte mit dem bernsteinfarbigen Whisky genussvoll den Gaumen.

Mit seinen zweiundsechzig Jahren wollte er sich langsam zur Ruhe setzen und anscheinend änderte sich mit dem Alter auch der Geschmack. Sein Arzt riet ihm sowieso von seiner ganzen Lebensweise ab. Nicht rauchen, mehr Sport, weniger Stress, kein Alkohol. Als CEO und Gründer der Curafox AG hatte er so einiges erlebt. Seit dreißig Jahren arbeitete er für die Automobilindustrie. Er hatte mit den diversen Kunden, den Herstellern, den Zulieferern und auch den Logistikern immer gut zusammengearbeitet. Die Curafox AG hatte sich einen Namen mit ihren hervorragenden Experten und der adaptierbaren Software gemacht. Er hatte sich damals den Namen *Curafox* ausgedacht, der *„fürsorgender Fuchs"* bedeutete. Fürsorge für den Kunden, für die Umwelt und für die Mitarbeiter. Besonders stark waren sie in den Bereichen SAP, Produktion und Logistik, deren Software überall gebraucht wurden.

Die Software für den KFZ-Werkstattbereich hatte er Gott-sei-Dank vor drei Jahren sehr gut verkauft. Mit dem Geld konnte er in das Thema künstliche Intelligenz und Software aus der Cloud einsteigen. Und die Börse hatte dies auch honoriert, seit Curafox im SDAX[1] notiert war. Curafox lag nun bei 360 Millionen Euro Umsatz und hatte fast dreitausendzweihundert Mitarbeiter.

Das war doch schonmal was – oder? Aber hochkommen ist Eines. Oben bleiben ein Anderes. Er zog die buschigen Augenbrauen hoch und kräuselte die Stirn.

---

[1] Der *SDAX* (abgeleitet von Small-Cap-DAX) ist ein deutscher Aktienindex, der am 21. Juni 1999 von der Deutschen Börse AG eingeführt wurde.

So ein Unternehmen konnte man nach über hundert Kennzahlen führen. Heutige Controlling-Systeme analysierten alles. Mal schraubte man etwas an der Produktion, dann wieder im Vertrieb. Mal konzentrierte man sich auf Expansion, dann wieder auf die Kosten. Zentrale Entscheidungen wurden wieder durch dezentrale Organisationen abgelöst. *Stück für Stück, Schritt für Schritt. So bleiben alle Beteiligten lebendig und aufmerksam. Die Softwarebranche hat im Allgemeinen achtzig Prozent Personalkosten. Es ist und bleibt Peoplebusiness. Und sehr gute Leute sind rar.* Er hatte gelernt, dass sehr gute Manager auch sehr gute Mitarbeiter anziehen. Gute Manager locken nur mittelmäßige Mitarbeiter an. Dieses Gesetz galt nicht nur für Manager, sondern auch für gesamte Firmen in der Softewarebranche.

Er schob den Gedanken beiseite und richtete sein Augenmerk auf die vor ihm liegenden Papiere. Die Diagramme und Zahlenreihen zeigten die letzten vorliegenden Kennzahlen des Monatsabschlusses. Und die sahen gerade nicht so umwerfend aus. Im ganzen Jahr verfolgte sie eine Seuche. Kosten, Umsatz, offene Rechnungen, Sales Pipeline: alle Kennzahlen waren nicht im Lot. Wie sollte er darauf reagieren? Es musste nun etwas passieren, ehe es ganz eng wurde. Gratz runzelte die Stirn und atmete schwer ein, als es an der schweren Bürotür kurz klopfte und sein Sohn Benjamin den Kopf hineinstreckte.

„Du bist ja auch noch da?", stellt Benjamin fest, der meist nur Ben genannt wurde. „Hättest dir ja mal einen halben Tag freinehmen können", witzelte er.

„Ja, das wäre schön, aber wir haben doch diese Pressekonferenz und den anstehenden Quartalsbericht. Ich muss da selber nochmal Hand anlegen. Irgendwie gefällt mir das nicht. Komm, setz dich mal dazu." Gratz nahm den Papierstapel und sein Whiskyglas und ging zum Konferenztisch hinüber. Dort breitete er die wichtigen Papiere vor seinem Sohn aus.

„Warum ist bei gleichem Umsatz der EBIT[2] so viel geringer? Die Kosten sind einfach immer noch zu hoch. Die Verwaltungskosten fressen unseren Profit auf. Und dann die immer noch so hohen Investitionen in Indien. Hier, sieh mal! Die müssen jetzt mal ihr Produkt ROSE-Co liefern. Der Logistikmarkt sucht dringend Innovationen im Bereich Robotik und künstliche Intelligenz. Und wir könnten diese automatische Bildanalyse für Lagerhallen liefern."

Sein Sohn Ben nickte. Der Kauf der kleinen indischen Firma war ein genialer Schachzug gewesen. Das Produkt ROSE-Co konnte auch in Gabelstaplern oder anderen Robotern verbaut werden und stand für *„Roboter sees what you collect"*, ein lernendes neuronales Netz. Das *Co* für Collect sollte später noch für andere weitergehende Einsatzgebiete zum autonomen Fahren oder im Gesundheitswesen ausgetauscht werden. Allerdings war die Softwarequalität zurzeit noch verbesserungswürdig. Aber die kleine indische Firma hielt schon beachtliche achthundertundfünf Patente in diesem Bereich der künstlichen Intelligenz.

Software reift wie Bananen – beim Kunden. Wir sind da bestimmt keine Ausnahme, stellte Ben für sich fest. Mit der Software hatten sie Alleinstellungsmerkmale gegenüber der Konkurrenz, insbesondere in Deutschland. Über eine Virtual Reality Brille konnte ein Mensch steuernd eingreifen. Um die Aufgabe zu meistern, würden die Robotersysteme mit Stereo-Kameras ausgestattet, deren Aufnahmen in Bildanalyse-Applikationen fließen. Im Gegensatz zu autonomen Autos, die im Straßenverkehr bestehen sollen, war es hier nicht

---

[2] EBIT (Earnings before income tax) aus der gewöhnlichen Geschäftstätigkeit eines Unternehmens sich ergebender Gewinn ohne Berücksichtigung von Zinsen und Steuern; Finanzergebnis

notwendig, noch andere Sensoren hinzuzuziehen. Denn in den Lagerhallen herrschte stets eine recht gleichbleibende Beleuchtungssituation, so dass zusätzliche Radar- und Laser-Systeme unnötig wären. Diese Erweiterungen sollten später in einem neuen Release des Produktes ROSE-Co dazukommen.

Benjamin Gratz war als Sohn des CEO für alle operativen Prozesse in der Firma Curafox verantwortlich. Er sollte in naher Zukunft seinen Vater beerben. So war es vorgesehen. Aber dafür mussten die achtunddreißig Prozent der Aktienbesitzer, die bei der Groß-Familie lagen, zustimmen. Diese Konstruktion kam noch aus der Zeit, als Curafox noch nicht börsennotiert war und dringend Geld brauchte. Onkel, Tanten, Vettern und andere gaben Geld gegen Anteile. Eigentlich mussten sie das rückblickend nie bereut haben.

„Da habe ich gute Nachrichten für dich, Papa" sagte Ben und goss sich auch einen Whisky ein. „Wir haben die Ausschreibung von InfoLogis bearbeitet. War ein ziemlich harter Brocken und wir haben nur noch eine Woche Zeit. Fachlich passt das und wir können fast fünfundsiebzig Prozent der Anforderungen direkt erfüllen. Der Rest muss nachprogrammiert werden und ROSE-Co muss natürlich in die IT-Umgebung von InfoLogis eingepasst werden. Mit der Kalkulation liegen wir inklusive den Gabelstaplerzukäufen bei 19,8 Millionen Euro und einer Marge von achtzehn Prozent," erzählte Ben selbstbewusst. „Wir können noch etwas runterkommen, wenn wir unsere Inder mit ins Boot nehmen. Die kommen für drei Monate hierhin und programmieren dann zu Hause. Damit gehen die Durchschnittskosten bei den Stunden auf achtundsiebzig Euro runter. Bei den Zulieferern könnten wir noch etwas rausquetschen. Reisekosten sind allerdings immer noch zu hoch. Ich stell dir das mal zusammen und sende dir auch das Risk-Sheet zu. Bei der Risikoeinschätzung liegen wir bei B2, also im mittleren Bereich. Aber alles machbar."

Albert Gratz hatte aufmerksam zugehört und war stolz auf seinen Sohn. Bei jedem großen Angebot wurde eine Risikoabwägung durch die Beantwortung von vierzig ausgewählten Fragen durchgeführt. B2 signalisierte auf der Skala A1 bis D4 zwar ein erhöhtes Risiko, aber das könnte man managen. Intern stellte sich ein Team dann immer Fragen wie:

Haben wir so ein Projekt schonmal erfolgreich gemacht?

Brauchen wir externe Zulieferer?

Haben wir das Know-how?

Kennen wir den Kunden?

Ist er solvent?

Gibt es Währungsrisiken? Und so weiter.

„Sehr gut. Wenn wir das gewinnen, dann machen wir ein Fass auf. Ich freue mich jetzt schon auf die Ad-hoc und Pressemeldung. Dann könnte ich mich auch von einigen Aktien trennen." Das schien alles in die richtige Richtung zu laufen, obwohl Kunden wie beispielsweise InfoLogis anspruchsvoll und sehr kostensensitiv dachten.

„Ben, warte mal kurz. Noch was und zurück zum Tagesgeschäft", rief Gratz Senior seinem Sohn zu, der schon aufgestanden war. „Das InfoLogis Angebot kann uns das Problem in einem Jahr lösen, wenn wir ROSE-Co erfolgreich am deutschen Markt platzieren. Das ist zwar sehr wichtig, aber in Q4 bekommen wir ein riesiges Problem mit unseren Kosten. Hast Du mal den letzten Bericht vom Controlling gesehen?" Gratz zeigt mit seinem Finger auf die diversen vor ihnen liegenden Papiere. „Das ganze Jahr haben wir immer nur gehofft, wir kriegen die Zahlen in den Griff. Aber wir sind zu langsam."

„Ja, ich bin mal kurz über die Berichte geflogen", log Ben Gratz, da der Bericht aus dem Controlling erst vor einem Tag verteilt worden war.

„Ben, du musst dich hier engagieren. Starte ein Effizienzsteigerungsprogramm – sofort. Und ziehe alle

Register. Kosten runter, reisen nur wenn nötig, keine Plätzchen mehr, alle Verträge – auch Mietverträge - durchchecken und nachverhandeln, Firmenwagen runterkategorisieren, Mobiltelefone nur für Projektleiter, Weihnachtsfeier abspecken und und und ... Wir müssen kreativ werden. Hol dir ein kleines Team dazu. Frau Schulte als Finanzer kann dir helfen. Und auch dieser Neue, ähm irgend so ein ausländischer Name. Na ja. Du machst das schon. Aber bitte asap und mit Volldampf!"

Ben Gratz nickte, war innerlich aber erstaunt. Warum gerade jetzt wieder so eine Aktion? Sie waren das Bündel doch schon mehrmals durchgegangen. Und er hatte mit dem großen Angebot für InfoLogis gerade wirklich anderes zu tun. Dieser Befehlston gefiel ihm nicht.

„Gib dem Programm einen Namen und lade nächste Woche das ganze Managementteam zur Telefonkonferenz ein. Jeder Bereich muss hier direkt beitragen. Der Vertrieb und Lürsens Mannschaft auch. Wir setzen denen einfach Ziele. Die müssen dann gehalten werden oder die Leute sind falsch auf ihrem Posten."

Gratz hatte sich nun richtig in Rage geredet und saß nach vorne gebeugt auf dem Sessel. Sein Zeigefinger fuchtelte ruckartig umher. Benjamin nickte nur noch. Immer er und immer wieder diese Hauruckaktionen. *Und immer wieder rein in die Kartoffel, raus aus den Kartoffeln.* Erst wurde der Markt positiv wachsend gesehen und investiert. Dann schwang das Pendel wieder rum und es sollte überall gespart werden. Eine Investition sollte sich auch entwickeln können. So hatte er das im BWL-Studium gelernt. Aber die Software Branche hatte ihre eigenen Gesetze. Und diese war enorm fragil und schnelllebig.

Die Stimmung war nun eingetrübt und angespannt. Was Ben an seinem Vater aber immer mochte: er hatte immer Ziele im Kopf und ging diese mit einer enormen Leidenschaft stringent

31

aber ruhig an. Dabei wurden unterschiedliche Ausgangspunkte und Situationen nicht vermischt.

Und Ben Gratz wäre nicht sein Sohn, wenn er beim InfoLogis-Angebot nicht auch seine alten Beziehungen spielen lassen könnte. Da gab es doch einen, der ihm noch mehr als einen Gefallen schuldete.

*****

„Guten Morgen meine Damen und Herren. Liebe Kollegen. Vielen Dank, dass sie sich so schnell Zeit nehmen konnten und sich in meine Ad Hoc Telko eingewählt haben", begrüßte Benjamin Gratz kühl das ganze Management Team am Telefon. Er saß mit Nadja Schulte, aus dem Controlling zusammen in seinem Büro. Sie war sehr kompetent und ihr immerwährender trauriger Blick gab ihrem Gesicht eine spezielle attraktive Erscheinung. Der burschikose Kurzhaarschnitt passte zu ihr und machte sie jünger. Sie arbeitete gerne für den Junior, da sie schon immer ein Auge auf Ben geworfen hatte. Immerhin war Ben noch nicht verheiratet und man sollte doch jede kleinste verbliebene Chance nutzen. Ihre weit aufgeknöpfte Bluse ließ manchmal einen beabsichtigten Busenblitzer zu. Oft hatte sich Ben vergeblich gegen diesen angenehmen Einblick gewehrt, aber heute ließ er sich nicht ablenken und beugte sich zur Freisprechanlage rüber. Er präsentierte die ausdrucksstarken Folien über ein Videokonferenzsystem auf seinem Laptop, die sie innerhalb von einer Woche zusammengestellt hatten.

Die Abteilungen Vertrieb, Entwicklung, Finanzen, Marketing, Controlling, Personal und der Service waren mit ihren Managern und Top Leuten eingewählt und lauschten der Ansprache. Früher hießen sie auch „Gratz´s Märchenstunde", aber heute übertrug sich sofort eine angespannte Atmosphäre über das Telefon.

„Ich will es heute kurz machen. Sie sehen auf den Folien die wichtigen Kennzahlen für das vierte Quartal." Auf der gestarteten Präsentation sahen alle Beteiligten diverse Zahlenreihen, manche in Rot dargestellt und in der rechten oberen Ecke war jeweils ein Bild eines verschwitzten Ruderachter in Aktion zu sehen.

„Die Zahlen zeigen, dass wir in ein großes Problem laufen, wenn wir nicht schnell reagieren. Da unsere Investitionskosten durch die Neuentwicklung von ROSE-Co sehr hoch waren und das Altgeschäft nachlässt, sinkt unsere Marge. Auch im Verhältnis zum Wettbewerb schließen wir schlechter ab. Ich werde zusammen mit meinem Team ein Effizienzsteigerungsprogramm starten. Es wird *HardBeat* heißen. Sie sehen hier die Ausgangswerte."

Er zeigte, für jeden sichtbar, mit der Maus auf diverse Balken- und Kuchendiagramme, die er vom Controlling zusammengestellt und selber aufbereitet hatte.

„By the way. Es heißt *hard für hart* und nicht *heart für Herz*", unterstrich er, um keine Diskussion aufkommen zu lassen. „Der Begriff kommt aus dem Rudersport und wir sollten uns als Ruderteam begreifen. Jede Aktion, jeder Zug wird ein harter Schlag werden und bringt uns dem Ziel näher. Wir gehen jetzt in den Sprint-Modus. Jeder sitzt im Boot und spielt im Team mit, einer steuert und gibt Kommandos."

Es war mucksmäuschenstill in der Telefonkonferenz. Jedem war klar, wer das Kommando hatte.

„Dies wird keine Paddeltour. Alle Bereiche bekommen harte Vorgaben, die zu erreichen sind", dozierte er weiter. „Sales muss die Winning Quote[3] von zehn zu fünf auf zehn zu sieben steigern. Wir verpulvern hier zu hohe Vertriebsaufwände. Unsere Marketingausgaben werden auf Q1 des nächsten Jahres verschoben. Prüft bitte mal, ob wir auf der Messe auch einen kleineren Stand hinkriegen können. Wir im Controlling werden uns bis Ende des Jahres um Financial Engineering kümmern, das heißt Abschreibungen reduzieren und Rückstellungen aufheben. Wir räumen zum Jahresabschluss richtig auf und ihr könnt nichts in euren schwarzen Kassen zurückbehalten. Damit jetzt schon allen klar ist: wir gehen mit dem

---

[3] Typische Kennzahl aus dem Vertrieb; hier: bei 10 abgegebenen Angeboten wurden nur 5 beauftragt

Wattestäbchen in jede Ecke, das verspreche ich euch. Alle Verträge werden geprüft und nachverhandelt." Ben machte eine kurze Pause und ließ das Gesagte wirken. Dann fuhr er mit ein paar rhetorischen Fragen fort. „Wollen wir kämpfen? – Ja, jeder ist beteiligt. Haben wir eine Chance? – Ja, wir packen die Probleme an? Wird sich der Wettbewerb auf uns stürzen? – Nein, wir haben ein gutes Portfolio. Wir müssen, und liebe Kollegen, wir werden unser Jahresergebnis erreichen. Gibt es dazu Fragen oder Anmerkungen?"

Alles blieb still in der Leitung. Man hörte nur anonymes schweres Atmen und hallende Schritte. Ein eingewählter Manager hatte sein Mobiltelefon nicht stumm geschaltet und hielt es wohl zu nah am Mund während er irgendwo schnaufend eine Treppe hochlief. *Ein Anfängerfehler,* urteilten alle anderen Beteiligten.

„Ok, das ist erfreulich, dass sie die Situation genauso einschätzen. Ist Frank Lürsen auch in der Leitung?"

Lürsen meldete sich in sein Telefon, vergaß aber die Stummschaltung aufzuheben. Als ihn keiner hörte, wurde er von einem Kollegen mit einem ironischen Unterton darauf aufmerksam gemacht.

„Frank, man hört dich nicht."

Nach einem kurzen Räuspern meldete er sich mit „Ach, sorry ohne Stummschaltung geht es nun besser. – Ja, hallo, hier ist Frank." *Der nächste Anfängerfehler,* dachten die anderen.

„ … Ach hallo Frank. In der Entwicklung muss die Auslastung[4] von achtundsiebzig auf fünfundachtzig Prozent

---

4 Mit der Auslastungsquote wird angezeigt, wie viele Stunden eines Mitarbeiters abrechenbar sind

steigen, damit wir den COP[5] – den cost of production – senken können. Kündige im Service auch direkt Freelancer Verträge oder verhandele sie nach. Deine Leute müssen auch mehr Software Changes in den aktuellen Projekten verkaufen. Zehn Prozent vom Auftragsbestand als zusätzliches Umsatzvolumen sollte ein Target sein. Ab sofort machen alle Sales. Und, ganz wichtig, hol endlich die billigen Inder als Programmierer hierhin."

Dr. Frank Lürsen war Mitte fünfzig, eher kleinwüchsig mit kräftiger Figur. Zu seinen Geheimratsecken stand er. Als Mathematiker war er uneitel und machte immer den Eindruck einer Dampfwalze, obwohl er privat verträglich und bodenständig war. Er war ein sehr erfahrener Abteilungsleiter und schon seit Jahren bei Curafox. Mit seinen zweihundertfünfzig Projektleitern, Beratern und Entwicklern war er verantwortlich für alle Kundenprojekte. Bekannt und gefürchtet für sein Mikromanagement, folgte er stur jeder Anweisung seines Seniors oder Junior Chefs. Er dokumentierte in sauberer ordentlicher Schrift jedes Gespräch in seiner Kladde, die sein ständiger Begleiter war. Zahlen zu Projekten hatte er stets parat. Selbstoptimierung war sein Steckenpferd und Optimierung verlangte er auch von seinen Mitarbeitern.

„Kein Problem, mach ich. Ich kipp den Projektleitern die Inder auf den Hof. Sie müssen die dann in ihren Projekten einbauen. Dafür bekommen wir die Experten für andere Projekte frei. Den Wissenstransfer bezahlen wir aus dem Projektbudget. Alles klar", rief Lürsen folgsam in die Leitung, obwohl er wusste, dass es so nicht ging.

---

5 COP: cost of production (Produktionskosten pro Stunde), Gehalt und alle direkt einem Mitarbeiter zuzuordnenden Kosten

Die Projektleiter würden aufschreien, da sie die erfolgreiche Abwicklung ihres Projektes in Frage gestellt sahen. Davon war immerhin deren variables Gehalt abhängig. Die nächsten sechs Monate standen auf Sturm und würden ungemütlich werden.

„Ok, ich will nun alle nicht länger von der Arbeit abhalten. Soweit in Kürze zum internen Vorhaben HardBeat. Und – kein Wort an die Mannschaft. Wir wollen keine Unruhe und gute Leute verlieren. Da vertraue ich auf euer Fingerspitzengefühl. Ich werde mit Nadja Schulze ein Kennzahlensystem als Dashboard mit den Aktivitäten und Vorgaben entwickeln. An den Ampelfarben können sie dann den Erfolgsstand sehen und wöchentlich nachverfolgen. Zunächst steht alles für alle auf Rot! Denkt dran: *You can't control, what you do not measure.* Tschau."

Damit beendete Benjamin Gratz die Telefonkonferenz, legte auf und schloss auf seinem PC den Videokonferenzkanal. Er war mit sich selber zufrieden. Die Nachricht sollte rübergekommen sein. *Man muss immer hundertfünfzig Prozent fordern, damit achtzig Prozent umgesetzt werden. Auch achtzig Prozent sollten reichen,* urteilte er. Nadja Schulte himmelte ihren Gott schmachtend an.

„Großartig Herr Gratz. Ich kümmere mich um das Nachverfolgen der Aktionen. Sie können sich auf mich verlassen. Wenn sie etwas brauchen melden sie sich bitte direkt." Dabei sammelte sie alle Unterlagen zusammen.

Gratz Senior hatte sich anonym eingewählt, aber still verhalten. Sein Sohn machte das schon gut. Er konnte die Mannschaft einfach schärfer ansprechen als er. Vermutlich wurde er in seiner gutmütigen Art von seinen alten Weggefährten nicht mehr ganz ernst genommen. Das Spiel änderte sich. Bald bräuchte man im Vertrieb eher die *Hunter als die Farmer*[6]. *Hunter* wurden eine spezielle, manchmal skrupellose Spezies von Vertrieblern genannt, die eine geringe Bindung zum Unternehmen aufwiesen. Sie waren meist auf ihren Bonus fixiert und blendeten Risiken gerne aus. Die Jäger sollten aktiv das Neukundengeschäft akquirieren, damit sich die Auftragsbücher und die Pipeline wieder stärker füllten.

Es wurde nun langsam Zeit, sich um den Investor zu kümmern, der Curafox in den MDAX[7] hieven sollte, erwog Albert Gratz. Er wollte die Rakete zünden.

*****

---

6 Hunter und Farmer: gängige Unterscheidung von Vertriebsmitarbeitern

[7] Der **MDAX** ist ein deutscher Aktienindex (*Mid-Cap-DAX* – steht für mittelgroße Unternehmen oder entsprechende Börsenwerte)

„Albert? - Schön, dass du dran bist. Hier ist deine Cousine Koletta. Wir müssen uns dringend sprechen. Kannst du morgen Nachmittag bei mir vorbeikommen?" Koletta Storm war die Tochter von Albert Gratz´s Tante und wohnte in einer Villa am Waldrand von Rödermark. Koletta wurde in ihrer Kindheit wegen ihres ausgefallenen Namens aufgezogen, der die weibliche Form von Nikolaus bedeutete. „Kolli", wie sie früher genannt wurde, war etwas älter als er und Witwe eines hiesigen Bauunternehmers, der mit der lokalen Politik gut vernetzt war. Leider litt Kurt an Krebs und war schon früh verstorben. Der ehemalige Bürgermeister, der ihnen dieses schöne Villengrundstück samt Baugenehmigung vermittelt hatte, war ein guter Schulfreund ihres Mannes gewesen. Dafür bekam seine Partei vermutlich einen ordentlichen Wahlkampf spendiert. Koletta war offensichtlich vermögend, angesehen und hatte immer noch viele wichtige Kontakte in der Stadt. Sie fühlte sich noch immer als Prinzessin und ließ andere gerne ihren divenhaften Charakter spüren. Offenbar stand dieser Charakterzug gegen eine Neuvermählung, da auch nach einigen Annäherungen und Angeboten vor Jahren, alle Interessenten den geordneten Rückzug vorgezogen hatten.

Albert willigte gezwungenermaßen zu dem Termin ein, nachdem er seinen Kalender hatte prüfen lassen. Es mussten zwei andere Kundentermine in Frankfurt verlegt werden, aber wenn Koletta anrief, dann schien es auch für ihn wichtig zu sein. Er konnte und musste Prioritäten setzen.

Koletta und ihr Mann Kurt besaßen damals ein großes Grundstück unterhalb des Höhenzuges der Bulau und als Curafox wuchs und neuen Büroraum brauchte, waren die beiden bereit, nicht nur das dreitausend Quadratmeter große Grundstück herzugeben, sondern auch für Curafox fünftausend Quadratmeter neueste hochwertige Bürofläche für vierhundert Mitarbeiter zu bauen. Ihre damaligen Beziehungen zum Bauamt und zum Vorsitzenden des Bauausschusses der Stadt waren Gold wert. Im Gegenzug bekamen sie einen langlaufenden Mietvertrag mit der Curafox AG.

Als Albert pünktlich um 15 Uhr vor der Villa stand, fiel ihm sofort der Jaguar in der breiten Garageneinfahrt auf. Er klingelte und es öffnete sich ein automatisches Tor.

„Da bist du ja. Guten Tag Albert", begrüßte ihn Koletta an der Haustür, die sich noch fast zwanzig Meter hinter dem Tor befand. Die Fenster des Hauses waren vergittert und überall sah er Überwachungskameras. Albert war schon lange nicht mehr hier gewesen. Koletta trug ein teures Luxuskostüm von Chanel und zeigte an den meisten Fingern Goldringe mit Brillanten. Eine lange Perlenkette mit einem eingefassten grünen Turmalin trug sie vor ihrem gewaltigen Busen. Albert überlegte kurz, ob dies nur ihr Alltagsoutfit war. Sie führte ihn in den Salon, wo Kaffee und Tee bereitstanden. Pralinen und Gebäck wurden in einer Kristalletagere angeboten. In zwei Raumecken standen große Blumensträuße in bauchigen Vasen. Ein graumelierter älterer Herr, vermutlich der Fahrer des Jaguars, saß schon auf dem breiten beigen Sofa, und blickte in den riesigen japanischen Garten. Die Landschaftsgärtner waren wohl mehrmals im Jahr willkommen und versuchten, mit kunstvollen Garten-Bonsais und kleinen Felsen ein urwüchsiges, aber harmonisches und in sich geschlossenes Gartenbild zu erzeugen.

„Darf ich vorstellen. Mein Cousin Dr. Albert Gratz, CEO und Gründer von Curafox. Und dies ist Dr. Heise, mein Rechtsanwalt." Albert war erstaunt. Anscheinend war dies kein Kaffeekränzchen. Er setzte sich und sah Koletta und dann den Rechtsanwalt erwartungsvoll an.

„Albert, es ist mir etwas peinlich, aber ich will sofort ganz offen mit dir sein. Curafox hat sich ja phänomenal entwickelt und wahrscheinlich habt ihr enorme Wachstumspläne. Ich war etwas besorgt, dass ihr daher Rödermark verlassen könntet und ich mit dem großen Bürogebäude alleine zurückbleibe. Daher habe ich mich umgeschaut und habe nun ein sehr gutes Kaufangebot eines Immobilienfonds erhalten. Kurz gesagt, ich möchte verkaufen Albert, da meine Kinder und Enkel Geld brauchen und wir dies auch frühzeitig aus steuerlichen Gesichtspunkten weitervererben wollen. Ich werde auch nicht jünger und will nun alles regeln. Daher ist Herr Dr. Heise heute anwesend."

Albert hatte ruhig zugehört, obwohl er innerlich schon etwas in Abwehrstellung ging.

„Koletta, ja Curafox geht es gut und wir wachsen. Aber nein, wir wollen und werden Rödermark nicht verlassen. Das sind wir der Stadt auch schuldig. Wir expandieren eher an anderen Standorten oder im Ausland. Wir haben überall Projektbüros in der Nähe von unseren wichtigen Großkunden und Rödermark bleibt unsere Zentrale", intervenierte er aussichtslos.

„Albert, es ändert sich für Curafox nichts. Der Immobilienfond übernimmt die Immobilie und den Mietvertrag." Rechtsanwalt Heise saß immer noch still dabei.

„Koletta, wenn dein Entschluss schon feststeht, dann brauchen wir ja nicht weiter zu diskutieren. Ich respektiere deine Entscheidung und auch die Weitsicht dein Erbe zu regeln. Dir gehört das Grundstück und das Bürogebäude. So ist es nun mal. Wann soll der Verkauf denn über die Bühne gehen?"

„Herr Dr. Gratz", übernahm der Rechtsanwalt nun das Gespräch. „Das Gebäude ist vom Käufer mit der zwanzigfachen Jahresmiete geschätzt worden. Er ist bereit sofort den Verkaufsprozess zu starten. Die Verträge habe ich schon vorbereitet."

Albert Gratz fühlte sich überrumpelt und vergegenwärtigte sich kurz die neue Situation. „Koletta, gib mir bitte ein paar Tage Zeit zu überdenken, was dies für Curafox bedeuten kann.

Ich möchte mich auch mit Ben und unserem Steuerberater kurzschließen. Geht das?"

„Albert, Ich bitte dich, natürlich. Ich will euch nicht unter Druck setzen. Melde dich, sagen wir - ? – bis Montagabend. Ich danke dir jetzt schon für dein Verständnis in meiner Situation. Ich möchte mein Erbe regeln, solange ich selber noch klar im Kopf bin. Und die Kinder können dann ihren eigenen Weg gehen. Ich will keinen Streit in der Familie."

Albert stand langsam auf und hielt sich kurz an der Sessellehne fest. Dann verabschiedete er sich und ging zur Tür. Hoffentlich merkte keiner, dass ihm etwas schwindelig war.

Er setzte sich kurz in seinen Tesla und atmete mehrmals schwer durch. Dann holte er sein Mobiltelefon hervor und suchte die Nummer seiner Hausbank. Herr Rasch vom Vorstand der örtlichen Bank war sofort für ihn zu sprechen und sie verabredeten für den nächsten Morgen einen Termin. In der Zwischenzeit suchte er seinen Steuerberater und Wirtschaftsprüfer auf. Er wollte mit ihnen eine Idee besprechen. Dazu hatte er mit einem weiteren Anruf bei seiner Controlling Abteilung in Erfahrung gebracht, dass Curafox zurzeit zweiundvierzigtausend Euro pro Monat Miete zahlte.

*****

42

„Herr Rasch, ich brauche ihre Hilfe", fiel er nach einer kurzen Begrüßung mit der Tür ins Haus. Der Bankvorstand saß in einem übergroßen gediegenen Büro mit großer Sitzecke, dickem Teppichboden und modernen Bildern an der Wand. Eine große Bronzefigur stand auf einem kleinen Podest und wurde angestrahlt. Kunden, die selber aktiv wurden, waren Herrn Rasch am liebsten. Außerdem kannte er Albert Gratz und die Curafox AG seit fast fünfundzwanzig Jahren. Man vertraute sich gegenseitig.

„Herr Dr. Gratz. Wo brennt es denn? Wie kann ich helfen? Hat Curafox Finanzierungsbedarf? "

„Ja, nicht direkt. Meine Cousine Koletta Storm möchte unser Bürogebäude an einen Immobilienfond verkaufen. Dagegen spricht eigentlich nichts. Aber ich möchte ihr ein Gegenangebot machen."

„Wollen sie persönlich oder will die Curafox AG die Immobilie erwerben?"

„Es gibt folgenden Plan. Ich möchte eine neue Gesellschaft, die Curafox ImmoServ GmbH gründen. Diese GmbH soll die Immobilie erwerben und meine Frau Cordula und ich sind alleinige Gesellschafter und Inhaber."

„Da sehe ich kein Problem, aber lassen sie uns mal in die Details gehen." Rasch machte eine kurze Pause und goss seinem Gast einen Kaffee ein. „Nun, wir kennen zwar die Bilanzen von Curafox, aber welche Kreditabsicherungen könnten sie denn für die ImmoServ GmbH geben? Und um welche Summe handelt es sich?"

„Als Sicherung wird natürlich eine Hypothek der Immobilie auf ihre Bank eingetragen. Es wird wohl auf eine Investition von circa neun bis zehn Millionen rauslaufen. Zwei Millionen kommen aus meinem Privatvermögen. Das wäre dann eine Eigenkapitalbeteiligung von circa fünfundzwanzig Prozent."

„Herr Dr. Gratz, lassen sie mich mal kurz schauen." Herr Rasch ging zum Schreibtisch und blättere in diversen

Unterlagen. „Wir können Büroimmobilien derzeit leider nur mit sechzig Prozent beleihen. Für den Rest bräuchten wir dann noch andere Sicherheiten."

„Kein Problem. Ich verpfände ihnen acht Prozent meines Aktienanteils an der Curafox AG. Weiterhin beabsichtige ich, die Miete von heute acht fuffzig auf zweiundzwanzig Euro pro Quadratmeter zu erhöhen. Somit kann die ImmoServ eine sehr hohe Tilgungsrate akzeptieren. Das Geld bleibt ja sozusagen in der Familie. Mit meinem Rechtsanwalt werde ich einen wasserdichten unkündbaren Mietvertrag zwischen der ImmoServ und der Curafox AG über zwanzig Jahre und jährlicher Anpassung schließen. Ich selber kann ja beide Verträge unterschreiben."

„Ok, gut. Verstehe. Sie belasten ihre AG mit höheren Mietzahlungen, dafür fliest mehr Cash in die neue GmbH, deren Inhaber sie und ihre Frau sind. Herr Dr. Gratz, wir kommen ins Geschäft, da sehe ich auch bei ihrer Bonität überhaupt kein Problem. Ich kann ihnen, unter diesen Bedingungen eine Verhandlungslinie in Höhe von bis zu neun Millionen einräumen." Der Banker tippte noch wild auf einer Tastatur, sah immer wieder konzentriert in den übergroßen Bildschirm und druckte endlich eine entsprechende Zusage mit den aktuellen Konditionen aus.

Albert Gratz verließ sichtlich erleichtert die Bank und fuhr direkt nach Hause, um seine Frau von dem Vorhaben zu unterrichten. Cordula Gratz war an Geschäften eher weniger interessiert, hörte aber gespannt zu.

„Cordula, du wirst bei der ImmoServ formal Geschäftsführerin und bekommst dafür ein Gehalt. Deinen Jeep und das Cabrio lassen wir dann auch über diese neue GmbH laufen. Die wenige Verwaltungsarbeit macht der Steuerberater nebenbei mit. Du brauchst nichts machen. Wir beschränken die Haftung auf die notwendigen fünfundzwanzigtausend Euro und der Notar kann nach der Einzahlung die Handelsregistereintragungen veranlassen. Alles kein Problem." Gratz liebte seine Frau immer noch. Die vielen Ehejahre taten dem keinen Abbruch. Er hatte auch nie eine Affäre gehabt. Jedenfalls keine wirklich Richtige, meinte er. Er bezog Cordula immer in seine wichtigen Entscheidungen ein. Ihre Meinung war ihm wichtig, obwohl er sich das letzte Wort vorbehielt.

„Sollen wir nicht Ben mit dazu holen?", fragte Cordula etwas ängstlich.

„Später, jetzt möchte ich schnell den Deal abschließen." Damit beschlossen beide vorab schonmal den Notar zu informieren.

Schon am Sonntag machte Albert Gratz seiner Cousine Koletta per Telefon ein Kaufangebot über 9,5 Millionen Euro. Koletta überlegte nur kurz und willigte dann schnell ein. Der Fond hatte ihr nach zähen Verhandlungen nur 8,7 Millionen geboten.

So schien es dann nach einer Win – Win Lösung auszusehen und alle notwendigen Formalitäten wurden in den folgenden drei Monaten durchgezogen.

Kapitel 3. Das Angebot

Mark Kötter war der Angebotsleiter seitens Curafox und hatte schon viele Stunden mit dem InfoLogis Angebot APTIL und der internen Koordinierung von diversen Aufgaben zu dessen Erstellung zugebracht. Als er dann am Abgabetag endlich alle Zuarbeiten und Freigaben von allen Angebotsbeteiligten auf seinem PC zusammen hatte und in ein Dokument integrieren konnte, folgte noch eine anspruchsvolle Aufgabe. Er musste das Angebot mit allen Anhängen auf den vorher bekannten InfoLogis Server des Einkaufs bis 23:59 Uhr hochladen. Immer wieder gab es dabei diverse Probleme, die mal bei Curafox, mal in der Netzverbindung und mal bei InfoLogis lagen. Das hatte Gott-sei-Dank geklappt und er wartete gespannt, was die nächsten acht Wochen bringen würden. Er konnte auf eine satte Provision hoffen, wenn sie den Zuschlag bekämen.

Curafox war mit seinem Angebot bei InfoLogis gut platziert. So sagte man jedenfalls. Fachlich war das Curafox-Angebot von den InfoLogis Fachabteilungen >OK< gezeichnet worden. Das war aber nur die Voraussetzung für den nächsten wichtigen Schritt. Sie hatten die Online Verhandlung noch vor sich. Dort ging es nur darum, die Spreu vom Weizen zu trennen und den Preis zu drücken.
Den Preisteil des über fünfhundertzwanzig Seiten umfassenden Angebotes durfte nur der InfoLogis Einkauf

sehen. Die Preise mussten in diverse vorgegebene Excel-Tabellen eingetragen werden, damit der InfoLogis Einkauf die einzelnen Positionen von unterschiedlichen Anbietern leichter vergleichen konnte. Es standen nun unmittelbar zwei große Verhandlungsrunden über den Preis bevor.

Ben Gratz und sein Vertriebsleiter Mark Kötter trafen sich eine Stunde vor der Online Verhandlung im Büro des COO. Sie fuhren den Rechner hoch und waren sehr angespannt. Nach dem Starten des Browsers konnte sich Mark Kötter mit einem Password in die von InfoLogis bereitgestellte Auktionsoftware einwählen. Er machte das nicht zum ersten Mal und hatte diverse Erfahrungen gesammelt, mit dieser anonymen Art Preise zu drücken.

„In diesem Online Tool müssen wir zu den diversen Positionen alle zehn Minuten einen geringeren Preis eingeben. Diese Ampel hier unten links soll anzeigen, ob man noch mitbieten darf", erklärte er Ben Gratz die Funktionsweise.

„Eigentlich heißt mitbieten immer nur: unsere Preisposition nach unten korrigieren. Bei Rot müssen wir zügig handeln, sonst sind wir raus. Aber keiner weiß, ob InfoLogis nicht selber im Hintergrund an den Preisschrauben dreht. Also, denn mal los." In einem zweiten Laptop hatten sie ihre gesamte Kalkulation zusammengeführt, so dass sie die Effekte der Preisreduzierungen schnell selber simulieren konnten.

Eine digitale Uhr wurde auf dem Bildschirm eingeblendet und zählte von hundertundzwanzig Minuten im Sekundentakt hinunter.

Es waren insgesamt fünfzehn Positionen, die immer wieder einzeln abgefragt wurden. Die Gesamtsumme wurde unten im Bildschirm ausgewiesen. In den ersten sechzig Minuten passierte fast nichts. Alles blieb ruhig. Dann kam Bewegung in die Ampelfarbe. Mark Kötter gab in einigen Positionen ganz kleine Abweichungen nach unten ein, um ein Gefühl für die Reaktion des Systems zu bekommen. Für Curafox änderte sich erst nichts, dann sprang die Ampel plötzlich auf Gelb, und schließlich auf Rot.

„Fuck, wir müssen schon wieder was eingeben. Teste mal bei den Reisekosten und gehe fünfzigtausend Euro runter", wies Ben Gratz Mark Kötter an.

„An der Ampel passiert nichts. Schau mal, hier unten im Laufband kommt eine Nachricht vom Einkäufer.

>>Sehr geehrter Dienstleister – sie haben noch dreißig Minuten Zeit ihr Angebot nachzubessern. Der InfoLogis Zielpreis wurde bisher in keiner Position erreicht<<", las Kötter vor.

„Kann man sehen, wie viele Firmen mitbieten?"

„Nein, alles anonym."

„Ich kontaktiere mal meinen Vater, der ist heute in London," sagte Ben Gratz und nahm sein Handy.

SMS Nachricht: Hi Paps. Sind bei der online Verh. mit InfoLogis. Was gehst du noch mit? Exit in 30 Minuten.

Sie warteten keine zwei Minuten und ein kurzer Ton signalisierte den Eingang einer Antwort.

SMS Nachricht: Hi, gross margin von 16% sind Unterkante. Entscheide selber. Aber ist ein Must Win!

Die Entscheidung seines Vaters empfand Ben als zwiespältig. Entweder 16% Marge oder Must-Win. Beide Ziele zu erreichen könnte sehr schwer werden. Aber wenn er ein Top Manager sein wollte, musste er immer wieder bereit sein, weitreichende Entscheidungen unter hoher Unsicherheit treffen zu können.

Nach zwei Stunden online Verhandlung waren aus dem abgegebenen 19,8 Millionen Preis für das Projekt APTIL 15,4 Millionen in Summe herausgekommen. Dafür zeigte die Ampel auf Gelb.

„Was soll das denn jetzt?" fragte Ben Gratz seinen Kollegen. „Die Zeit ist abgelaufen und wir sind immer noch nicht im grünen Bereich."

„Ruhig Blut. Die gelbe Ampel signalisiert, dass der vom Einkauf hinterlegte Zielpreis nicht erreicht wurde. Die haben einfach weniger Budget für das Projekt hinterlegt. Da kommt dann noch eine weitere Runde mit dem Einkauf."

Ob das Projekt für den abgegebenen Preis überhaupt zu stemmen sei, wussten Gratz und Kötter nicht. Ben Gratz hatte zwischendurch noch öfters mit seinem Vater SMS-Nachrichten ausgetauscht, und beide kamen zu dem Entschluss, man müsste sich ein Referenzprojekt für diesen neuen Markt „kaufen."

Dieses Vorhaben war nun wirklich ein Must-Win, was auch immer das heißen sollte.

*****

Christine Zielke und Rainer Luchte hatten sich zufällig in einem gemeinsamen Skiurlaub kennengelernt, zu dem sie sich unabhängig voneinander bei einer Reise des Stadtsportbundes angemeldet hatten. Sie fuhren damals mit dem Bus und fast sechzig anderen Skifahrern nach Mayrhofen in das Zillertal. Christine Zielke hatte in Frankfurt Wirtschaftsinformatik studiert und war gerade bei der Firma Curafox in Rödermark angefangen. Schnell wurden ihr Talent und ihre Kommunikationsfähigkeit erkannt. Ihr gutes Aussehen half dabei sicherlich mit. Sie hatte sich auf die ausgeschriebene Stelle eines IT Consultant beworben, vorgestellt und hatte prompt eine Woche später einen Arbeitsvertrag vorliegen. Klar lagen ihr auch Angebote von den IT-Großkonzernen auf dem Tisch, aber sie wollte zum gehobenen Mittelstand. Dort konnte man noch etwas bewegen. Das nette Gespräch mit dem Senior Chef Ben Gratz hatte sie in ihrer Meinung unterstützt. Sie plante, erstmal die Firma und das IT-Business näher kennenzulernen, bevor sie nach Rödermark umziehen wollte, da sie auch immer noch das Nachtleben und die kulturelle Vielfalt von Frankfurt genoss. Den Eintritt in das Arbeitsleben empfand sie als spannendes bereicherndes Abenteuer. Ihre Arbeitskollegen waren alle sehr aufgeschlossen und nett. Klar war sie, nicht nur wegen der blonden langen Haare, eine Auffälligkeit in der männerdominierten IT-Welt.

Rainer Luchte hatte in Mainz Medizin studiert und arbeitete zunächst als Assistenzarzt im Krankenhaus in Langen. Nach seiner Facharztprüfung zum Internisten bekam er dort eine Stelle angeboten, die er dankend annahm. Mit seiner Frau zog er nach Rödermark und sie kauften schnell eine Doppelhaushälfte, als sich dazu eine günstige Gelegenheit bot. Leider hielt die Ehe nicht sehr lange, da seine Frau in der engen Nachbarschaft des Neubaugebietes einen vermeintlich reicheren Nachbarn kennenlernte, der keinen Wert auf eine

Familiengründung mit Kindern legte. Rainer meinte, dass hier Nachbarschaftshilfe falsch interpretiert wurde. Eine Statistik bestätigte ihm, dass Trennungen in Neubaugebieten auch eine Folge der kleinen Grundstücke wären. Die Scheidung lag nun schon zwei Jahre zurück und Rainer Luchte hatte sich endlich von der Schmach erholt. Seinen Doktortitel der Medizin trug er stolz vor sich her und ließ ihn sogar auf dem Fünf-Tage-Skipass verewigen. Er war ein mittelguter Skifahrer, der aber auch mal mit etwas Überwindung eine schwarze Piste nahm. Er war gespannt auf neue Leute und nette Gespräche.

Christine Zielke und Rainer Luchte fuhren in einer kleinen Skifahrergruppe gleichen Könnens oft zusammen und hatten viel Gaudi auf den Pisten, den Hütten und beim Après-Ski. Sie mochten sich, hatten im Lift interessante Gespräche und kamen sich langsam näher.

„Kannst du jodeln, Rainer?"

„Nein, aber ich versuch es mal", und begann mit hörbarem Übergang von Brust- zur Kopfstimme einige Töne zu treffen. Beide lachten sich fast tot.

„Die Chinesen haben das Jodeln erfunden", stellte Christine mit ernstem Gesichtsausdruck fest.

„Wie?"

„Als zwei Chinesen zusammensaßen ist ihnen das Radio runtergefallen. Da sagte der Eine zum Anderen: Hole du da ladio."

Die Stimmung in der gesamten Skigruppe war einfach die ganze Woche sehr ausgelassen, was in vielen Fotos dokumentiert wurde. Die schöne Skiwoche wurde von viel Sonnenschein und sehr guter Schneequalität unterstützt.

Nach dem kurzen Skivergnügen ließ der Kontakt nicht nach und Rainer fuhr erst einmal, dann immer öfter nach Frankfurt. Sie trafen sich in den diversen Apfelweinkneipen in

Sachsenhausen und gingen zusammen ins Theater. Chrissy mochte auch die vielen Kleinkunstbühnen, die sie gemeinsam besuchten. Ohne es offen auszusprechen waren sie ein Paar geworden, dass sich natürlich auch körperlich näherkam. Ein erster Kuss und dann auch mehr. Nach sechs Monaten bot Rainer ihr an, bei ihm einzuziehen. Sie könne Fahrzeit und einiges an Miete einsparen. Das Haus wäre groß genug für beide, dass sie auch ein eigenes Zimmer mit Blick in den Garten bekommen könne. Nach weiterer zweimonatiger Bedenkzeit zog Christine dann nach Rödermark. Der Umzug aus dem Zweizimmerappartement war schnell erledigt und sie hatte ihre Möbel dezent im Haus platzieren können. Der Arzt im Haus mit Doktortitel und Sportwagen beeindruckte nicht nur sie, sondern auch ihre Mutter.

„Kind, da hast du dir endlich mal den Richtigen an Land gezogen." Rainer gab den perfekten Schwiegersohn in spe ab.

Alles war perfekt. Die Kollegen Stefan, Nadja, Zven und alle anderen waren bald wie Freunde. Zven wohnte mit seiner Familie sogar in ihrer Nachbarschaft. Rödermark war groß genug, um sich aus dem Weg zu gehen, aber klein genug, damit jeder auf den anderen Rücksicht nahm.

Anfangs ging auch alles gut. Beide arbeiteten und sie sahen sich abends oder am Wochenende, falls Rainer keine Nacht- oder Wochenenddienste hatte. Sie hatten eine gemeinsame Haushaltskasse und gelegentlich schliefen sie zusammen in seinem Schlafzimmer. Aber dann merkte Christine, dass sie mehr wollte, als abends nur Filme schauen oder zu zweit zusammenzusitzen. Sie war noch jung und vermisste bald ihre alten Freunde in Frankfurt, die sie nur selten traf, die Bars und die Clubs. Sie wollte auch mal wieder mit ihrer alten Clique Squash oder Badminton spielen gehen. Rainer versuchte sie dagegen immer mehr zu beeinflussen und für sich zu behalten. Dieses Klammern konnte nicht lange gutgehen. Sie machten zwar gemeinsame Fahrradtouren nach Seligenstadt, saßen dort an der Mainfähre und aßen Eis oder gingen im Odenwälder Brombachtal wandern, aber das Gezerre um etwas mehr Freiheit eskalierte immer öfter. Das bisschen Leidenschaft erlosch zunehmend. Es fühlte sich auch nicht nach ihrem Zuhause an. Sicherlich hätte sie das Haus umgestalten können. Keine Frage. Rainer hätte alle Vorhaben unterstützt und mitgemacht. Aber sie blieb innerlich eine Fremde in diesem Haus mit dem kleinen Garten, durch den ab und zu einige fette Katzen auf immer den gleichen Wegen tigerten.

Hätte sie vorhergesehen was noch käme, - sie wäre in Frankfurt geblieben.

*****

„Diese miesen Kerle von InfoLogis. Heute haben wir Gründonnerstag und wir müssen nachmittags nach Hannover zur Verhandlung. Die wissen genau, dass wir abends noch dreihundertfünfzig Kilometer heimfahren müssen und der Osterverkehr zunimmt." Mark Kötter, der APTIL Angebotsleiter von Curafox, konnte sich im Auto nicht einkriegen.

Ben Gratz war dergleichen Meinung, kommentierte dazu aber nichts. Curafox war mit seinem Angebot nun unter den letzten zweien. So sagte man jedenfalls. Und beide waren nun auf dem Weg nach Hannover, um dort mit dem InfoLogis Einkauf weiter zu verhandeln.

„Hoffentlich machen wir hier keine Beratung für Umme", sagte Mark und drehte sich zu Ben Gratz. „Die großen Firmen machen oft Ausschreibungen, sammeln Angebote ein, lassen sich alles erklären und dann? Dann machen die es selber oder es wird eingestampft."

„Ja", nickte Ben, der auf den Verkehr achten musste. „Kein Architekt, kein Rechtsanwalt, kein Zahnarzt würde unbezahlt so detaillierte Angebote erstellen. Die halten zuerst immer die Hand auf."

„… Oder ziehen die Kreditkarte durch", ergänzte Mark.

„Hast du nochmal die Stakeholder[8] Analyse überarbeitet, Mark?" fragte Ben seinen Angebotsleiter. „Unser Konzept ist immer *Team Buying und Team Selling*. Keiner kauft alleine so ein Projekt ein und keiner verkauft alleine so Projekt."

„Ja, schau mal hier. Dies sind die Entscheider auf den diversen Ebenen bei InfoLogis. Und hier habe ich unser Team mit Namen dagegengestellt." Mark zeigte ein Blatt Papier in

---

[8] Stakeholder: alle Beteiligte einer wichtigen Firmenentscheidung

Richtung Fahrer, auf dem die Rollen mit Namen von Curafox und InfoLogis aufgeschrieben waren.

„Management gegen Management, Einkauf gegen Verkauf, Legalabteilung InfoLogis gegen Recht bei uns und Fachabteilung gegen unser Kompetenzteam."

Mark Kötter war ein erfahrener Vertriebler und erkannte meist schnell die Schwachstellen des Kunden. So hatte er es gelernt. Erst die Lage des Kunden analysieren. Wo ist seine Pain? Wo hat er die größten Schmerzen? Und wie könnten sie helfen, diese Schmerzen zu lindern. Aber InfoLogis ließ offensichtlich keine Schwachstelle zu. Der Verkaufsprozess war hier eindeutig schwieriger.

Insgesamt hatte Curafox nun schon mehr als sechs Monate mit vier Personen und damit über dreihunderttausend Euro Aufwand in das Angebot gesteckt. Das wäre dann alles umsonst gewesen, wenn Curafox keinen Zuschlag bekäme. Also hatte man immer weiter gemacht. Die heute bevorstehenden finalen Verhandlungen mit dem InfoLogis Einkauf wurden mit allen psychologischen Einkaufstricks ausgetragen. Curafox hatte den Eindruck, sie würden nun ein zweites oder sogar drittes Mal gemolken. Klar war ein Verhandlungstermin direkt vor einem Feiertag und dazu weit weg von zuhause eine harte Daumenschraube.

Mark Kötter und Ben Gratz erreichten Hannover und fuhren mit dem BMW auf den großen InfoLogis Besucherparkplatz. Sie stellten das Auto in dem hinteren Winkel ab, damit sie nicht sofort beobachtet werden konnten. Nachdem sie den Sitz ihres Krawattenknotens und die Frisur im Spiegel des Autos geprüft hatten, schwangen sie sich dynamisch aus dem Autositz. Eine positive und korrekte Erscheinung war das A und O eines Vertrieblers. Gutgelaunt überquerten sie den Parkplatz und meldeten sich bei der immer geschäftstüchtig lächelnden Empfangsdame an.

„Guten Tag. Unsere Namen sind Kötter und Gratz von der Firma Curafox. Wir haben einen Termin mit ihrem Einkauf", sprach Ben die Dame an, während beide nach ihren Ausweisen suchten, die sie vorzeigen mussten. Die Dame lächelte weiterhin und erstellte zwei Besucherausweise, die sie behände in Plastikanhänger schob. Gleichzeitig griff sie zum Telefon.

„Hallo, hier ist Christina vom Empfang. Hier stehen zwei Herren von der Firma Curafox. Holst du sie ab?"

Nach weiteren fünf Minuten wurden sie, offenbar von einer jungen Praktikantin, in den noch leeren Verhandlungsraum ohne Fenster geführt. Er war mit weißen Konferenztischen und sparsam gepolsterten Stühlen ausgestattet.

„Schließen sie schonmal ihre Laptops an den Beamer an. Die Herren kommen dann gleich", säuselte die Sekretärin in spe freundlich aber unpersönlich.

Nach längerem Warten ohne Kaffee und Wasser kamen vier Herren vom Einkauf. Ihre zerknitterten Anzüge zeigten schon ein älteres Muster. Die Hemden waren faltig mit noch unmodernerem Muster. Eine Krawatte gab es nicht. Die Schuhe meist ausgebeult. Ein Einkäufer kam im T-Shirt und Jeans.

„Oh, ich sehe wir haben den Kaffee vergessen. Ich kümmere mich drum", sagte der T-Shirt Träger und verschwand wieder. Die anderen drei Einkäufer setzten sich den beiden Curafox Vertrieblern als Block gegenüber. Der Einkäufer links außen musste permanent niesen.

„Bei InfoLogis kommen wir noch mit dem Kopf unter dem Arm zur Arbeit", entschuldigte er sich für seine Erkältung.

Nach weiteren zehn Minuten war der Einkauf vollständig und die Getränkeversorgung organisiert. Ein Herr Winter stellte sich kurz vor und entpuppte sich im Laufe des Gesprächs als offensichtlicher Verhandlungsführer seitens InfoLogis.

„So meine Herren. Herzlich willkommen bei InfoLogis. Bitte bedienen sie sich mit Getränken oder Kaffee. Wir möchten heute mehr zu ihrem APTIL Angebot erfahren. Schießen sie los. Wir sind sehr gespannt und werden zu einigen Bereichen Fragen stellen."

Endlich konnte Ben Gratz mit einer kurzen Angebotsvorstellung beginnen. Er stellte sich und Mark Kötter vor und sie überreichten lächelnd ihre Visitenkarten. Die vier Einkäufer sortierten die Karten und legten sie stumm vor sich auf den Tisch. Sie verbreiteten eine eiskalte Atmosphäre in dem Neonlichtraum.

Es gab keine fachlichen Fragen zum Curafox Angebot. Wahrscheinlich interessierten sich die Einkäufer auch nicht wirklich für die Technik. Dies drückten sie durch ihren gelangweilten Gesichtsausdruck aus. Früher konnte man sie noch mit einer Einladung zum Fußball oder Golfen freundlich stimmen. Aber die Zeiten waren vermutlich vorbei.

Beim Preisteil hakte der Einkauf sofort nach. Wie intern abgesprochen prasselten viele Fragen von den vier Einkäufern auf Ben Gratz und Mark Kötter ein.

„Wie viele Personen haben sie denn im Projekt geplant? Und wie sieht ihr Personalgebirge über die Zeit aus?" fragte ein Einkäufer, der ganz rechts außen saß und damit wohl das Feuer eröffnete.

Ben und Mark schauten sich kurz an, bevor Ben erwiderte, dass das Team dynamisch zusammengesetzt sei und bei Bedarf mit Experten aufgestockt werden könne. Curafox sei in der Lage flexibel zu reagieren und ja, die Skills würden sich im Laufe des Projektes ändern. Der Einkäufer antwortete nicht und machte sich ein paar Notizen. Nun übernahm der Nächste und fragte provozierend:

„Warum haben sie den Qualitätsmanagementanteil mit zehn Prozent so hoch angesetzt? Und warum die lange Testphase? Trauen sie ihrer Softwarequalität nicht?"

Mark rutschte auf seinem Stuhl nach vorne. „Qualität wird bei Curafox ganz großgeschrieben. Wir sind zertifiziert und halten genau den Prozess ein. Eine gute und offene Kommunikation mit ihnen in regelmäßigen Projektmeetings sind für uns selbstverständlich. Das InfoLogis und das Curafox Team arbeiten Hand in Hand. Wir haben einen sehr qualifizierten Projektleiter, der zeitnah alle Entscheidungen treffen kann. Bei Eskalationen steht ihnen Ben Gratz oder auch unser CEO Albert Gratz jederzeit zur Verfügung." Mark konnte an der Reaktion der Vier nicht erkennen, ob die Antwort ausreichte. Es gab keine Nachfragen.

Der links außen sitzende Einkäufer setzte die Fragerunde mit nasaler erkälteter Stimme fort, ohne auf die Antworten einzugehen.

„Was kostet eine Entwickler-Stunde bei ihnen? Und – by the way - die Reisekosten müssen sie im Festpreis mit einkalkulieren, die Abrechnung nach Aufwand zahlen wir nicht." Seine angeschlagene Gesundheit spiegelte sich auch in seiner negativen Stimmung wider.

Nun war es wieder an Ben, auf diese Frage zu reagieren. „Wir bieten ihnen hier einen Werkvertrag an. Mit dem Festpreis sind alle Aufwände und Kosten abgedeckt. Sie bekommen das System von Curafox sozusagen *schlüsselfertig* hingestellt." *Unsere internen Kosten haben euch überhaupt nicht zu interessieren – ihr Gauner*, stellte er innerlich fest.

Die unfreundlich gestellten Fragen hörten nicht auf. Wie intern abgesprochen und offensichtlich schon oft eingeübt, nutzte jeder der Einkäufer nacheinander sein Recht die beiden Curafox Vertriebler unter Druck zu setzen. Ben und Mark fühlten sich wie auf der Anklagebank bei einem Kreuzverhör. Die verbrauchte Luft im Raum wurde wärmer und unangenehmer. Der Beamer warf ein gleißend weißes Licht auf die Leinwand und der Ventilator blies heiße Luft in Richtung der Curafox Vertriebler. Ben merkte, wie sich ein

Schweißtropfen aus seinem Nacken langsam abseilte und kitzelnd den Rücken herunterrollte. Kurz war er unkonzentriert und mit den Gedanken beim Zieleinlauf der Schweißperle beschäftigt. Die weiteren Fragen kamen ohne Vorwarnung, wie eine Geschosssalve auf ihn zu:

> *„Uns passen ihre geforderten Beistellungen durch InfoLogis nicht.*
> *Die Gabelstapler ordern wir selber. Geben sie uns die genaue Typenbezeichnung.*
> *Ob wir einen Projektraum mit Telefon stellen können, müssen wir prüfen.*
> *Das Knowhow haben wir nicht, dafür suchen wir ja die Experten.*
> *Wickeln sie das Projekt nach unserem Vorgehensmodell IL-Pro ab? Das hatten wir vorgegeben.*
> *Denken sie doch an ihren Deckungsbeitrag[9] von so einem Projekt.*
> *Ihr Projektleiter muss mindestens zwei Tage die Woche hier in Hannover sein."*

Ben Gratz war wie benommen. Ihm rauchte der Kopf. Auf einiges war er ja gefasst gewesen. Aber so? Er hatte jede weitere Frage mitgeschrieben. Manche wollte er nicht direkt beantworten. Andere konnte er nicht beantworten. Zwischendurch nahm er mit Mark Kötter immer wieder kurzen Blickkontakt auf. Manchmal sog Mark hörbar Luft ein, um auf eine Frage zu antworten, aber Ben gab ihm einen wortlosen

---

[9] Der Deckungsbeitrag ist in der Kosten- und Leistungsrechnung die Differenz zwischen den erzielten Erlösen und den variablen Kosten. Es handelt sich also um den Betrag, der zur Deckung der Fixkosten zur Verfügung steht.

Befehl dies zu unterlassen. In dieser Sitzung könnten sie nicht gewinnen, sondern nur verlieren. Beide machten ein freundliches Gesicht und verkündeten abwechselnd, dass sie die Frage verstanden hätten, dass diese auch sehr berechtigt sei und sie umgehend eine Antwort oder Lösung finden würden. Gut, dass sie ein eingespieltes Team waren und sich in ihrer Körperhaltung gegenüber dem Einkauf nicht widersprachen. Rechtsaußen schaute auf seine Uhr. „Oh, schon viertel vor Acht. Wir sind dann wohl durch. Sie wissen ja nun, in welche Richtung wir denken", zog er ein Fazit des Treffens und verabschiedete sich ungewohnt freundlich, in dem er aufstand und eine Hand hob, während er zur Tür stapfte.

„Ich muss jetzt auch schnell los, mein Sohn hat noch einen Theaterauftritt. Also vielen Dank für die gute Kooperation. Sie haben so viele Einschränkungen im Angebot, können sie die bitte alle auflösen und anschließend im Gesamtpreis abbilden? Wir erwarten ihr letztes Angebot nächste Woche in unserem Portal", fasste Herr Winter als Sprecher der Einkäufergruppe zusammen. Ben und Mark legten noch ihre Besucherausweise zur Abzeichnung vor und wurden von Winter in den Empfangsbereich zurückbegleitet, in dem nur noch zwei Putzfrauen mit dem Wischen der Fliesen beschäftigt waren.

„Auf Wiedersehen und Gute Fahrt", gab er den beiden mit, dreht sich dann aber nochmal kurz zu ihnen um. „ … und auch ihnen ein Frohes Osterfest. Ach ja, wir melden uns dann in zwei Wochen."

Ben Gratz und Mark Kötter trotteten über den dunklen Parkplatz zum Auto. Auf der Rückfahrt war es sehr still. Beide dachten dasselbe und benötigten keine Meinungsbestätigung des anderen. Völlig ausgelaugt, müde und enttäuscht kamen die beiden gegen Mitternacht zu Hause in Rödermark an.

*****

Ben Gratz hatte noch ein Ass im Ärmel. Er hatte seinen Studienfreund aus Münsteraner Zeit, der damals bei InfoLogis in Hannover angefangen hatte, aus gutem Grund nicht vergessen. Sie hatten immer mal wieder einen losen Kontakt über das Uni-Alumni Netzwerk und einmal im Jahr trafen sie sich zum Studienabschluss der neuen Abgänger bei einer kleinen Feier. Es gab da auch noch einen offenen Punkt aus der Vergangenheit, den Ben aus gutem Grund nicht vergessen hatte.

„Hier ist Ben, Ben Gratz von Curafox am Telefon. Spreche ich mit Niklas von Haasen?" sprach er in sein Mobiltelefon, da sich der Angerufene nur mit < Hallo > gemeldet hatte.

„Ja, klar, Ben altes Haus, dass du dich mal meldest. Willst du mal wieder Golfen?" antwortete er sichtlich freundlich. „Was kann ich für dich tun? Hast Du den Laden von Deinem Alten schon übernommen?" Niklas von Haasen kam leicht arrogant, mit einem etwas eifersüchtigen Unterton in der Stimme, rüber.

„Wir können gerne mal wieder auf die Runde gehen. Ich war letzte Woche bei euch in Hannover und habe unser Angebot für euer Projekt APTIL vorgestellt. Die Verhandlungen mit eurem Einkauf waren ganz schön hart. Wir müssen nun noch das BAFO[10], das *Best-and-Final-Offer* abgeben. Hast du ein paar Infos oder Tipps für mich?"

„Hmm, dazu darf ich eigentlich nichts sagen. Aber weil Du es bist, Ben. Wo drückt denn der Schuh? Ich werde das Projekt bei InfoLogis leiten und habe nun schon die internen Budgets von den beteiligten Bereichen zusammengekratzt. Es ist ja für uns ein ungeheuer wichtiges Innovationsprojekt. Und für

---

[10] BAFO: Abkürzung für Best and final Offer, das letzte verbindliche Angebot auf dessen Basis entschieden wird.

mich endlich mal eine Herausforderung, bei der ich mich in diesem Laden beim Vorstand zeigen kann."

„Du könntest mir sehr helfen, Niklas. Ist da noch eine andere Firma im Angebotsprozess?"

„Ben, wirklich schwierig, … aber nee, wir wollen mit euch. Der Preis scheint auch zu stimmen. Passt in unser Budget. Und fachlich seid ihr die Besten mit dem Produkt ROSE-Co. Nur an einigen Vertragskonditionen müsst ihr noch was machen. Nehmt die Gabelstapler aus dem Angebot raus und sagt uns die Typenbezeichnung. Wir haben sicherlich bessere Einkaufsbedingungen. Und ihr könnt nicht das ganze Risiko auf uns abwälzen. Lehnt euch hier mal aus dem Fenster und traut euch was."

„Ja, ok, vielen Dank. Das hilft mir schon für das letzte Angebot weiter. Wir treffen uns. Und? Bist du noch am Zocken?"

„Ben, du kriegst Dein Geld schon noch zurück. Wieviel waren es? Fünfundzwanzig glaube ich. Keine Sorge."

„Schön, dass du dich noch erinnerst. Ich dachte schon, dass …… ."

„He, Alter. Ganz cool. Als wir 2008 zusammen an der Börse aktiv waren, lief es ja bei mir nicht so gut. Lehmann Pleite und so weiter. Aber jetzt bin ich groß dabei. Cannabis Aktien und Bitcoin laufen gut. Bin da gut investiert und zum richtigen Zeitpunkt rein. Ansonsten bin ich nur bei den Megatrends wie Urbanisierung, Gesundheit, Mobilität dabei." Von Haasen versuchte Ben Gratz zu umgarnen. „Ich denke noch oft an die geile Zeit in Münster zurück, als wir nach den BWL-Vorlesungen immer in das *Blaue Haus* im Kuhviertel gegangen sind. Mann Seegers[11], was haben wir da Knete gelassen. Mit

---

[11] Seeger: in der Münsteraner Masemattesprache ein Mann

Altbierbowle angefangen, dann eine Kaline[12] abgeschleppt und mit der Leeze[13] nachts nach Hause. Ich wusste nie, wie ich ins Bett gekommen bin. Und dann die lange Nacht im *Jovel Kino* mit den Schmalzschnittchen um zwei Uhr morgens. Wahnsinn!" erinnerte sich von Haasen entzückt an Szenen der guten alten Studienzeit zurück.

„Münster ist halt wirklich schön. Die vielen Fahrradwege, der Aasee und der Prinzipalmarkt. Echt jovel, wie der Münsteraner sagt. Wenn mir jemand vorausgesagt hätte, ich würde später nahe Frankfurt landen. Niemals. Aber hier sind wir in der Mitte von Deutschland. Für uns bei Curafox ist die Nähe zum großen Flughafen äußerst wichtig. Vielen Dank für die Infos - du wir sehen uns. Spätestens, wenn wir den Zuschlag von InfoLogis bekommen haben", versuchte Ben den Anruf zu beenden und schaute auf den roten Auflegebutton des Smartphones. Er hatte den Eindruck, als hätte von Haasen gerade wesentlich mehr Zeit als er selber.

„Würde mich echt freuen, Ben."

„Ein Tipp noch Niklas: du solltest jetzt in Curafox Aktien investieren. Tschau", beendete Ben Gratz das Gespräch sehr freundlich.

Das kann man so oder so sehen, dachte von Haasen und schmunzelte.

*****

---

[12] Kaline: in der Münsteraner Masemattesprache eine Frau

[13] Leeze: in der Münsteraner Masemattesprache ein Fahrrad

„Mein Name ist Ben Gratz von der Curafox AG. Guten Morgen. Können Sie mich bitte mit Herrn Winter verbinden", sagte Ben in sein Mobiltelefon. Er versuchte den Einkäufer Winter von InfoLogis zu erreichen, um zu sehen, was noch möglich ist.

„Ich stelle sie durch. Einen Moment noch", antwortete eine Dame ohne große Ambitionen in der Stimme. Nach einem längeren Moment meldete sich Winter laut und scheppernd.

„Unvorstellbar. – Winter", polterte er in einem ärgerlichen Tonfall in den Hörer. Die zweite Silbe seines Namens hörte sich bedrohlich tief an. Wahrscheinlich hatte er soeben noch ein anderes Gespräch geführt und das Begrüßungswort galt nicht dem Anrufenden.

„Ben Gratz von der Curafox AG. Guten Tag Herr Winter. Haben Sie ein paar Minuten für mich? Wir hatten uns letzte Woche bei ihnen zum Thema APTIL getroffen."

„Oh Mann, sorry. Hatte gerade ein anderes Gespräch. Nicht zu glauben, was die machen. Da war ich dann aber heute Morgen sofort auf Betriebstemperatur. Ich brauche jetzt erstmal einen Kaffee. Einen Moment bitte."

Ben hörte ein Scheppern im Hörer, dann das Aufsetzen einer Tasse. Vermutlich war der Kaffee nun eingegossen. Der Gesprächsstart war nicht so berauschend, zog er ein erstes Fazit.

„So jetzt, bitte", meldete sich Winter zurück und schlürfte den Kaffee laut in die Telefonmuschel.

„Ich möchte mich nochmal bedanken für das Gespräch letzte Woche. Wie hat ihnen unser Angebot gefallen? Wir arbeiten gerade die Antworten auf ihre Fragen in das Angebot ein. Wie sieht der weitere Auswahlprozess aus?"

„Herr Gratz, wir sind fachlich von ihrem Angebot überzeugt. Unsere Bedenken haben sie ja aus dem Treffen mitgenommen. Preislich darf ich ihnen nichts Genaues mitteilen, sonst kriege ich Probleme mit der Revision. Aber so viel: da ist noch Luft drin."

„Ich habe vollstes Verständnis Herr Winter. Sind ihnen alle Positionen unseres Preises bekannt?"

„Herr Gratz, ich mache diesen Job schon zwanzig Jahre. Wir bereiten uns immer auf eine Verhandlung vor. Uns ist ihre Preiszusammensetzung bestens bekannt. Glauben sie mir."

„Sehr schön. Ich sehe noch eine Möglichkeit am Festpreis was zu machen, wenn wir parallel einen Rahmenvertrag auf Time&Material[14] Basis bekämen. Die Tage bräuchten sie natürlich nur bei Bedarf abrufen. Das wäre doch auch in ihrem Sinne."

„Ja, daran hatten wir auch schon gedacht. Bieten sie doch im finalen Angebot zusätzlich tausend Beratertage an. Klassifikation sollte Expertenstufe C3 sein. Die Stufungen kennen sie ja. Am liebsten sind uns natürlich vor Ort deutsche Experten zu indischen Preisen."

Ben Gratz konnte nicht richtig einschätzen, ob dies ein Scherz war oder nur eine provokante Aussage. Natürlich kannte er die InfoLogis Vorgaben für Rahmenverträge, die nach Einsatzgebieten und Wissen unterschieden. Das Gespräch schien eine erfolgreiche Wendung zu nehmen.

„Ach, sagen wir, bieten sie tausendfünfhundert Beratertage an. Wenn wir fünfhundert abnehmen bekommen wir drei Prozent und über tausend Tage fünf Prozent Kickback. Das wäre doch auch für sie interessant", ergänzte Winter.

„Hmm, soll der Kickback ein Rabatt sein?" Ben Gratz fühlte sich überrumpelt.

---

[14] Time & Material Angebote sind Dienstleistungsangebote, die nach Zeit und Material abgerechnet werden. Das Gegenteil von Werkleistungen zum Festpreis.

„Ja, so ähnlich. Der Kickback bleibt erstmal in ihren Büchern. Wenn wir den später mal brauchen, melden wir uns. Dann können sie uns den Betrag auszahlen", sagte Winter mit fester Stimme.

Ben Gratz befand, wie unverschämt der Einkäufer war und das hier sogar schwarze Kassen außerhalb von InfoLogis aufgemacht wurden. Irgendwann kommt dann eine Aufforderung zur Überweisung des Kickbacks. Nicht mal eine Rechnung. Das Controlling bei Curafox würde toben, da sie diese Rückstellungen in die Bilanz aufnehmen müssten. Aber er knickte ein.

„Gerne machen wir das. Vielen Dank", sagte er freundlich.

Nach einer kleinen Pause fuhr er fort. „Und, wie war das Theaterstück ihres Sohnes letzte Woche? Was gab es denn?"

„Mein Sohn ist in einer Laientheatergruppe; Sie heißt Stage Factory und ist nur für Jugendliche und junge Erwachsene. Es gab ein Stück von Edgar Wallace - Der Abt. Der Verein hat immer Finanzprobleme. Sie kennen das bestimmt, - oder?"

Ben vermutete, dass ihm hier eine Brücke gebaut wurde. Das „oder" wurde irgendwie ermahnend tonal ansteigend gedehnt ausgesprochen.

„Ja, aber schön, dass sich ihr Sohn engagiert. Ein interessantes Projekt und ein sehr kreativer Name. Ich schaue mal auf der Internetseite nach. Eventuell können wir etwas aushelfen."

„Das kommt bestimmt überall gut an", kommentierte Winter gut gelaunt. „Ich muss jetzt aber. Also wir erwarten ihr Angebot Herr, äh, Gratz."

„Vielen Dank und eine schöne Restwoche, Herr Winter."

Ben Gratz schlug sich auf sein Bein und rieb die Hand über den linken Oberschenkel. Der Deal sollte durch sein, obwohl sie einige Federn hatten lassen müssen.

Genaugenommen musste er nach etwas längerem Nachdenken einräumen, dass Curafox mit ihrem Angebot zum

Projekt APTIL ganz schön gerupft worden war. *Aber so ist das bei einem Must-Win Vorhaben.*

*****

„Liebe Kolleginnen und Kollegen. Unser Kostensenkungsprogramm HardBeat zeigt erste Früchte. Vielen Dank dafür. Wir bleiben dran. Noch ist das Ziel nicht erreicht, aber wir sehen schon das Finish. Heute ist es mir eine Ehre zu verkünden, dass wir gestern Abend die offizielle Beauftragung zu unserem InfoLogis Angebot zum Vorhaben APTIL bekommen haben. Zum Festpreis wurde sogar noch zusätzlich ein Rahmenvertrag über tausendfünfhundert Beratertage bestellt. Dies ist ein Meilenstein für Curafox und wir haben nun endlich einen Referenzkunden für unser Produkt ROSE-Co."

CEO Albert Gratz ließ es sich nicht nehmen, diese Telefonkonferenz selber zu leiten.

„Ich möchte mich bei dem ganzen Angebotsteam bedanken, die in den letzten sechs Monaten professionell und hart daran gearbeitet haben. Insbesondere bedanke ich mich bei Markus Kötter und Ben Gratz, die viele Wochenenden und Nächte mit dem Vertrag und den Verhandlungen zugebracht haben. Eine tolle Leistung." Er machte eine kurze Pause und ließ einzelne Jubelrufe und Glückwünsche zu, die in die Telefonkonferenz gerufen wurden.

„APTIL wird ein Leuchtturmprojekt für uns, für InfoLogis und die ganze Industrie werden. Damit werden wir einen Meilenstein in der Geschichte schreiben. Nun müssen wir auch liefern. Uns ist bewusst, dass wir uns nicht in allen Preisvorstellungen durchsetzen konnten. Gutes Contract- und Risk Management[15] sind nun gefragt. Wir schaffen das. Ich zähle auf euch alle." Gratz klang sehr euphorisch. Allerdings

---

[15] Contract- und Riskmanagement sind Teile des Projektmanagements, indem sehr genau auf die Vertragskonditionen geachtet wird und Risiken aktiv analysiert werden.

erwähnte er nicht alle Einschränkungen und vertragliche Fallstricke aus den Einkaufs- und Vertragsverhandlungen. Curafox hatte zum Schluss gar keine Alternative gehabt. Sie brauchten den Erfolg. Auch wenn man jetzt an dem Projekt nicht viel verdienen würde. Eine gute Referenz ließe sich marketingmäßig ausschlachten. Und die Börse würde das auch feiern. Das Geld in Form von weiteren Aufträgen käme später. Er war sich ganz sicher.

Albert Gratz schaute kurz aus dem Fenster und sortierte seine Gedanken. Die Sonne schien und bei dem klaren Wetter konnte er bis in den Odenwald sehen. Er saß bei der Telefonkonferenz alleine in seinem Büro und griff erneut zum Telefon.

„Hier ist Gratz. Hallo Frank", sprach er in die Muschel ohne eine weitere Antwort abzuwarten. „Warst du gerade in der Telko? – Ja? - Super, nicht wahr? Wir kommen mit ROSE-Co nun ganz groß raus. Mit InfoLogis rollen wir einen ganzen Markt auf. Jetzt musst du die richtigen Mitarbeiter für das Projekt finden. Hast Du einen guten Projektmanager? Er muss den Vertrag in- und auswendig kennen. Jede Lücke, jede Möglichkeit muss er nutzen und sofort Changes nachverhandeln. Wir brauchen den Besten und Smartesten, den wir haben" Frank Lürsen wusste schon was auf ihn und seine Mannschaft zukam und verzog seinen Mund zu einer Schnute.

„Hallo Albert", warf er endlich in das Gespräch ein. „Ich habe schon mit Zven Bergmann gesprochen. Der ist in dem Team von Ulla Schmidt und bringt alle Voraussetzungen mit. Er ist richtig heiß auf den Job und ich ziehe ihn von dem anderen Projekt ab. Er bekommt auch zum Projektstart die Christine Zielke und Stefan Mohring an die Seite. Dann sind eine fachliche Expertin und ein Qualitätsmanager sofort dabei.

Damit haben wir ein top Kernteam." Er vermutete, diese vorausschauende Auswahl würde ihm Pluspunkte einbringen.

„Na, ja. Ich kenne den Bergmann. Ich war bei seinem Vorstellungsgespräch vor drei Jahren dabei. Er hatte sich bei der Frage, wie viele Golfbälle in einen Schulbus[16] passen, ganz passabel geschlagen. Ich hatte gedacht, der kommt dann smarter daher und schnell ins mittlere Management hoch. Der wird aber immer so schnell nervös und zeigt sich auf den Betriebsversammlungen auch immer als Bedenkenträger. Der ist mir nicht cool genug. Er geht auch immer zu sehr in die Details. Kann der auch einfach exekutieren ohne immer viel nachzufragen?"

„Ich verbürge mich für ihn. Der kann das und ist absolut integer. Und ich bin ja auch noch im Hintergrund dabei. Ich werfe da ein Auge drauf. Du weißt ja, beim Contract-Management muss man in die Details rein. Wir müssen früh genug schriftlich unsere Claims anmelden. Die Technik machen die anderen Projektmitarbeiter."

Lürsen fing an zu schwitzen und musste sich die Krawatte lockern. Er setzte sich aufrecht hin. Verträge zu studieren, Lücken zu erkennen und daraus zusätzliche Anforderungen abzuleiten war sein Spezialgebiet. Dann grübelte er über die Frage mit den Golfbällen im Schulbus nach. Die hätte er nicht beantworten können und fing nebenbei an, im Internet nach der Lösung zu forschen.

„Also gut. Aber lasse dir bitte regelmäßig berichten. Gib ihm mit, dass ein Projektmanager auch mal NEIN sagen können muss. Ich will nicht wieder diese ganzen Eskalationen und das

---

[16] Lösung: Ein Bus hat ca 72cbm. Ein Kubikgitter von 30x30x30cm = 27.000 Golfbällen füllt 1 Kubikmeter. Die Antwort lautet daher 72 x 27.000 = knapp 2 Millionen Golfbälle passen in einen Bus

Daily Reporting. Komme mir später nicht mit Schuldzuweisungen. Wir müssen auch Teile unseres Risikos an die Zulieferer abgeben. Gutes Gelingen."

Gratz legte auf. „Das muss einfach gutgehen", und strich mit der Hand über seine Stoppelhaarfrisur. Er fand es selber komisch, dass ihm gerade jetzt sein leichter Bauchansatz auffiel, als er an sich hinunterschaute.

*****

Für den darauffolgenden Abend hatte CEO Albert Gratz alle Kollegen eingeladen, die an dem Angebot und der Verhandlung zu APTIL beteiligt waren. Die acht Personen trafen sich zum Abendessen im *Restaurante Il Veggio* und wollten den Abschluss gebührend feiern. Sein Motto: *Feiern, wenn es einen gebührenden Anlass gibt.* Natürlich war sein Sohn Ben, Vertriebsleiter Mark Kötter und Frank Lürsen dabei. Der Curafox Rechtsanwalt und auch die Controlling Abteilung waren vertreten, da sie wichtige Beiträge zur Kalkulation und zum Vertragsabschluss geleistet hatten. Als charmante Begleitungen waren Alberts Ehefrau Cordula und die Freundin von Ben eingeladen. Die ganze Gesellschaft wurde vom Eigentümer mit einem *Buona Sera* persönlich mit Handschlag begrüßt. Seine ausladende Geste mit dem Arm zeigte auf den reservierten und festlich gedeckten Tisch im kleinen angebauten Wintergarten des Restaurants. Zwei Kellner brachten zügig die bestellten Aperitifs, mit denen die gut gelaunte Gruppe anstoßen konnte.

„Ich bin wirklich stolz auf euch und uns alle", prostete Albert Gratz in die Runde und hielt sein Glas hoch. „Ihr habt einen super Job gemacht. Alle Achtung. Wir stoßen nun auf unsere Zukunft und gutes Gelingen an. Der Projektabschluss ist ein weiterer Meilenstein in der Geschichte von Curafox." Alle sahen sich beim Zunicken kurz in die Augen und freuten sich auf einen entspannten Abend. Schnell kam das Thema auf die unfairen Einkaufspraktiken und die Millionen, die sie mit dem Preis runtergehen mussten.

„So, heute Abend solltet ihr aber nicht nur über das Geschäft und Geld reden", warf Cordula irgendwann dazwischen. Sie hatte als Ehefrau des Chefs die Autorität so etwas einzufordern. „Ihr werdet das Projekt schon hinkriegen. Bisher habt ihr doch immer alles gelöst bekommen."

Mark und Ben schauten sich kurz verstohlen an, da sie ahnen konnten, was für ein heißer Ritt der Firma bevorstand. Ben erinnerte sich kurz zurück, als sein Vater noch Curafox aus seinem Arbeitszimmer von zu Hause aus aufgebaut hatte. Er war selten für ihn da. Andere Kinder hatten ihre Väter beim Fußballspiel am Wochenende als Zuschauer dabei. Er kam immer alleine. Dafür durfte er seinen Geburtstag jedes Jahr im Sommer groß feiern und die eingeladenen Kinder gingen mit mehr Geschenken nach Hause, als sie mitgebracht hatten. Einmal wurde ein Spielmobil gemietet, ein anderes Mal kam ein Zauberer. *Haben mir meine Eltern meine Freunde gekauft?*, ging es ihm durch den Kopf, als er an die Wasserschlachten im Swimmingpool dachte. Sie hatten immer Personal und er war eigentlich immer von Behütern umgeben. Schon als Kind hatte sein Vater mit ihm Zielvorgaben verabredet. Gute Noten in Mathe, nicht rauchen, Pünktlichkeit, viermal im Monat rasenmähen und ähnliches standen am Monatsanfang auf einem Zettel, den beide unterschrieben. Bei einer monatlichen Zielerreichung von hundert Prozent gab es das volle großzügige Taschengeld. Manchmal etwas mehr, oft auch nur die Hälfte. Später durfte – oder musste er? - ein Praktikum bei Curafox machen. Dafür bekam er ein wenig Geld und durfte Listen sortieren, Adressen in ein System eingeben oder Archivschränke aufräumen. Am Rande bekam er mit, dass es Situationen gab, in denen das Geld knapp wurde und in der der Großfamilie Anteile der Firma ausgegeben wurden. Aber seine Mutter Cordula lebte immer im goldenen Käfig. Klar kümmerte sie sich auch um ihn. Aber es gab wenig Zärtlichkeiten. Sein Lebensweg war durch Curafox vorgegeben. Es hätte schlimmer kommen können, dass musste er zugeben, aber die einzige richtige persönliche Entscheidung hatte er getroffen, als er nach dem Abi beschloss, für fast ein Jahr durch Afrika und Asien zu reisen. Sein Vater hätte es lieber gesehen, wenn er nach England, USA oder auch nach Japan gegangen wäre. Auch das BWL-Studium hatte er sich nicht ausgesucht, aber Münster als Standort war dann eine sehr gute versöhnliche Wahl gewesen. Endlich auch mal weg vom gut behüteten Elternhaus. Mit Niklas von Haasen hatte er damals richtig auf die Kacke gehauen und eine Sause folgte der anderen. Einen *picheln* mit wenig *Maloche*[17] und kleine *Klüsen* war angesagt. Gut, dass er zum Schluss die Kurve bekam und sich auf das Diplom konzentrieren konnte. Die Stelle bei Curafox war für ihn schon konzipiert. Erst als Assistent der Geschäftsführung, sollte heißen bei seinem Vater lernen, dann Aufstieg zum COO. Hier konnte er mit etwas Abstand das Alltagsgeschäft kontrollieren. Diese abstraktere Ebene war etwas für ihn. Gut, dass er nicht der Super-Projektleiter war und APTIL managen sollte. Da bliebe er doch lieber etwas im Hintergrund, interpretierte vorgelegte Zahlen und leitete daraus Prozessverbesserungen ab.

„So Leute, es ist schon fast Mitternacht. Morgen ist wieder ein harter Arbeitstag. Kommt alle gut nach Hause."

Albert Gratz ließ die Rechnung kommen und gab seinem Lieblingsitaliener ein großzügiges Trinkgeld, bevor alle mit Handschlag verabschiedet wurden.

*****

---

[17] Masemattesprache in Münster: picheln ist trinken; Maloche ist die Arbeit; Klüsen sind die Augen

Nachdem Albert Gratz am nächsten Morgen die letzten Kennzahlen des Dashboards durchgegangen war, nickte er vor sich hin. Die Entwicklung der letzten Monate war ja nicht schlecht. Aber das waren die *low hanging fruits.* Das *Cherry Picking* bei den HardBeat Aktivitäten war einfach. Die Zeitungsabos waren gekündigt und die Reisekosten runtergefahren. Einige Verträge mit der Telekom waren nachverhandelt worden und die Auslastungsquote bei den Beratern war etwas nach oben gegangen. Na gut. Nun ging es aber an das Eingemachte. Die Gemeinkostenumlage auf eine produktive Stunde war immer noch zu hoch. Als CEO musste er natürlich nicht nur die nächsten Wochen und Monate im Auge haben. Das war sein Tagesbusiness. Aber wie sollte und konnte sich Curafox weiterentwickeln, wenn er ausstieg? Nachdem er der Dame vom Marketing einige Stichworte zur Pressemeldung zum gewonnenen Projekt und dem KI-Produkt ROSE-Co diktiert hatte, verließ er das Büro und fuhr mit dem Fahrstuhl in die Tiefgarage. Er startete seinen Tesla und wählte auf seinem Smartphone eine Nummer in den USA, während er die Ausfahrt hochfuhr. Er musste sich konzentrieren, da er auf Englisch reden sollte.

„Hi Tom, how are you. This is Albert Gratz from Curafox - Germany. Do you have a moment for me? - Ok, schön, dass wir Deutsch weitersprechen können."

„Hallo Albert, it´s nice hearing from you. Yes, I´m fine. Habe schon von eurem Deal mit InfoLogis gehört. Großartig. Endlich verkauft ihr nicht nur eure Zeit über Berater, sondern verkauft Produkte. Really great!"

Tom war ein typischer amerikanischer Investmentbanker, der überall einen Deal witterte. Er war eher von kleiner Statur, aber hochdynamisch und mit einer schnellen Auffassungsgabe und Intelligenz ausgestattet. Ein sehr guter Analytiker mit dem notwendigen Schuss Intuition. Mit seiner gewissen arroganten Ausstrahlung kam er auch immer etwas verschlagen daher. Sein Spezialgebiet war die Analyse deutscher Mittelstandsunternehmen. Seine Mutter kam aus Deutschland, daher entstand seine Verbundenheit zu Europa. „Wie seht ihr den europäischen IT-Markt, Tom?", startete Gratz die Diskussion.

„Nun steht euch die Mobilitätswelt für KI in der Logistik offen. Und das mit diesem großartigen Referenzkunden. Ich sage dir, in den nächsten zehn Jahren wird die Straße schlau. Car-2-X Technologie[18] und neue Mensch-Maschine Interaktion werden benötigt. Dies ist ein riesengroßer Markt. In Amerika starten wir heute schon mit unseren Trucks auf den langen Highways. Lange gerade Straßen und keine Fußgänger. Die sind in den Städten unberechenbar," begeisterte sich Tom über diese neuen faszinierenden Möglichkeiten des autonomen Fahrens.

„Habt ihr euch bei WhiteStone entschieden? Habt ihr Interesse? Mit wieviel wollt ihr einsteigen?"

„Wir prüfen einen Einstieg bei euch von hundert Millionen Dollar. Dann rollen wir zusammen den Weltmarkt auf."

Gratz steuerte den Wagen an den Bordstein und hielt an. Gedanklich stand er auf, als wenn er salutieren wollte. Alles lief perfekt. *Die Amis mit im Boot und dann der riesige Absatzmarkt vor Augen. Er übergibt an Ben, verkauft seine Anteile, spielt in Südafrika Golf und bei Curafox gibt es einen potenten Investor.*

Heute könnte er sich auch zwei Whisky genehmigen.

„Wir von WhiteStone brauchen noch ein paar Unterlagen und etwas Zeit. Aber alles unkritisch. Und du Albert bleibst als

---

[18] In der neuen Mobilitätswelt ist die *Car2X*-Kommunikation ein zentrales Zukunftsthema. Dabei kommunizieren Autos mit Autos (Car2Car) und Autos mit der Umgebung (Car2E). Dies geschieht über WLANp oder 5G.

Business Angel bei uns und suchst die nächsten Investmentperlen im Logistikbereich. Ein guter Deal für alle."

Das Gespräch wurde höflich beendet und Gratz sackte glücklich zurück in den Sitz. So konnte jedenfalls keiner im Büro sein Gespräch mitgehört haben. Es war seine geheime Aktion. Langsam kam die Entspannung zurück.

*****

Dr. Frank Lürsen empfing Zven Bergmann und dessen Teamleiterin Ulla Schmidt um zehn Uhr in seinem großen und modern ausgestatteten Büro. Er hatte die Ärmel seines Hemdes hochgekrempelt und erschien voller Tatendrang. Er blieb nicht an seinem Schreibtisch sitzen, sondern kam zum bereitgestellten Kaffee an den kleinen Konferenztisch rüber.

„Guten Morgen Zven. Hallo Ulla. Vielen Dank für Eure Zeit. Wie kommt ihr voran im Projekt APTIL? Wir haben ja eine vertragliche Rüstzeit von vier Wochen abgemacht. Nächste Woche ist dann das Kick Off Meeting mit dem Kunden", wandte sich Frank Lürsen Bergmann zu. Er wusste, dass Ulla Schmidt wenig bis Garnichts beitragen konnte. Aber er wollte sie als Teamleiterin nicht übergehen. Somit saß sie stumm dabei.

„Frank, der Vertrag ist wirklich mehr als ambitioniert. Aber da brauche ich später nochmal deine Unterstützung. In der Teambesetzung habe ich nur die Hälfte der notwendigen Experten gefunden. So wird das nichts. Entweder die sind krank oder in anderen Projekten vergraben. Mit den jungen Rookies kann ich jetzt noch nicht viel machen. Einziger Lichtblick sind Stefan Mohring und Christine Zielke. Wir haben eine große Knowhow Lücke in der Schnittstellensoftware. Hier kann bei uns keiner die Spezifikationen schreiben. Ich brauche drei Freelancer mit dem Wissen. Good News – ich habe schon Kontakt mit Zweien aufgenommen und sie könnten einsteigen."

Lürsens Züge verdüsterten sich und er sah etwas hilflos über seine Brillengläser Ulla Schmidt an, die wortlos dem Gespräch folgte.

„Ich versuche ja alles Mögliche und ziehe auch Leute von anderen Projekten ab. Aber Freelancer bekomme ich nicht durch. Du kennst unser Programm HardBeat. Keine Chance. Die sind in den Projektkosten auch gar nicht kalkuliert worden. Schiebe das Arbeitspaket erstmal nach hinten. Die

Zielke soll sich einen jungen Studenten nehmen und ein paar Überstunden machen. Mit dem Betriebsrat regele ich das. Du kennst ja unsere agile Organisation. Das heißt, wir schieben schnell mal ein paar Leute kurzfristig rein. Kann ich bis Freitag die Folien für das Kick Off Meeting sehen?"

„Klar, die sind in Vorbereitung", erwiderte Bergmann kleinlaut.

„Wir sollten bei den Arbeitspaketen gegenüber InfoLogis erstmal sehr oberflächlich bleiben. Unser Mitarbeiterbesetzung der einzelnen Positionen hat die bei einem Festpreis auch nicht zu interessieren. Das Staffing der Experten ist unsere Sache."

Zven Bergmann war enttäuscht. Er sah es als großes Lob an, dass er als Projektmanager für dieses äußerst wichtige Projekt APTIL benannt worden war. Es war auch in der Firma klar geworden, wie wichtig APTIL und der Kunde InfoLogis waren. Er hatte gedacht, dass er die gesamte Unterstützung der Firma bei allen auftretenden Problemen bekam. Aber es war so wie immer. Auf Kante genäht. Eigentlich durch HardBeat noch schlimmer.

Bei der sogenannten Vertragslesung, also der Übergabe vom Vertrieb Mark Kötter an die Produktion, war auch die Legal-Abteilung mit einem Juristen dabei. Offen wurde im kleinen Kreis darüber berichtet, dass der Vertrag ein Himmelfahrtskommando war. Deshalb hatte sich wohl keiner um den Projektmanagerposten gerissen.

Bergmann wurde beim Gelingen, das hieße *in time, in budget, in quality* ein variabler Bonus von fünfzehntausend Euro versprochen. Das Geld konnte er mit seiner Frau Sylvia und den beiden Kindern für das neue Haus in Rödermark gut gebrauchen. Das war schon der halbe Wintergarten und die Doppelhaushälfte war auch noch nicht abbezahlt. Er wohnte im angenehmen Wohngebiet Breidert und die Kinder hatten genug Spielkameraden in der Nachbarschaft. Seit drei Jahren war er nun bei der Firma Curafox. Als studierter Informatiker standen für ihn die Technik und die Softwarearchitekturen von anspruchsvollen Anwendungen immer im Vordergrund. Als Projektmanager kümmerte er sich nun um alles, aber nicht um die Technik. Zahlen, Zahlen, Zahlen. Immer öfter wurde abgefragt, wie der verkaufte und der interne Stundensatz ist. Warum die Offshore Quote durch die Inder so gering war und wie hoch das *Percentage of Completion*[19] oder die Restaufwandsschätzung eines Projektes war. Er war doch kein Controller. In den anderen kleineren Firmen, wo er vorher gearbeitet hatte, war man an den Zahlen weniger interessiert. Und wenn, dann wurde in Arbeitstagen und nicht in feingranularen Arbeitsstunden gerechnet, die auch noch, je nach Expertenskill, mit unterschiedlichen Kostensätzen hinterlegt waren. Er merkte, dass die Softwareindustrie zu einer normalen Produktionsmaschine wurde. Allerdings mit sehr vielen Menschen und deren Kapital war das Knowhow, was in ihren Köpfen steckte. APTIL hatte man ihm nun um den Hals gehängt. Seine unfähige Teamleiterin Ulla Schmidt war seiner Meinung nach eine Quotenfrau im mittleren Management. Die würde ihm nicht helfen. So jemand wusste erst nichts und dann alles besser. Er beschloss zu strampeln und zu kämpfen. Sein Magen fing an, sich zusammenzuziehen.

*****

---

[19] PoC: Fertigstellungsgrad eines Projektes in Prozent. Er steigt erfahrungsgemäß schnell und kontinuierlich bis auf 90%, verharrt dort aber lange. Daher ist die Restaufwandschätzung (Remaining) wichtig, um den zu leistenden Gesamtaufwand zu berechnen.

„Also, ich finde das Projektlogo gut", sagte Stefan Mohring beim ersten internen Treffen der engsten Projektmitarbeiter. Er hatte drei ineinandergreifende Zahnräder vorgeschlagen und diese auf dem Whiteboard skizziert. Jedes für sich stand für ein Thema. „Nur wenn alles zusammenpasst wird es laufen."

„Ne, das ist mir zu einfach. Und hat auch nichts mit künstlicher Intelligenz oder Logistik zu tun. Das ist doch altbacken", antwortete Bergmann. „Wie ist es mit einem stilisierten Gehirn? Damit würden wir das Thema Intelligenz aufnehmen."

„Das ist schon besser. Wir sind aber keine Mediziner oder Biologen. Der Name APTIL hört sich wie ein Medikament an. Was sich die Infologistiker da wieder ausgedacht haben", war die Meinung von Christine Zielke. Sie schaute fragend in die Runde und sah aus dem Fenster.

„Ich schlage eine geknackte Walnuss vor. Seht mal, da draußen unser großer Baum. Da haben wir eine Verbindung zu Curafox und die Nuss sieht aus wie ein Gehirn. Der Baum steht für Stabilität und Natur. Die Nuss für Frucht und Intelligenz. Alles das macht Curafox aus."

„Sehr guter Vorschlag. Die Walnuss steht auch für geballte Energie, wie wir. Und wir haben die Nuss für InfoLogis geknackt."

„Und wie beschreibt ihr das Thema Logistik?" warf Stefan ein.

„Es ist doch unser Logo. Wir brauchen nicht das ganze Vorhaben abbilden. Wichtig ist, dass wir intern ein verbindendes Element haben. Vielleicht kann APTIL ja die Sorte der Nuss beschreiben", erwiderte Christine.

Nach einer kurzen weiteren Diskussion waren alle mit dem Projektlogo einverstanden. Sofort wurde aus dem Internet ein Foto gesucht und heruntergeladen. Die Walnuss erschien ab sofort neben dem Namen APTIL auf jeder Folie und jedem Dokument.

*****

Albert Gratz fuhr spät abends vom Flughafen nach Hause. Ein Kundentermin in Amsterdam. Sehr vielversprechend. Der Kunde suchte nach KI-Lösungen zur Frühwarnung von Pflanzeninfektionen bei Gewächshauskulturen.

Er sah nach dem Aufschließen der Haustür einen Zettel auf dem Tisch liegen: *„Bin bei Steffi zum Bridge spielen. Bis später. Gruss Cordi* ☺*."* Der regelmäßige Kontakt zu ihren Freundinnen war Cordula immer wichtig gewesen. Sie wäre sonst vereinsamt. Gratz ging zum Kühlschrank. Mit einem kalten Bier setzte er sich vor den Fernseher, nachdem er sich seiner Schuhe entledigt und seine Beine auf den Couchtisch ablegt hatte. Er nippte an der Flasche und schaltete auf die ARD-Tagesthemen, die schon seit einigen Minuten begonnen hatten.

.... sind die Chinesen auf Einkaufstour. Nachdem sie schon im letzten Jahr ein Auge auf die deutsche High Tech Industrie geworfen hatten, gehen sie nun sehr strategisch vor. Keine Zukunftsindustrie ist vor China sicher. Biotech, Roboter, Automobilindustrie und sogar Beteiligungen an Flughäfen befinden sich im chinesischen Visier. Der Wirtschaftsminister warnte erst kürzlich vor dem Ausverkauf des deutschen und europäischen Know-hows. Hochtechnologiefirmen werden aufgekauft, ausgeschlachtet und das Wissen nach China transferiert. Nicht ganz neu ist das Interesse an der künstlichen Intelligenz, da China zwar selber ungeahnt viele Daten ihrer Bürger zwangserhebt, aber zu deren Auswertung effiziente Analysealgorithmen zur Bilderkennung benötigt. Die KI-Einsatzgebiete werden somit auch zur Festigung der chinesischen kommunistischen Regierung eingesetzt. Gerade in Deutschland machen wir es den Chinesen beim Aufkaufen unserer Industrieperlen sehr einfach. Nun ist ein geheimes Papier aufgetaucht, auf denen wichtige deutsche

Softwarefirmen aus dem Bereich der KI stehen und bewertet wurden. Die Bundesregierung ist alarmiert....

Der Bericht war mit diversen Bildbeiträgen untermalt. Und in einer kurzen Bildsequenz sah man die Curafox Zentrale aus der Hubschrauberperspektive. Gratz setzte sich erschrocken auf und konnte den Bericht nicht mehr bis zum Ende verfolgen. Sollte Curafox wirklich auch im Fadenkreuz der Chinesen sein? Auszuschließen war dies nicht und viele Geschäftskennzahlen waren in den Quartalsberichten enthalten. Es hatte sich niemand bei ihm gemeldet, aber Chinesen haben einen langen Atem. Er wollte sofort morgen Tom von WhiteStone darauf ansprechen. Und die Industrie- und Handelskammer sollte mal versuchen an dieses geheime Papier zu kommen. Wofür haben die so viele Lobbyisten in Berlin rumlaufen.

Nach etwas längerem Überlegen kam das wohlige Gefühl des geschmeichelt werdens in ihm hoch. Vielleicht war der Platz auf der Liste auch eine Ehre. Die Würdigung durch die Chinesen könnte das Geschäft mit dem Ami interessanter gestalten. Konkurrenz belebt auch das Geschäft.

Kapitel 4. Die Meetings

Fast das gesamte Projektteam von Curafox machte sich für das gemeinsame Kick Off Meeting auf den Weg nach Hannover zur InfoLogis Zentrale. Zven Bergmann führte seine Gruppe von Beratern, Senior Entwicklern und Teilprojektmanagern an. Man wollte dem Kunden zeigen, dass Curafox ein Team mit top Knowhow zusammengestellt hatte. Pünktlich kurz vor zehn Uhr erreichten die drei PKW den InfoLogis Parkplatz und die elf Curafox Experten begaben sich zum Empfang der Zentrale. Alle waren beeindruckt von dem großen modernen Glasgebäude. Einige Fenster in den oberen Etagen waren foliert. „Seht mal, da werden die Geheimprojekte geplant. Und damit von außen keiner Spionagefotos mit Drohnen schießen kann, sind die Fenster verspiegelt", wusste Bergmann seinem Team zu berichten.

Niklas von Haasen hatte einen großen hellen Meetingraum herrichten lassen. Alle notwendigen Technologien waren verfügbar und riesige Touch-Screen Monitore hingen an den Wänden.

Er verstand es, sich in Szene zu setzen. Das mittellange schwarze Haar leicht gegelt nach hinten gekämmt. Dazu die randlose Brille, modisches Sakko und Sneaker. Mit dem genau getrimmten Dreitagebart kam er den Anforderungen an ein Model ziemlich nahe. Gut gelaunt, aber mit einer gewissen Distanz begrüßte er lässig stehend die Anwesenden mit der linken Hand in der Hosentasche.

86

„Ah, da sind sie ja. Und so viele." Er schaute gespielt irritiert die Gäste an. „Sehr schön. Setzen sie sich doch bitte und bedienen sich mit Wasser, Kaffee oder Tee. Ich hoffe, die Fahrt war angenehm." Er hatte das Meeting im Griff. Das Drehbuch wurde nach ihm geschrieben.

Nachdem sich alle gesetzt hatten und das Geklapper der Kaffeetassen während der Getränkeselbstbedienung nachließ, stellten die Anwesenden die Gespräche ein. Niklas von Haasen stand langsam auf und ging nach vorne. Er machte eine kurze Pause, blickte in die Runde und faltete seine Hände vor dem Körper.

„Sehr geehrtes Curafox Team. Liebe Kollegen von InfoLogis. Vielen Dank, dass sie nach Hannover gefunden haben. Ich darf sie herzlich in unserer Zentrale begrüßen. Wir werden nun ein Jahr intensiv zusammenarbeiten. Dazu sind Offenheit, ein respektvoller Umgang und gute Kommunikation wichtig." Er machte eine kurze gedankliche Pause und fuhr fort: „Ich spüre eine Energie in diesem Raum. Diese gemeinsame Energie wird durch unser Projekt APTIL hervorgerufen." Eine weitere kurze Atempause entstand. Er wollte die Sätze wirken lassen.

„Bevor ich an Herrn Bergmann zur Präsentation ihres Projektansatzes übergebe, möchte ich ihnen kurz InfoLogis vorstellen. InfoLogis ist das europäisch größte Logistikunternehmen für die Automobilwirtschaft. Uns gibt es seit bald vierzig Jahren. Und ohne uns würden über zwanzig Millionen PKW und LKW in Deutschland bald nicht mehr fahren. Hier, aus unserer Zentrale in Hannover, steuern wir fast fünfzig Logistikzentren in Europa. Die gesamte Automobilindustrie ist von uns abhängig. Wir liefern zeitgenau an alle Werkstätten und auch Autoteile direkt an die Produktionsstraßen von diversen Marken. Der Ersatzteilmarkt ist riesig und wir machen täglich über zehn Millionen Teile verfügbar. Dazu setzen wir modernste Systeme ein. In Fulda an der A7 haben wir ein Innovations- und

Forschungs-Hochregallager. Dort wird alles vorab einmal installiert, bevor wir die Systeme ausrollen. 5G wird dort auf dem Gelände bald funktionstüchtig sein." Von Haasen lächelte wissend in die Runde und schien selber immer wieder beeindruckt von der InfoLogis Geschichte. Er zeigte dazu einen professionell gestalteten Foliensatz auf dem Beamer und fuhr fort.

„Ankommende LKWs von den Zulieferern werden ab einem Radius von einhundert Kilometern eines Lagers erfasst und deren Eintreffen zeitlich so gesteuert, dass die Ent- oder Beladerampe beim Eintreffen gerade frei geworden ist. Alle LKW-Fahrer bekommen dazu permanent Informationen über ihren Fahrstil, um Verbräuche zu minimieren. Frachtpapiere werden immer vorab elektronisch ausgetauscht. Wir wissen genau, wer wann was auf welchem LKW mitbringt, welche Temperatur im Container herrscht und ob die Ware kräftig geschüttelt wurde. Mit Curafox zusammen wollen wir nun die künstliche Intelligenz ins Lager bringen. In den nächsten anstehenden Projekten befassen wir uns mit der Warenauslieferung per Drohne. Wir analysieren auch Unfälle aus dem fahrenden Fahrzeugbestand, und stellen fest, welche Teile und Komponenten mit welcher Wahrscheinlichkeit zusammen ersetzt werden. Z.B. wird ein Kotflügel bei einem Unfall zerbeult, heißt dies meist auch, dass der Schweinwerfer defekt ist. Diese Korrelationen helfen uns die Vorhaltekosten für Ersatzteile von älteren Fahrzeugen enorm zu senken. Wir wollen auch vorausschauend wissen, wann ein Teil in Zukunft kaputt geht und ersetzt werden muss. *Predictive*

Maintenance[20], *Big Data[21]* *und KI.* InfoLogis ist immer auf dem Top Stand der Technologie.

Sie sehen, wir investieren permanent und intelligent. Ich freue mich auf eine gute und vertrauensvolle Zusammenarbeit mit Curafox und wir sind gespannt – Herr Bergmann – wie sie das Projekt APTIL angehen wollen.

Ach ja – unser Projektname APTIL 4.0 steht für *autonomous pallet transporter for InfoLogis.* Wir wollen damit die drei Dimensionen im Lager und die Zeit erfassen. Nebenbei bemerkt, APTIL ist auch ein Antiepileptikum aus der Gruppe der Topiramate. Falls mal jemand bei der Arbeit durchdreht. APTIL steht als Motivationsspritze bereit."

Damit endete von Haasen, selber lächelnd über seinen abschließenden Witz und setzte sich lässig vorne rechts an den Konferenztisch. Er nahm sofort sein Smartphone in die Hand und begann E-Mails zu checken.

Zven Bergmann stand auf und wirkte sichtlich nervös. Seine Hände waren feucht und er fühlte eine innere Beklemmung. Der Raum, das Gebäude und auch die lässige Einführung von von Haasen hatten doch eine Wirkung hinterlassen. Er erinnerte sich kurz an den Testlauf des Vortrages, den sie letzte Woche im Team absolviert hatten. Im sogenannten *Dry Run* hatten sie die Aussagen auf den Folien ausdrucksstärker hervorgehoben, die Grafiken verbessert und die Reihenfolge der Präsentation umgestellt. Zven Bergmann hielt seinen Vortrag dreimal vor seinen Kollegen. Diese hatten ihm

---

[20] Predictive Maintenance: vorausschauende Wartung. Sie greift ein, bevor ein Fehler auftaucht

[21] Big Data: sehr große Datenmengen, die über einen langen Zeitraum angefallen sind und über Algorithmen analysiert werden

zurückgespiegelt, was zu verbessern war. Chrissy gab ihm Tipps, wie er sprechen und stehen sollte. Sie hatte immer wieder gefordert, dass er direkten Blickkontakt mit von Haasen und den anderen InfoLogis Zuhörern aufnehmen müsse. *Und Zven, bitte nicht umdrehen und gegen die Präsentationswand reden. Schau besser kurz auf deinen PC-Bildschirm, der vor dir steht. Achtzig Prozent der Kommunikation ist Körpersprache. Also die Haltung und die Stimme muss Präsenz und Selbstbewusstsein ausstrahlen.*

Bergmann ließ diese Sätze gedanklich Revue passieren, dann räusperte er sich kurz in das Mikrofon, sah kurz durch den Raum und startete seine PowerPoint Präsentation mit einem Tastendruck. Er gab zunächst eine kurze Übersicht über Curafox und den Erwartungen und Anforderungen aus der Projektausschreibung. Dann durfte sich das Projektteam einzeln mit Namen und Rolle vorstellen. Stefan Mohring machte dies gewohnt trocken und kurz. Sein Anzug passte auch nicht mehr richtig. Die Krawatte war etwas schief, jedenfalls zu kurz gebunden. Gut, dass er wenigstens heute auf die weißen Tennissocken verzichtet hatte und sogar einen Ledergürtel trug.

Ganz das Gegenteil in Ausstrahlung und Erscheinung war Christine Zielke. Sie hatte einen modischen schwarzen Hosenanzug mit weit offener weißer Bluse an, unter der ein Spitzen BH durchschien. Mit ihren langen blonden Haaren und dem dezent aufgetragenen Makeup konnte sie schnell überzeugen, dass sie nicht nur gut aussah, sondern auch intelligent war. Man sah ihr an, dass sie regelmäßig zum Joggen kam. Von Haasen war hocherfreut, dass er mit so einer Expertin zusammenarbeiten durfte.

„ ....Und dann komme ich zum Projekt- und Qualitätsplan", fuhr Bergmann fort. Er verwies mit dem Pointer auf die einzelnen Arbeitspakete, den vielen voneinander abhängigen Aktivitäten und dem Zeitstrahl mit wichtigen Meilensteinen.

Schnell konnte jeder erkennen, was bis wann fertig und teilabgenommen sein musste. Er zeigte eine Übersicht von den sogenannten Beistellungen und Mitwirkungsleistungen von InfoLogis, damit das Projekt ein Erfolg werden könne. von Haasen lauschte dem einstündigen Vortrag eher gelangweilt und räkelte sich auf dem Sessel. Er versuchte immer wieder Blickkontakt mit Christine Zielke aufzunehmen und sie freundlich anzulächeln. Diese merkte dies zwar, erwiderte den Blick jedoch nicht, sondern nickte eifrig unterstützend bei wichtigen Statements, die Bergmann vortrug.

Bergmann hatte zum Ende hin einen roten Kopf mit kleinen Schweißperlen und schien richtig erschöpft zu sein. Er hatte alle Details vorgetragen und hoffte nun auf ein wohlwollendes kurzes Klatschen der InfoLogis Zuhörer. Aber Totenstille. Keiner fragte, keiner tuschelte, keiner nahm ein Wasserglas.

Nach einer gefühlten Endlichkeit räusperte sich von Haasen und malmte die Zähne aufeinander, dass kleine Äderchen auf seinen Schläfen sichtbar wurden. Er setzte sich aufrecht hin, nahm seine randlose Brille ab und schaute prüfend hindurch.

„Na, - das war ja ein guter kurzer Überblick Herr Bergmann", sagte er trocken mit sarkastischem und ironischem Unterton. Sein rechter Mundwinkel zuckte kurz. Dann setzte er seine Brille wieder auf.

„Aber ehrlich, ich habe mich als Kunde hier nicht abgeholt gefühlt. Es fehlen einige hundert Aktivitäten und wie passt das alles zu dem von uns vorgeschriebenen InfoLogis Prozessmodell IL-PRO? Das lag ihnen doch in der Ausschreibung vor. Wollen sie uns mit dem Verweis auf Mitwirkungsleistungen jetzt schon unter Druck setzen?" stellte er ironisch eine Suggestivfrage. „Lieber Herr Bergmann, so nicht. Ich erwarte mehr Details in der Ausarbeitung. Sie wissen ja, Management kommt von *manus*, die Hand. Also fahren sie nach Hause und legen Hand an. Machen sie sich zügig an die

Arbeit. Ich werde das im Protokoll des Meetings auch sofort so vermerken. Vielen Dank für ihr Kommen und gute Fahrt."

Damit stand von Haasen auf und stolzierte aufrecht zur Tür. Die Absätze schlug er dabei hart auf den Boden auf. Er wusste zu genau, dass alle Augen auf ihn gerichtet waren und wie sein Abgang wirkte. Bergmann und das Curafox Team waren geschockt. Das konnte ja – nein, das würde sehr ungemütlich werden. Bergmanns Magen meldete sich erneut mit einem kräftigen Ziehen.

*****

Curafox übernimmt Spitze im SDAX

FRANKFURT / MAIN - Die im Süden von Frankfurt ansässige Curafox AG (SDAX) hat einen großen Fisch an Land gezogen. Sie wurde mit dem größten europäischen Logistikkonzern InfoLogis in Hannover über den Einsatz ihres Softwareproduktes ROSE einig (wir berichteten). ROSE ist ein genereller einsetzbarer Softwarekern der künstlichen Intelligenz. Die innovative Bilderkennungssoftware wird in dem Projekt APTIL zum autonomen Fahren eingesetzt wird. Dem Vernehmen nach, konnte Curafox andere namhafte große Hersteller aus dem Feld schlagen. Über den Preis des Projektes wurde Stillschweigen vereinbart.

Nach Bekanntwerden des Vertragsabschlusses schnellte der Börsenkurs von Curafox um 18% am ersten Tag nach oben. Die Börsianer feiern einen neuen Star und weitere Kurssteigerungen werden auch von Analysten in Aussicht gestellt. Der Markt zum Einsatz der künstlichen Intelligenz Software ist riesig und Curafox schwingt sich auf zum großen innovativen Player. Bei InfoLogis rechnet man durch den Einsatz der Software mit enormen Kosteneinsparungen in der Lagerhaltung. Experten gehen von einer Amortisation der Projektkosten in zwei bis drei Jahren aus.

Die beiden CEO's Gratz (Curafox) und Fehrenbach (InfoLogis) berichteten in einem Interview von weiteren möglichen Einsatzgebieten und Kooperationen.

*****

Vier Wochen später war das Curafox Projektteam immer noch nicht viel weiter. Die ersten detaillierten Anforderungsspezifikationen waren fertig und wurden InfoLogis zur Abnahme übergeben. Den Projektplan hatte Bergmann nun schon x-mal angepasst und alle Details eingetragen. Der Plan wurde nun immer unhandlicher und Bergmann verlor langsam den Überblick. Jedes Treffen mit von Haasen war ein Fiasko. Man stritt sich so gut wie über alles. Alte Meeting Protokolle waren immer noch nicht abgestimmt, da einzelne Worte oder Sätze diskutiert wurden. Die Änderungshistorie in MS-Word erschien in einem bunten Labyrinth und war nicht mehr nachvollziehbar. Jeder Kommentar war in einer anderen Farbe dargestellt. Mittlerweile wurden nur noch Kurzprotokolle direkt im Meeting am Bildschirm geschrieben. So konnte man sich wenigstens auf einige Grundlagen einigen.

Bergmann war immer mindestens zwei Tage in Hannover und hatte nun auch für sich und das kleine Vorort-Team ein eigenes Büro. Dieses befand sich im Nebengebäude und vermutlich konnte von Haasen aus dem Hauptgebäude direkt von oben hereinsehen. Von Haasen kam auch nie auf die Idee rüberzugehen und direkt etwas zu klären. Er wartete immer, bis zu einem offiziellen Termin oder bestellte Bergmann telefonisch zu sich. Diese Tage in Hannover waren nur zu ertragen, wenn Christine Zielke mitgekommen war. Es war dann eine entspanntere Atmosphäre. Bergmann vertraute ihr und ihr Wissen war wirklich enorm. Auch von Haasen war dann immer umgänglicher.

Da die Reisekosten in der letzten Angebotskalkulation nochmals reduziert worden waren, konnte Bergmann immer nur in einem kleinen schäbigen Hotel für siebzig Euro die Nacht unterkommen. Das Beste am Hotel war die direkte Nähe zu InfoLogis und der große Parkplatz. Das Hotel hatte einen

Neu- und einen Altbau. Der sogenannte Neubau war von 1970 und die Zimmer mit ihrem Inventar sahen entsprechend aus. Bergmann hatte der Besitzerin sofort klargemacht, dass für ihn eine Übernachtung im Altbau nicht in Frage kam. Eine Nacht hatte in diesem hellhörigen Gebäude mit Holzdielen gereicht. Monteure, die laut Pornos schauten und das Flurlicht, das unter der Tür durchschien, machten die Nächte zum Horrorerlebnis. Die fast verbrannten Frühstücksbrötchen zusammen mit dem ungenießbaren Kaffee und der ungepflegten, möglicherweise alkoholabhängigen, Hotelbesitzerin gaben ihm den Rest. Er war ja nicht anspruchsvoll, aber ... Es fiel auch schnell auf, dass die hochpreisig erscheinende Orangensaftflasche anscheinend jeden Morgen bis zum Rand nachgefüllt wurde. Der Verschlussring war immer erbrochen. *Die Flasche ist fast ein antiker Schatz*, analysierte er. Eine Nacht im „Neubau" konnte er aushalten. Er hatte eh lange zu arbeiten und dann träumte er von Sylvia seiner Frau, den beiden Kindern Ludwig und Agnes, seinem Haus und vom nächsten kleinen Bauprojekt. Zum Nachrichten schauen hatte er meist keine Lust mehr, da immer nur negative Informationen verbreitet wurden. Davon hatte er selber genug. Er konnte nicht die Welt retten, aber das Projekt APTIL musste er vernünftig abliefern.

*****

Der Curafox Entwicklungsleiter Dr. Lürsen hatte in einer Rundmail nochmals alle Projektleiter daran erinnert, dass jeder aufgefordert worden war, zusätzliche Kleinaufträge über Change Requests reinzuholen. Bergmann kannte das Angebot und den Vertrag mit InfoLogis in- und auswendig. Sicherlich gäbe es schlechte Stimmung mit dem Kunden, wenn er beim anstehenden Meeting auf Änderungen hinweisen würde. Aber, wenn das Curafox Management darauf bestand, dann würde er sein Bestes tun. Außer Atem stand er vor dem kleinen Konferenzraum und wartete geduldig auf von Haasen, der aufschloss.

„Herr von Haasen, wir sind ihre Ausschreibungsunterlagen und unser Angebot nochmal sehr genau durchgegangen. Von einer Sicherheitszertifizierung zur Personenbeförderung haben wir nichts gelesen. Die Gabelstapler werden dazu ja auch nicht eingesetzt. Der manuelle Betrieb ist nur im Ausnahmefall zulässig. Daher haben wir diese Zertifizierung auch nicht angeboten. Wir können das natürlich gerne nachholen." Zven Bergmann saß nervös vor dem Konferenztisch. Niklas von Haasen saß ihm mit verschränkten Armen und einem Lächeln gegenüber. Er verzog den Mund zu einem schmalen Schlitz. Der Zeigefinger tippte mehrmals auf die Lippen.

„Herr Bergmann, dann machen sie das. Curafox ist doch der Experte. Sie wissen doch, dass wir APTIL sonst im Ausland nicht einsetzen dürfen. Also, denn mal los."

„Gerne, ich werde dazu wieder einen Change Request, also eine Erweiterung zum Angebot erstellen. Es wäre die Nummer vierundzwanzig. Das hat dann natürlich Einfluss auf den Zeitplan und die Kosten. Wir erstellen ihnen dazu ein Angebot mit der Bitte zur separaten Beauftragung."

Von Haasens Gesicht verdüsterte sich. „Das kann doch wohl nicht wahr sein. Für jede kleine Änderung zum Vertag hält Curafox die Hand auf. Was kommt denn dann noch? Herr Bergmann, fahren sie mal nach Hause und klären das mit ihrem Vertrieb. Wir halten den Punkt zunächst mal offen. Ich habe gegenüber Curafox mittlerweile auch einige Forderungen. Am Zeitplan darf sich nichts ändern. Haben sie sonst noch was? Ich habe noch einen anderen wichtigen Termin. Wir sehen uns dann nächste Woche wieder. Auf Wiedersehen." Damit verließ von Haasen den Raum. Die Entrüstung wirkte inszeniert.

Bergmann war konsterniert, enttäuscht und frustriert. Er fuhr sich mit den Fingern durch die Haare und sah einige Zeit gegen die weiße Wand.

Es war so gekommen, wie er vermutet hatte. Sowohl auf Kunden- als auch auf Curafox-Seite wurden Forderungslisten mitgeführt. Diese sogenannten *Claims* wurden nummeriert und bewertet. Beide Parteien hatten offensichtlich den Plan später in weiteren notwendigen Verhandlungen die Claims gegeneinander aufzurechnen. Es war wie beim Pokern. Jeder versuchte seine Trümpfe und Joker möglichst lange in den Händen zu halten. Sobald ein Spieler sehen wollte, ging das Gemetzel los. In den Claims steckten viele Emotionen und Arbeit. Sie wurden bewertet, analysiert, abgewogen, fallengelassen oder einfach auch manchmal akzeptiert. Wenn Curafox dem Kunden etwas schenken musste, dann sollte InfoLogis wenigstens den Wert des Geschenkes kennen.

Bergmann packte seine Sachen, verließ den Raum und ging zu seinem Auto. Für diese Woche hatte er von InfoLogis die Nase voll. Sollten sich die Juristen doch später mit den Forderungen rumschlagen.

*****

Am ersten Septemberwochenende fand in Rödermark die sogenannte „Kerb" statt. Es war das alljährliche Kirchweihfest, welches immer als großes Straßenfest gefeiert wurde. Nach der Sperrung der Bundesstraße, wurden ab Freitag überall Buden, große Zelte und auf dem angrenzendem Parkplatz eine große Bühne für die Open Air Party aufgebaut. Das gemächlich fahrende Riesenrad war eher für die ältere Generation und den Autoscooter belagerten viele Teenagern. Sogar aus Frankfurt kamen die Menschen, um bis spät in die Nacht zu feiern.

Das APTIL Projektteam traf sich im großen Zelt der Freiwilligen Feuerwehr, bevor die Truppe später zum Open-Air-Konzert weiterziehen wollte. Einige hatten eine Woche vorher vorsichtig Walnüsse geknackt und, ähnlich wie chinesische Glückskekse, mit einem Sinnspruch als Einladung zum abendlich „Projektmeeting" versehen. Die zusammengeklebten Walnussschalhälften wurden bei Curafox verteilt. Christine hatte so eine Kerb noch nicht mitgemacht und war entsprechend gespannt. Sie hatte Rainer überredet mitzukommen, er könne dann bei dieser Gelegenheit auch mal ihre Kollegen kennenlernen.

„Hey, da bist du ja Chrissy", wurde sie von ihren Kollegen begrüßt. „Hier, ein erstes Geripptes[22]." Rainer stellte sich Zven, Stefan, Nadja und allen anderen mit einem kurzen Handshake vor. Stefan meinte, er sei für die gute Stimmung verantwortlich und war sofort in seinem Element.

„Was macht man mit einem Hund ohne Beine? Na? - Um die Häuser ziehen." Das große Gelächter ermunterte ihn weiterzumachen. „So, jetzt noch einen für dich Chrissy.

---

[22] Ein Schoppenglas (rautenförmige Außenstruktur) mit Apfelwein (wird in Südhessen auch als sauer/süß gespritzt getrunken)

Warum ist der Magnet männlich? -Hmm? – Wäre er weiblich, wüsste er nicht was er anziehen sollte." Das Gelächter war noch größer und die Stimmung der ganzen Gruppe wurde durch reichliche Bier- und Apfelweinrunden immer ausgelassener. Gegen 22 Uhr beschlossen alle zum Konzertplatz rüberzugehen, bevor der aus allen Nähten platzen würde. Von dort konnte man auch gut das Feuerwerk sehen, dass mit vielen Aah´s und Ooh´s von allen Anwesenden kommentiert wurde.

Rainer sah Christine an und gab ihr zu verstehen, dass er nach dem Feuerwerk lieber mit ihr woanders hin, oder sogar nach Hause gehen wollte. Sie zog ihn an der Hand mit und folgte der ganzen Gruppe. Alle tanzten ausgelassen, brüllten die Songs mit und schwangen ihre Arme weit über dem Kopf. Nur Rainer fühlte sich fehl am Platze und gab seiner Chrissy dies auch mehrmals zu verstehen.

„Komm, wir gehen jetzt nach Hause. Du hast schon viel zu viel getrunken", schrie er ihr wegen der lauten Musik in das Ohr.

„Keine Chance, Rainer. Ich bleibe noch hier. Sei kein Frosch. Ist doch super. So viele Leute, gute Stimmung und tolle Livemusik. Was wollen wir mehr. Komm bleib noch und tanze mit."

„Nee. Ist mir zu laut und ich mag auch nicht immer angerempelt werden."

„Dann gehe doch. Ich bleibe", antwortete sie genervt und tanzte mit mehreren provokanten Hüftdrehungen in Richtung Stefan Mohring.

Rainer drehte sich um und verließ missmutig den Open-Air-Konzert Platz.

*****

Abteilungsleiter Dr. Frank Lürsen saß hinter seinem Schreibtisch am Laptop und malträtierte die schmale Tastatur mit seinen kräftigen Fingern. Er hatte meist eine Lesebrille auf dem Nasenrücken, die er ganz nach vorne schob. Wenn er sie nicht zum Lesen brauchte, schaute er gerne über die Gläser, ansonsten baumelte sie an einer Kette vor seiner Brust. Er tobte innerlich, als Bergmann endlich sein Büro betrat. Lürsen hatte in den letzten Wochen sehr wohl bemerkt, dass Bergmann den Kunden nicht in den Griff bekam. Nach außen gab er sich ruhig aber konzentriert.

„Hallo Zven. Lass uns mal kurz über das Projekt APTIL reden. Ich meine, du musst smarter sein. Hacke nicht immer auf den Protokollen so rum. Und über diesen Change Request vierundzwanzig, wie hieß der nochmal? - Ach ja Sicherheitszertifizierung. Da hat von Haasen mich natürlich sofort angerufen. Mache da erstmal nichts mehr. Das sitzen wir aus", unterstützte er die Meinung von Bergmann, der davon angenehm überrascht war. „Ich habe noch eine Idee. Lade den von Haasen mal zum Essen ein. Macht ein gemeinsames Teamevent mit InfoLogis zusammen. Wir können den Stress nicht gebrauchen. Wenn alle Stricke reißen, machen wir ein Projekt Time-out von vier Wochen. Das würde uns auch helfen und wir bekämen die restlichen Experten für APTIL zusammen. Aber siehe bitte zu, dass der Grund für eine Projektunterbrechung bei InfoLogis liegt."

Bergmann nickte nur schwach. Seine Augen weiteten sich etwas und er zog den Kopf instinktiv nach hinten. Er versuchte dann die Initiative wieder an sich zu reißen.

„Frank, hast du dir schon einmal den Qualitätscheck der Software aus Indien angesehen? Unsere Entwickler sind entsetzt über so viele Fehler im Produkt. Wie sollen wir die Software für InfoLogis anpassen, wenn der Kern nicht mal stabil läuft? Was testen die eigentlich da drüben? Die verstehen unsere Fehlerbeschreibung nicht und permanent habe ich das

Gefühl, es sind dort immer wieder andere Leute im Projekt",
ereiferte er sich. „Sanjay erzählte mir, dass sie eine hohe
Fluktuation haben. Sobald ein Entwickler irgendwo etwas
mehr Geld geboten bekommt, ist er sofort weg." Sanjay war
der indische Entwicklungsleiter für das Produkt ROSE-Co und
saß in Bangalore.

Frank Lürsen kannte natürlich das Problem. Aber das hatten
alle indischen Firmen. Es gab dort in Bangalore keine
emotionale Bindung zu einer Firma, da ein Entwickler nur vier
bis acht Euro die Stunde bekam. Auch weniger gute
Programmierer waren schnell abgeworben.

Er nickte verständnisvoll und sagte „Ich kümmere mich
darum und schalte Gratz auch mit ein. Setze mich bei den
nächsten Mails auf copy und schicke mir mal eine
Fehleranalyse zu. Und – by the way – die Buchhaltung sagte
mir, dass die Rechnung zum Erreichen des Meilenstein ZWEI
über drei Millionen Euro von InfoLogis noch nicht bezahlt
worden ist. Hake da doch auch mal nach. Die ist schon lange
überfällig. InfoLogis überzieht jedes Mal den
Zahlungszeitpunkt. Und wir brauchen den Cash Flow."

Damit lag der Ball nun wieder im Spielfeld von Bergmann.
Statt Hilfe hatte er nun noch mehr Arbeit. Das *Finger Pointing*
begann. Er spürte, wie er rote Flecken auf dem Gesicht und den
Armen produzierte.

Lürsen stand auf und legte seine Hand auf Bergmanns rechte
Schulter. Der ausgeübte leichte Druck symbolisierte ihm
beherrschte Macht und Dominanz.

„Zven. Ein Projekt entscheidet sich immer am tiefsten
Punkt. Leider kann keiner voraussehen, wann der erreicht ist.
Aber du als verantwortlicher Projektmanager musst das Team
zusammenhalten und motivieren. Fang an zu kämpfen. Ist das
klar? Schaltet in den Sportmodus!"

Lürsen wusste, dass Curafox den *point of no return* des
Projektes schon lange hinter sich gelassen hatte. APTIL

konnte weder gestoppt noch rückabgewickelt werden, ohne dass dies für Curafox und auch für ihn äußerst negative Konsequenzen hätte.

*****

Mail von: Ben.Gratz@curafox.com (COO CurafoxAG)
an: ALL_EMPLOYEES
cc: Albert.Gratz@curafox.com
Betreff: Status HardBeat und Neuausrichtung

Liebe Mitarbeiterinnen und Mitarbeiter,

mit dieser Mail möchten wir uns bei Ihnen allen für Ihren Einsatz zu unserem Effizienzsteigerungsprogramm HardBeat bedanken. Sie haben mit ihrem Verhalten und den vielen Vorschlägen dazu beigetragen, dass wir unsere Ziele des letzten Jahres erreichen konnten. Vielen Dank für ihre Kooperation. Wir konnten unsere Kosten in vielen Einzelpositionen wesentlich senken. Gleichzeitig sind wir in unseren Prozessen schlanker und effizienter geworden. Für das Q1 und Q2 diesen Jahres sehen wir noch weiteres Potential, was wir heben wollen. Bitte unterstützen sie uns auch weiterhin.

Gleichzeitig gehen wir eine Neuausrichtung zum Produkthaus an. Unser KI-Produkt ROSE wird Curafox in eine neue Zukunft mit einem veränderten Angebot führen. Die äußerst positive Reaktion des Marktes können sie an der Aktienkursentwicklung ablesen. Lizenz- und Wartungseinnahmen werden durch entsprechende Berater- und Projekteinsätze abgerundet. Wir wollen für unsere Kunden eine Curafox Academy gründen und uns an internationalen Forschungs- und Entwicklungsprojekten beteiligen, die durch die EG gefördert werden. Curafox wird das Fachgebiet der künstlichen Intelligenz wesentlich beeinflussen.

Das gesamte Managementteam bedankt sich für ihren Einsatz und ihr Vertrauen. Nur mit Ihnen als motivierte Mitarbeiterinnen und Mitarbeitern können wir die Zukunft gestalten.

Mit freundlichen Grüßen

Dr. Albert Gratz (CEO)   Benjamin Gratz (COO)

*****

Bergmann nahm dankend die Idee eines kleinen Teamevents auf und lud für die darauffolgende Woche von Haasen, dessen Vertreter Kratz, Christine Zielke und Stefan Mohring zum Abendessen ein. In ungezwungener Atmosphäre sollten nicht nur über Arbeit, sondern auch über Familie und Freizeit gesprochen werden. Alle hatten sofort zugesagt und ein Tisch im renommierten Hotel *Am Stadtpark* war schnell gebucht. Bergmann traute sich sogar für diese Nacht dort ein Zimmer zu nehmen, obwohl es doppelt so teuer war.

Der Small Talk am Tisch bekam allen gut. Alle wählten das Vier-Gänge Menü mit sogenannter „Weinbegleitung", wie es auf der Speisekarte hieß.

„In meinem nächsten Leben werde ich auch Weinbegleiter", witzelte Stefan Mohring. Es gab als Amuse-Gueule gebackene Austern mit Kaviar. Die zarten Steaks des Hauptgangs zergingen einfach auf der Zunge und insbesondere der 2014er Lugana Rotwein vom Gardasee war phantastisch. Der sonst ruhige Stefan Mohring wurde immer redseliger und nutze jede Pause, um über den Fahrradsport zu referieren. Über Ritzel, Rahmen, Tretfrequenz, Schaltungen, Kettentypen, Lochtypen bis hin zur richtigen Ernährung und diversen Extrem-Alpentouren konnte er lange Monologe halten.

„Und wisst ihr, was so ein Weltklassetopsprinter auf die Kurbel bringt", fragte er in die Runde. Ohne auf eine Antwort zu warten, schloss er begeistert: „Bis zu zweitausendeinhundert Watt. Wahnsinn, das sind kurzfristig zweikommaneun PS bei siebzig Stundenkilometer."

„Ja, ich hatte auch mal ein Mofa mit zweikommaneun PS", stoppte ihn Zven Bergmann dezent und wechselte das Thema.

Nach der Creme Brûlée gingen alle fünf an die Bar und tranken - nicht nur einen - Cocktail. Von Haasen war in seinem Element und spielte den Unterhalter. Bergmann ging das zwar auf die Nerven, aber es war der Kunde und er hatte den Eindruck, dass das Eis zwischen ihnen gebrochen war.

Zwischendurch beschlich ihn immer wieder das Gefühl, dass von Haasen eher ein Blender war. Ein Manipulator, der gerne mit seiner Macht als Kunde spielte.

Nach der langen Anreise nach Hannover und dem Arbeitstag war Bergmann müde und freute sich auf ein schönes modernes Hotelzimmer. Dort konnte er auch noch seine Mails checken. Als er sich verabschiedete hatte er den Eindruck, dass sich die kleine Gesellschaft auflöste, da auch von Haasen seinen Autoschlüssel hervorkramte. „Endlich mal ein guter Tagesabschluss", sagte er zu Mohring auf dem Weg zum Fahrstuhl. Der letzte Mojito Cocktail in Verbindung mit dem Rotwein war ihm nicht so richtig gut bekommen.

Von Haasen betrachtete seinen Autoschlüssel und lächelte Christine Zielke an. „Ich glaube ich fahre lieber mit dem Taxi. Warten sie noch etwas mit mir zusammen? Wir nehmen noch einen Grappa zum Abschluss, oder?" Dabei berührte er sie leicht am Oberarm, setzte seinen Dackelaugenblick auf und zeigte in Richtung Bar.

„Ja gut, ich bin dabei", erwiderte Christine, nachdem sie kurz nachgedacht hatte. „Ein Taxi ist für sie heute nach dem schönen Abend sicherlich besser." Sie gingen beide zum Bartresen und setzten sich auf die Hochstühle, nachdem von Haasen mit einem flüchtigen Zeichen bestellt hatte.

„Wie kommt so ein schönes Mädel in diese harte Männerwelt? Ich habe ja nur BWL studiert und fachlich von dem Projekt keine Ahnung", säuselte er. „Wie funktioniert denn euer Produkt?" Christine Zielke lächelte.

„Ein Kurzvortrag gefällig?"

„Oh, das wäre nur zu schön. Ich liebe attraktive Nachhilfelehrer. Übrigens ich bin der Niklas."

„Christine, genannt Chrissy", und darauf stießen sie mit dem Grappa an, den der Kellner auf dem Bartresen abgestellt hatte. Sie spielte mit dem dezenten Ohrring am rechten Ohr und lächelte. Aus mehreren Lautsprechern war eine angenehme Hintergrundmusik zu hören, die nun zu späterer Stunde dezent lauter gedreht wurde, damit sich die letzten Gäste auch in einer etwas intimeren Atmosphäre unterhalten konnten.

„Also, unser Produkt ROSE-Co kann in kürzester Zeit sehr viele Umgebungsbilder erkennen und interpretieren. Genaugenommen fast zweihundert in einer Sekunde. Natürlich ist das in einem gleichmäßig ausgeleuchteten Hochregallager etwas einfacher als beim Auto in der Stadt. Später kommen dann noch Radar- und Lasersysteme dazu. Aber wir brauchen diese Vorstufe, bis wir das System auch in Autos einbauen. Sieben Kameras erfassen und digitalisieren die Bilder", startete Chrissy ihren Vortrag und malte mit dem Finger eine Skizze auf den Tresen. „Sofort werden die Bilder auf bekannte Umrisse analysiert. Diese Formen werden über einen Entscheidungsbaum in einer Datenbank abgeglichen und dann erkannt, was für eine Art Gegenstand oder Person das ist. Auch ein frei zu befahrener Raum ist ein Bild. Um dahin zu kommen, muss das KI-System angelernt werden. Es ist ein neuronales Netz, d.h. es arbeitet wie unser Gehirn mit Knoten und aktiven Verbindungen." Chrissy spulte den Vortrag gekonnt ab und fokussierte seine Augen manchmal direkt, blickte dann aber abwechselnd wieder hindurch. Sie war in ihrem Element und hätte auch in einem Hörsaal vor Studenten stehen können.

„Zunächst gibt es nur eine Basis, die verfeinert wird. Immer und immer wieder werden Millionen von Szenen eingespielt und bewertet, ob sie richtig oder falsch erkannt wurden. Dazu durchläuft der Algorithmus diesen Entscheidungsbaum, der kontinuierlich verbessert wird. Je länger und mit je mehr Bildern und Daten das Produkt ROSE-Co gefüttert wird, desto schneller und besser reagiert es. Die innovative Datenverteilung zwischen Stapler und Back-End Systemen bei der Verarbeitung der Daten ist unsere Stärke", dozierte Chrissy charmant. Dabei unterstrich sie ihren Vortrag mit ausladenden

Armbewegungen. „Ein KI-Programm hat sich letztes Jahr sogar in nur drei Tagen ohne menschliche Hilfe das GO Spiel beigebracht."

Von Haasen grinste interessiert und legte seine Hand auf ihre. „Wow, …. so spät, so gut und so präzise. Ich bin verblüfft", flüsterte er. Dabei näherte er sich langsam Chrissys blonden Haaren und küsste sie sanft aber intensiv auf die Wange. Sie ließ es geschehen und lächelte ihn an. Dabei kräuselte sich ihre Nasewurzel äußerst attraktiv.

„Hast Du schon bei uns am Schwarzen Brett den Aushang gesehen? Wir suchen einen Manager für unser Innovationslager in Fulda." Er beugte sich zu ihr herüber und sie fühlte eine wohlige Wärme aufsteigen. „Wäre das nicht was für dich, Chrissy? Wir bieten dir fünfzig Prozent mehr Geld, ohne das ich weiß was du verdienst. Überleg es dir."

Er stand langsam vom Barhocker auf und nahm ihre Hand. Mittlerweile waren sie fast alleine in der Hotelbar, dessen Beleuchtung nun unmerklich schummriger wirkte. Nur ein zweites Pärchen saß händchenhaltend an einem der hinteren Tische. „Lust zu tanzen?" Dabei kam er ihr sehr nah und schmiegte sich an ihre Schulter. Chrissy schaute ihn an und ließ auch dies geschehen. Sie machte alles mit. Niklas von Haasen hatte nicht nur einen guten Namen und eine sportliche Figur, sondern auch sehr gute Manieren. Er war intelligent und konnte gut zuhören. Sie war vom Angebot beeindruckt und willigte zum langsamen Tanz ein. Sein Blick, seine Hände und sein Körperdruck erzeugten bei ihr eine innere Erregung. Bei der harmonischen langsamen Bewegung zum Takt der Musik spürte sie, wie charmant er war. Einerseits erschien er ihr als männlich, dominant und immer kontrolliert. Andererseits verspürte sie diese Anziehung, das Emotionale und eine gewisse ästhetische Lässigkeit. Ihre Blicke trafen sich immer wieder. Es gab nur noch sie beide und die Welt schien stillzustehen. Und beide errieten schmunzelnd die Gedanken des anderen. Nach fünfzehn Minuten standen sie lachend am Fahrstuhl, der sie schnell hoch in das Zimmer dreihundertzweiundzwanzig brachte, das auf Chrissys Namen gebucht war. Nachdem sie schnell die Zimmerkarte eingeschoben hatte und sich die Tür öffnete, schoben sie sich erwartungsvoll in das modern eingerichtete Hotelzimmer. Eng umschlungen lagen sie sofort auf dem breiten Bett und ihre Zungen spielten miteinander. Dann zogen sie sich gegeneinander aus, als hätten sie wenig Zeit. Niklas öffnete geschickt ihren BH und liebkoste ihre Nippel mit der Zunge, die sich hart aufrichteten. Sie genoss es ohne Reue und ließ ihn gewähren. Ihre Zungen trafen sich nun wild in den offenen Mündern. Seine Finger streichelte dann ihre Schenkelinnenseiten, bis sie das feuchte Dreieck fanden und er sie mit dem Finger stimulierte. Als er seine Hose auszog und sich nackt an sie schmiegte, öffnete sie bereitwillig ihre Beine und zeigte ihre, zum Dreieck akkurat gestylte Schambehaarung. Sie war bereit. Er drang langsam in sie ein und eröffnete den Bewegungsrythmus. Sie schloss die Augen, hielt kurz die Luft an und fühlte ihn tief in sich drin. Es war guter Sex. Es war Sex, bei dem beide etwas gaben und etwas nahmen. Von Haasen wusste, wie er Frauen befriedigen konnte und er wartete kontrolliert bis sie endlich beide genussvoll dem Höhepunkt entgegenfieberten und gemeinsam explodierten.

Die Nacht war für beide phantastisch. Sie liebten sich mehrmals sehr ausgelassen und konnten nicht voneinander lassen, da sie mit immer neuen Positionen neue Erfahrungen genießen konnten, die mit einem still verabredeten Kontrollwechsel verbunden waren. Es gab keine Beschwerden wegen der Lautstärke von den Nachbarzimmern. Jedenfalls klopfte keiner gegen die Wand. Beide schliefen erschöpft und eng umschlungen ein. War es für Christine Zielke nur ein One-Night-Stand? Oder verkaufte sie sich gegen die Aussicht auf eine neue, gut dotierte Position? Sie hatte schon das Gefühl, dass sie eine neue Freiheit brauchte.

Die Nacht war kurz, als der Handywecker nörgelte. Niklas von Haasen stand auf und sah Christine Zielke an. War sie seine neue Trophäe? Nein. Sie lag spärlich bedeckt nackt auf der Seite und er mochte seinen Blick von ihren kleinen festen Brüsten und dem straffen Po nicht mehr loslassen. Auf dem Oberarm identifizierte er ein kleines Tattoo. Er beugte sich langsam hinunter und erkannte ein Seepferdchen auf dem rechten Oberarm. Ihr süßer Geruch des dezenten Parfüms stieg ihm in die Nase. Sie roch so gut. Bei dem Gedanken der letzten Nacht bekam er wieder eine Erektion. Leider war die Zeit zu knapp und er ging ins Bad.

Chrissy hörte die Wasserspülung, rollte sich zufrieden auf ihre Füße und zog die Vorhänge auf. Sonnenstrahlen fielen herein. *Was für ein schöner Tag. Was für tolle Gefühle.* Sie fühlte sich frei und umarmte Niklas. Lange hatte sie das Schmetterlinge-im-Bauch Gefühl nicht mehr gehabt.

Chrissy duschte, zog sich an, schminkte sich kurz und verabschiedete sich von ihrem neuen Lover mit einem innigen Kuss.

„Es war sehr sehr schön mit dir", flüsterte sie ihm ins Ohr. „Ich muss jetzt gehen. Wir sehen uns bestimmt wieder. APTIL verbindet." Sie schloss die Hotelzimmertür und überlegte kurz, ob sie als studierte Frau über ficken reden darf. Oder ist das nur Männersprache? Sie kam schnell zu dem Schluss, dass dies gestern ein verdammt guter Fick war, und lächelte.

Niklas von Haasen schlich anschließend aus dem Hotel, als sich das Curafox Projektteam um neun Uhr zum gemeinsamen Frühstück verabredet hatte. Er blickte noch kurz durch die große Glasfront in den Frühstücksraum und sah Chrissy schon ausschweifend reden. Ihre Aura erzeugte bei ihm magische Gefühle und den Wunsch nach Wiederholung.

*****

Niklas von Haasen hatte die gemeinsame Nacht mit Chrissy genossen. Nach einer Frau mit diesen Eigenschaften sehnte er sich insgeheim schon lange. Gutaussehend und dabei noch intelligent. Immerhin war er nun fast zwanzig Jahre auf der Piste aktiv und wusste was im Angebot war. Er gestand sich ein, dass sie ihm Paroli bieten konnte und er sie auf gleicher Ebene akzeptierte. Das Projekt APTIL erschien ihm nun im ganz anderen Licht - keine Last, sondern Chance. Als er in seinem Büro saß, konnte er fast an nichts anderes mehr denken. Er legte seine Beine auf den Schreibtisch, sortierte kurz seine Gedanken und griff zum Telefonhörer.

„Hi Ben, hier ist Niklas. Du, ich bin am Freitag bei euch in Rödermark im Büro. Hast du Lust nachmittags auf eine Runde Golf?"

Ben Gratz war zwar nicht vorbereitet aber willigte sofort ein, nachdem er kurz seinen Terminkalender gecheckt hatte.

„Ich reserviere eine Abschlagszeit bei uns im Golfpark Rosenhof. Wir können zusammen hinfahren und später dort essen. Der Italiener ist gigantisch. Freue mich schon."

„Super, aber ich fahre direkt. Ich muss später wieder nach Fulda zurück. Bis dann. Freue mich drauf."

So standen beide am Freitag um 14:20 Uhr am Abschlag des Tee 1. Die Schläger waren in einem Tragebag verstaut. Von Haasen hatte das Golfspielen in seiner Jungend erlernt und war mehr als ein passabler Golfspieler mit Handicap vierzehnkommafünf. Er nahm den Driver aus dem Bag, stellte sich kurz hinter den aufgeteeten Ball und visierte die lange Golfbahn über das Fairway bis zur Fahne an. Dann schwang er den Driver mehrmals testweise, positionierte sich leicht rechts vom Ball und holte mit lang gestrecktem linkem Arm weit aus. Am natürlichen Anschlag hielt er den Schläger kurz inne, leitete perfekt mit der Hüfte den Abschwung ein und drosch den neuen Ball mit einer Schlägerkopfgeschwindigkeit jenseits der zweihundert Stundenkilometer auf zweihundertachtdreißig Meter weit Richtung Grün. Er verharrte in der Finish-Stellung den Schläger über der linken Schulter und sah genüsslich dem Ball nach, den er genau im Sweetspot des Drivers getroffen hatte. Der kurze Klang des Schlägers gab ihm recht.

„Den nehme ich", sagte er laut, eher zu sich selbst und war doch etwas stolz darauf, dass sofort der erste Abschlag so gut war. Mit dem zweiten Pitch und einem 9er Eisen lag der Ball neben der Fahne. Er vermass mit einem geübten Auge die Ondulierungen auf dem Grün und setzte zum Putt an. Das linke Auge war über dem Ball positioniert und die Arme schwangen den Putter gefühlvoll. Der Ball rollte ins Loch und ergab ein schönes Birdie auf diesem Par 4 Loch.

Ben Gratz spielte meist mit gebrauchten und gefundenen Bällen. Bei seiner Streuung beim Abschlag war ihm der fünf Euro Ball zu teuer. Er kam einfach zu selten zum Spielen. Es ging nicht um das Geld, sondern ein verlorener Ball kratzte an der Golfer Ehre. Sein Ball landete vom Abschlag direkt in einem Sandbunker, der auch noch zum Grün hin hohe Palisaden hatte.

„Nimm das 60er Eisen, dann kommst du da auch raus, mein Lieber", riet ihm von Haasen, der mit einem Fernglas sofort die genaue Entfernung zur Fahne maß.

„Und denk dran, schwingen nicht schlagen." Solche Tipps konnte Ben Gratz nicht ausstehen.

„Warum heißt es dann Schläger und nicht Schwinger?" antwortete er etwas gereizt. Er rackerte sich auf dem 18-Loch-Parkour ab, hielt sich aber tapfer. Er wusste, dass er geschmeidiger und mit weniger Kraft spielen musste.

Von Haasen spielte eine 88er Runde. Damit war er ganz zufrieden. „Etwas über meinem Handicap, aber auf einem fremden Platz und diesem Links Course[23] schon ok. Golf spielt sich zwischen den Ohren ab", gab er zum Besten und sollte heißen, dass der Kopf für den Sport frei sein muss.

Nach dem Duschen setzten sich beide im Restaurant zusammen und bestellten Spaghetti aus dem Parmesan-Laib. Der Kellner schabte ein paar Trüffel Scheibchen über das Gericht.

„Wie läuft denn euer Projekt APTIL", frage Ben Gratz gespielt gleichgültig nach dem ersten alkoholfreien Weizenbier.

„Na, ja. Die Anfangsschwierigkeiten sind überwunden. Aber euer Bergmann ist eine harte Nuss. Den Joghurtflecken auf seinem Sakko schleppt er schon zwei Wochen mit sich rum. Und immer diese Vertragsdetaildiskussionen über Änderungen und die vielen Meeting Protokolle. Ich glaube, er muss sich absichern, oder wie geht es bei euch zu?"

Gratz sah ihn verständnislos an, zog die Stirn kraus und blieb eine Antwort schuldig.

„Ben, ich bekomme bei InfoLogis immer mehr Probleme. Wir haben bald unsere Vierzigjahrfeier und unser Vorstand gibt mir einen Einlauf. Der holprige Projektverlauf wird mir angelastet. Das finde ich gar nicht komisch. Ich muss mich ja auch noch um den Probebetrieb, den Roll Out und die Organisationsänderungen kümmern. Letzte Woche kam unser CEO in mein Büro und hat mich ausgequetscht zu Zeitplan, zur Qualität und zum Einführungstermin. Da tickt eine Bombe. Ich sag es dir. Die haben schon alle alten Wartungsverträge gekündigt um Geld zu sparen. Wenn ihr nicht liefert und das nicht funktioniert, dann stehen die LKWs bald dreißig Kilometer Schlange auf der Autobahn, weil sie nicht entladen

---

[23] Links Course: einem typisch schottischen Golfplatz nachempfunden, mit Heidekraut, hohem Gras, große Sandbunker und wenig Bäumen.

werden können. Der Bergmann ist der Falsche. Der rettet das Projekt nicht. Seid ihr überhaupt lieferfähig?"

Ben Gratz wurde kleinlaut und spielte mit dem Finger über den kreisrunden Glasrand.

„Ich überleg mir was und rede mal mit Lürsen und meinem Vater. Kommt da von euch eine offizielle Eskalation? Klar ist doch, wir können beide aus dem Vertrag nicht raus. Ihr würdet auch niemanden finden, der das Projekt zu Ende bringt, wenn ihr uns kündigt."

Dieser eigene vorgetragene Gedanke erzeugte bei Ben Gratz selber ein Gruseln. Der Börsenkurs war seit der Ad hoc Meldung zum Projekt APTIL um fünfunddreißig Prozent gestiegen. Wer auch immer hier die Aktien gekauft hatte.

„Das ist ein Festpreisprojekt. Und ihr müsst das Gewerk abliefern. Aber es drohen Konventionalstrafen von nullkommafünf Prozent vom Vertragswert pro versäumten Tag. Und unsere Aufwände bei InfoLogis laufen auch hoch. Vermutlich macht sich schon unsere Rechtsabteilung daran, einen Brief zu verfassen. Ich halte mal die Ohren offen und melde mich wieder bei dir."

Ben Gratz sah gedankenverloren aus dem Fenster auf das Loch 18, an dem sich ein Flight mit vier Spielern mit dem Putten versuchten und sich dann die Hand gaben.

„Danke für die offenen Worte und lass uns in Kontakt bleiben. Wenn sich was tut, ruf mich bitte direkt an."

Damit endete bei Ben der eigentlich schöne Golf Tag im Rosenhof mit einem mulmigen unheilvollen Gefühl. Als beide zum Parkplatz vorgingen, klopften sie sich noch gegenseitig auf die Schultern.

*****

Zwei Wochen später hatte Ben Gratz die Möglichkeit einen Termin mit seinem Vater und Frank Lürsen zu organisieren. Beide waren ständig auf Dienstreisen und am Telefon ließ sich nicht immer alles erklären. Er wollte bei Curafox auch eher die gesamte Stimmung zum Projekt APTIL einfangen. Vielleicht brauchte er mehr Abstand zum Projekt. Durch den Angebotsprozess und die Informationen seines alten Kumpel Niklas war er eventuell vorbelastet.

Nachdem die Drei am runden Tisch in Gratz Büro Platz genommen und sich mit Kaffee versorgt hatten, erzählte Ben von dem vertraulichen Gespräch mit von Haasen und erwähnte auch kurz deren gemeinsame Studienzeit in Münster. Die Gesichter waren ratlos. Dass das Projekt APTIL eine Herausforderung für Curafox würde, hatten alle gewusst. Kam da jetzt nur eine Welle oder ein Tsunami auf Curafox zu?

„Jetzt muss ich euch noch eine Neuigkeit erzählen", begann Lürsen nach der längeren Denkpause. „Wir haben gestern die Kündigung von Christine Zielke bekommen. Ich war total perplex und enttäuscht. Wieder jemand, der meint, dass das Gras auf der anderen Seite des Ufers grüner ist. Ich habe sie sofort angerufen und nachgefragt. Sie hat mir keine genauen Gründe genannt, nur dass sie ein sehr gutes Angebot mit höherem Gehalt bekommen hat. Die Firma hat sie mir nicht genannt. Ich wollte erst noch dagegenhalten, habe aber gemerkt, dass ihre Entscheidung final ist."

„Das ist nicht gut. Wenn sie dann noch zu InfoLogis wechseln würde, nähme sie nicht nur das Knowhow, sondern auch die vielen Informationen aus dem Vertrag und unsere Interna mit. Verschwiegenheitspflicht hin oder her. Gibt es eine Abwerbeklausel im APTIL Vertrag?"

„Ja, die haben wir immer in allen Verträgen drin. Fünfzigtausend Euro, aber wie willst Du beweisen, dass hier eine Abwerbung vorliegt? Außerdem wollen wir mit den

Kunden auch später noch Geschäfte machen", antwortete Lürsen.

„Sie hat sechs Monate Kündigungszeit. Wir lassen sie erstmal im Projekt. Aber keine Info an Bergmann und das Team. Sag das auch der Zielke. Eine Freistellung können wir uns nicht leisten. In der jetzigen Projektphase ist sie zu wichtig", entschied Gratz Senior. „Und hole ein bis zwei neue fähige Berater ins Projekt, damit sie das Wissen von der Zielke absaugen können."

Lürsen nickte eifrig und stimmte seinem CEO zu. Woher er die beiden nehmen sollte, ohne woanders Lücken aufzureißen, wusste er nicht. Er schluckte schwer. Sein Hals war trocken und die Zunge klebte am Gaumen.

✻✻✻✻✻

Zven Bergmann hatte mal wieder schlecht geschlafen und wachte mit leichten Rückenschmerzen auf. Schon am Abend vorher gingen ihm die offenen Punkte aus den project action items nicht mehr aus dem Kopf und er hatte ein eigenartiges Gefühl im Bauch. Er fand einfach keine innere Ruhe mehr und musste nachts mehrmals aufstehen. Manchmal nahm er noch einen Weinbrandschluck, bevor er wieder ins Bett fand. Er war gereizt und für seine Hobbies fand er keine Zeit mehr. Erst recht nicht für etwas Ausgleichssport. Um sechs Uhr klingelte sein Wecker. Schnell einen Kaffee, ein Brötchen und einen Kuss für Sylvia, dann war er in seinem Golf unterwegs zum Bahnhof. Heute war wieder Projektmeeting in Hannover. Gerne nahm er den Zug von Hanau aus. Dort konnte er gut parken und die Zugfahrt brachte etwas Entspannung.

Gerade hinter der Auffahrt auf der B45 musste er bremsen. Stau. Nach längerem Warten hörte er im Radio, dass der Helikopter nach dem grauenvollen Unfall unterwegs sei. *Das war es dann wohl mit meinem Zug*, stellte er fest. Neunzig Minuten später rauschte er mit dem Auto am Hanauer Bahnhof Richtung A7 vorbei. Dienstwagen gab es bei Curafox nur noch für das mittlere und obere Management. Eigenartig eigentlich, da diese Manager meist im Büro in Rödermark saßen und sich viel zu wenig beim Kunden blicken ließen. Die Autos waren immer leicht zu identifizieren, da die mittleren Buchstaben der Nummernschilder immer CF hießen. CF stand für Curafox.

Bergmann hatte schone einige kritische Projekte geleitet und hatte eine gewisse Erfahrung im Umgang mit schwierigen Kunden. Vom Management hörte Bergmann immer den Rat: *Stahlhelm auf und den Kunden erstmal auskotzen lassen.*

Wenigstens die Autobahn war frei und die Kasseler Berge schnell geschafft. Um 9:30 Uhr wählte er den sechsstelligen Code auf dem Autotelefon, um sich pünktlich in die Projektteam Telefonkonferenz einzuwählen, die zweimal in der

Woche stattfand. Er hörte immer wieder den Piepston, mit dem sich ein neuer Teilnehmer ankündigte.

„Moin allerseits", begrüßte er das Team. „Sind alle schon da, dann können wir ja anfangen." Es piepste wieder und Stefan Mohring meldete sich auf typisch hessisch mit einem freundlichen „Ei gude, wie?"

„Guten Morgen Stefan, schön dass du nun auch da bist. Dann fang mal an. Wie ist der Stand?"

Stefan Mohring als sein Stellvertreter hatte alle Informationen zusammengetragen und moderierte eigentlich auch die Telko, wenn er nicht immer zu spät kam.

„Ich fasse mal den Stand zusammen. Siebzig Prozent der Anforderungsspezifikationen haben wir fertig. Achtunddreißig Prozent haben wir in dem ersten Wurf an InfoLogis zum Check übergeben. Wir warten hier dringend auf Antworten. Da musst du heute nochmal nachhaken. Ich glaube die Logies sind wieder mal alle im Urlaub." Mit Logies wurden die fachlichen Mitarbeiter von InfoLogis intern genannt. Es waren die Experten des Kunden, auf die man angewiesen war.

Christine Zielke war auch in der Telko und ergänzte: „Was noch komplett fehlt, sind die Unterlagen zu den Schnittstellen. Wir können das Arbeitspaket erst starten, wenn wir die Details zu den Austauschdaten bekommen haben. Und du musst heute auch nochmal darauf hinweisen, dass InfoLogis ihren großen Server auf das neue Betriebssystem upgraden muss. Das geht nicht so schnell."

„Die Qualität unserer Inder lässt auch zu wünschen übrig. Ich habe das auf dem Schirm und mit Lürsen drüber geredet. Hier brauchen wir Managementunterstützung", rief Bergmann laut in sein Automikrophon. Gefolgt von einem „Scheiße, jetzt haben sie mich geblitzt." Die Geschwindigkeitsbegrenzungen auf der A7 änderten sich permanent. Mal hundert, mal hundertzwanzig, mal unbegrenzt, dann wieder eine Baustelle.

„Da habe ich das hundert Schild wohl nicht gesehen. Das kostet wieder siebzig Euro. Ich könnte kotzen."

Damit war die Telefonkonferenz für ihn gelaufen. Eigentlich war der ganze Tag gelaufen. Er stellte das Radio laut und aus den Lautsprechern dröhnten *Die Ärzte* mit *Westerland*.

Oh, ich hab solche Sehnsucht,
ich verlier den Verstand.
Ich will wieder an die Nordsee,
ich will zurück nach Westerland!

Er träumte und gab Gas, da er pünktlich beim Kunden in Hannover sein wollte. Diese blöden Kommentare beim verspäteten Eintreffen wollte er sich heute nicht auch noch anhören müssen.

Er erinnerte sich an einen Satz von seinem früheren Chef: Das ganze Geschäft ist eine große Show. Es gibt nur Schauspieler auf der großen Bühne. Und du musst nur mitspielen.

*****

„Papa, kommst du heute Abend mit zur Skaterbahn? Bitte",
begrüßte Ludwig seinen Vater. Bergmann war gerade nach vier
Stunden Fahrt aus Hannover nach Hause gekommen. Er
freute sich auf die Familie und den Feierabend. Natürlich lag
noch eine Menge Post für ihn bereit. Aber das konnte warten.
  „Ich kann jetzt sogar den X-Up und den WheelWip. Ich habe
die ganze Woche geübt. Bald kann ich auch den KickFlip. Das
muss ich dir unbedingt zeigen." Ludwig griff nach seinem
Helm, dem Scooter und der Hand seines Vaters.

Der Skatepark war zu allen Tages- und Nachtzeiten ein
Treffpunkt für Kinder und Jugendliche. Ausgestattet mit
Halfpipes, diversen Rampen, Steilkurven und Mauern aus
glattem Polymerbeton war es eine wichtige Attraktion des
Städtchens, dass BMX und Skater auch aus der Umgebung
anzog. Bergmann staunte nicht schlecht, als sein Sohn sich von
der Pipe stieß über eine kleine Rampe fuhr und nach dem
Abheben den Lenker um hundertachtzig Grad kreiseln ließ. Er
lachte und klatschte Applaus. Erstaunlicherweise waren auch
an diesem frühen Abend die Skatebahnen gut besucht. Es ging
sehr harmonisch und rücksichtsvoll zu, obwohl die Nutzer der
Bahn mit unterschiedlichem Alter und Können darauf
unterwegs waren.
  „Hallo Zven, dich habe ich ja schon lange nicht mehr
gesehen. Wie gehts und wo steckst du denn jetzt?" sprach ihn
ein junger Mann an, der sich neben Zven Bergmann stellte.
Bergmann drehte sich um und erkannte seinen alten Kollegen
Martin wieder. „Hi Martin. Mir geht es gut und selber? Ich bin
leider zur Zeit viel unterwegs. Meistens in der Woche in
Hannover. Ich bin die Fahrerei bald leid. Hab mir auch schon
ein paar Tickets eingefangen. Passbilder habe ich nun genug.
Und du?"
  „Na geht so. In unserer Firma könnte es besser laufen. Du
hast vor drei Jahren schon den richtigen Zeitpunkt für den

Absprung abgepasst. Viele von damals sind immer noch da. Die Stimmung ist – na ja."

„Ja, ja, der Telko-Bereich. Es war damals ein richtiger Hype. Aber eine sehr schöne Zeit", erinnerte sich Bergmann, der zusammen mit Martin einige kleine Kundenprojekte durchgeführt hatte.

„Erinnerst du dich noch an das UMC-Projekt in Kiew? Wir waren damals zusammen zwei Wochen unterwegs und haben die Installation zusammen gemacht. Das war so Ende der neunziger."

„Klar, Mann oh Mann. Ein echtes Abenteuer. Und die Übernachtungen im einzigen Hotel in Kiew mit westlichem Standard werde ich nicht vergessen. Das Hotel war sicher, weil es der Mafia gehörte. Abends sind wir runter in die Bar zu den Bordsteinschwalben. Und beim Biertrinken hattest du plötzlich eine fremde Hand in deiner Hosentasche."

„Ja, und dann die Mama im ersten Zimmer, die bei offener Zimmertür den ganzen Hotelflur kontrollierte. Als ich im Zimmer war, klopfte es sofort für eine Massage. Die dicken roten Vorhänge und die spärliche fünfzehn Watt Beleuchtung machten das Zimmer ganz schön schummrig. Das war damals noch Abenteuer." Die Erinnerungen sprudelten immer wieder stichwortartig hoch.

„Nachts um zwei wurde es doch draußen auf einmal so laut. Ich guck aus dem Fenster und da fahren Panzer auf und ab. Da habe ich mich schon erschrocken. Der Kellner beim Frühstück sagte, die hätten nur für eine Militärparade geübt. Über Tag ginge das nicht. – Die guten alten Zeiten."

„Das Projekt in Kairo bei MobiNil war auch so ein Kracher. Wir sind zum Abnahmetest hingeflogen und die Ägypter waren nicht da. Alle waren im Ramadan und keiner hat von denen gearbeitet. Und wir saßen da alleine. Mann oh Mann. - Zven, wir müssen mal wieder zusammen ein Bier trinken gehen und quatschen."

Bergmann lächelte und dachte an die vergangene Zeit. Beide überschlugen sich fast mit ihren Erinnerungen.

„Wenn ihr zwischenzeitlich einen guten Programmierer braucht, melde dich bei mir", holte Martin das Gespräch in die Gegenwart zurück.

„Echt jetzt Martin? Ich frag mal nach. Obwohl wir gerade ein Kostensenkungsprogramm fahren."

„Das machen ja alle Firmen alle zwei Jahre. Da wird viel aufgeblasen und umorganisiert. Die wissen nicht, wieviel sie damit auf der anderen Seite kaputtschlagen. Aber ist halt so. Ich muss jetzt. Hier ist meine Karte. Melde dich mal für ein Bier."

Damit rief Martin seinen Sohn zu sich und verschwand bald hinter dem Schwimmbad.

Zven Bergmann träumte noch länger von der damaligen gemeinsamen Zeit, bis ihn Ludwig anstupste und nach Hause wollte.

Mittlerweile war es schon dunkel geworden, als sein Smartphone den Eingang einer SMS von Frank Lürsen meldete:

SMS Nachricht: Wo bleibt der daily report? Kommt da noch was heute? Gruß F.

„Shit!" Bergmann checkte seinen E-Mail-Eingang. Keine Infos vom Projektoffice. Er nahm sein Smartphone und wählte die Nummer von Lydia. Sie war innerhalb des Projektteams dafür verantwortlich, dass alle Stunden erfasst, alle Kosten verbucht und alle internen und externen Berichte erstellt wurden, beziehungsweise erstellt werden konnten.

Lydia meldete sich nicht. Es gab nur die freundliche Ansage der Mailbox.

Die hat es wieder mal verschlampt. Wir haben zwei Tage vor Monatsende und es ist kein Projektbüro erreichbar. Na toll. Das fällt wieder auf mich zurück. Ich könnte die zum Mond schießen. Wenn es eng wird, tauchen alle ab. So ein Scheiß.

*****

Zven Bergmann machte sich intensive Gedanken über seine Zukunft. Sein Körper reagierte vermehrt auf die angespannte Situation. Er hatte das Gefühl, dass er benutzt und verbraucht wurde. Er dachte an Flucht, an Kündigung. Aber das war eigentlich nicht sein Stil. Er wollte sich beweisen, er wollte lernen mit solchen Situationen umzugehen. Nur so, meinte er, könne man im Management weiter hochkommen. Trotzdem hatte er das Gefühl, dass sich bei Curafox der sogenannte nichtproduktive Teil des Personalkörpers mental immer weiter von der Basis entfernte. *Personalkörper.* Wieder so ein bescheuerter Begriff von Human Ressources. Früher hieß das *Belegschaft oder Mitarbeiter.* Für alles gab es Trainingsprogramme, nur nicht für diese Situation, in der er sich befand.

Es war Frühsommer und die Sonne brannte schon bei fast dreißig Grad auf den Asphalt. Die Büros hatten keine Klimaanlage und jeder hatte einen Ventilator aufgestellt. Es brummte aus allen Zimmern. Bergmann schwitzte, ohne dass er sich viel bewegte. Viele Kollegen fingen morgens um sechs Uhr schon an und gingen dann früher. Eine Pause war eine willkommene Abwechslung.

In der Kantine traf er Stefan Mohring. Stefan war sein liebster Kollege. Er war offen, witzig, zuverlässig und strahlte immer diese Odenwälder Ruhe aus. Er ließ sich von keiner Projekthektik anstecken. Allerdings bekam er als Teilprojektleiter auch nicht den ganzen Sturm direkt ins Gesicht geblasen.

„Hi Stefan, ganz schön heiß heute, was?" Bergmann setzte sich mit seinem Tablett zu Stefan Mohring, der alleine an dem Tisch saß.

„Guden. Hast du schon gehört,..." flüsterte Stefan Mohring Bergmann ins Ohr und schnitt von der beliebten Currywurst ab. „... der Wiesner geht."

„Nein, woher weißt du das denn? Ich bin zu selten hier."

„Ich war gestern Abend im dritten Stock oben, weil unser Kopierer keinen Toner mehr hatte. Da habe ich beim Kopierer einen Entwurf eines Stellenaushangs gesehen. Den hatte jemand dort vergessen. Der lag da noch. Und da ist die Teamleiterstelle von Wiesner drauf. Wetten?"

„Er könnte ja auch befördert werden. Oder es wird eine neue zweite Stelle in der Abteilung eingerichtet", erwiderte Bergmann.

„Ja, aber glaub ich nicht. Wiesner ist immer angeeckt. Manche behaupten auch, er hätte seine Spesenabrechnung manipuliert. Aber, dass hast du nicht von mir."

„Ach, herrlich. Die Curafox Gerüchteküche. Meistens sind ja nur die Raucher gut informiert. Aber rund um den Kopierer geht es auch immer munter zu. Komm, wir müssen wieder."

Beide tranken noch einen Espresso nach dem Essen und gingen zurück an die Arbeit. Diverse Pläne mussten noch aktualisiert und das nächste Teammeeting vorbereitet werden. Bei der Hitze wollten alle etwas früher aus dem Büro kommen.

Auf der abendlichen Heimfahrt überdachte Bergmann noch das Kantinengespräch und beschloss, der möglicherweise vakanten Stelle nachzugehen.

Zwei Wochen später tauchte im Curafox Intranet tatsächlich eine Stellenanzeige auf. Nirgendwo wurde darauf hingewiesen. Sie stand auf einmal da. Es war wie eine Pflichtveröffentlichung. Möglichst noch in einer Intranet-Ecke, in der kaum einer vorbeikam oder keiner eine Stellenanzeige vermutete. Dort wo es windig, zugig und dunkel war. Aber Bergmann war vorgewarnt und hatte nach dem Gespräch mit Mohring täglich das Intranet durchsucht, bis er fündig wurde.

Er studierte die Anzeige genau und stellte fest, dass die Teamleiterstelle genau auf seine Person passen könnte. Nein, nicht könnte. Sie passte. Das war seine Rettung. Dienstwagen. Keine Reisen nach Hannover. Mal andere unter Druck setzen. Mehr Gehalt. Weg von Lürsens Mikromanagement.

Seine Bewerbungsunterlagen hatte er schon zusammengestellt. Das war eigentlich unnötig, da alle Zeugnisse der Personalabteilung vorlagen. Seine Person und seine Tätigkeiten waren ja bekannt und wurden geschätzt. Dies zeigten auch die jährlichen Mitarbeitergespräche, bei denen der Vorgesetzte sein Team immer in drei Gruppen einteilen musste. In die Top-Performer Gruppe *durften* nur zehn Prozent und in die unterste Gruppe der Developer *mussten* zwanzig Prozent eingeteilt werden. Mit Developer war hier nicht ein Programmierer gemeint, sondern ein Mitarbeiter, der sich durch entsprechende Maßnahmen in eine bestimmte Richtung zu entwickeln hatte.

Er schloss die Bürotür, nachdem er nochmal den Gang entlang geschaut hatte. Er wollte nicht gestört werden. Die eingescannten Unterlagen und das Anschreiben packte er in eine Mail und schickte die geforderten Unterlagen an die Personalabteilung. Er verwies in einer Bitte darauf, seinen heutigen Chef von dieser internen Bewerbung nicht zu informieren. Abwerbungen von Mitarbeitern unter den diversen Bereichen wurden nicht gerne gesehen.

Als er die Sendetaste gedrückt hatte, ging es ihm viel besser. Seine Stimmung hellte sich richtig auf. Seine Frau Sylvia wollte er mit der neuen Stelle überraschen, sobald er die Zusage hatte.

*****

„Hallo Hasi, na komm schon. Hier auf meiner Brust ist mein roter Knopf. Drück ihn. Jetzt traust du dich nicht. Komm, mach schon du Schmalztolle. Du aufgeblasener Fatzke. Keine Ahnung von nichts. Wir reißen uns den Arsch auf und du sitzt immer nur da und grinst." von Haasen kam Bergmann immer näher. Er wurde größer und größer. Dann drückte er den roten Knopf und lächelte abfällig.

„Börgie du arme Sau. Wer hat dich denn rausgelassen? APTIL ist zwei Nummern zu groß für dich. Ich mach euch fertig und du kannst deine Karriere vergessen."

Bergmann schnappte nach dem Arm. Er bekam den rechten Ärmel zu fassen und setzte sofort einen Hüftwurf an. O-Goshi, die Ausführung des großen Hüftwurfs wurde in der Judo Prüfung zum gelben Gurt abgefragt. Hasi wurde überrumpelt und lag sofort winselnd auf dem Rücken. Bergmann versuchte einen Hebel anzusetzen, indem er den Arm von von Haasen über sein abgespreiztes linkes Bein drückte. Hasi spürte einen kurzen Schmerz, der ihm Kräfte verlieh. Er hakte seinen rechten Fuß hinter Börgie´s Bein und dreht ihn damit auf die Seite. Er fasste mit seiner ganzen Hand in das Gesicht von Bergmann und drückte den Daumen ins Auge. Börgie schrie auf.

„Das war unfair. Im Judo gibt es Regeln. Siegen durch Nachgeben. Na warte."

Er hämmerte seine Faust gegen Hasi´s Kopf. Dann drehte er sich schnell hinter den Rücken seines Gegners und konnte einen Würgegriff unterbringen. Der linke Arm schnellte um den Hals des Gegners, die Hand in die rechte Armbeuge und der rechte Arm hinter den Kopf ergab einen Hebel, mit dem er kontrolliert die Armschlinge zuziehen konnte. Hasi´s Kopf wurde zunehmend rot und seine Augen traten langsam hervor. Er fing an zu röcheln und Speichel floss aus seinem Mund. Bergmann zog immer fester zu. Das tat gut. Wie hieß denn verdammt

nochmal dieser Würgegriff? Plötzlich ging die Tür auf und
Albert Gratz schaute in das Büro herein.
„Kinder, nicht immer so laut. Und das Essen ist fertig. Aber
vorher Händewaschen."
Bergmann gab von Haasen noch eine Kopfnuss und lockerte den
Griff, bevor beide Kämpfer aufstanden und ihren Kampfanzug
ordneten und glattstrichen. Sie schritten drei Meter auseinander
verbeugten sich respektvoll voreinander.

Dann verließ Bergmann die REM-Phase des Schlafens und
wachte langsam auf. Sein rechter Arm war eingeschlafen und
kribbelte. Ungläubig schaute er auf den Wecker. Dieser zeigte
4 Uhr 30. Er brauchte einige Zeit, den Inhalt des Traumes zu
realisieren. Dass ihn sein Jugendsport Judo bis heute noch
verfolgte, wunderte ihn. Sein Schlafanzug war nassgeschwitzt.
Gott-sei-Dank war ja nichts passiert und Gratz hatte von
Haasen offensichtlich das Leben gerettet. Seine Frau Sylvia
atmete ruhig neben ihm.
Nachdem er lange wach gelegen hatte, fielen ihm endlich die
Augenlider wieder zu.

*****

Auch beim Entwicklungsleiter Dr. Frank Lürsen und der Teamleiterin Schmidt war angekommen, dass die Softwarequalität des Produktes ROSE-Co zu wünschen übrigließ. Es gab diverse Telefonkonferenzen mit den Indern, aber es änderte sich nicht viel. Die Zeit lief allen davon.

„Wir müssen nach Bangalore fliegen und uns selber einen Eindruck machen, wie unsere Inder vorgehen", sagte Bergmann in einer kleinen Runde, an der Lürsen und Mohring auch teilnahmen.

„Geht das nicht auch anders? Das kostet inklusive Flug und Unterkunft drei bis vier Tausend Euro pro Person", war Lürsens Meinung.

„Das stimmt. Aber die Inder verstehen uns nicht richtig. Deren Englisch ist aber auch gewöhnungsbedürftig. Die sind zu weit vom Projekt und vom Kunden weg. Und wir bekommen immer nur die Meinung von Sanjay widergekaut." Der indische Entwicklungsleiter für das Produkt ROSE-Co sprach zwar sehr gut Deutsch, aber er hatte immer nur sporadisch Kontakt zu seinen Kollegen in Rödermark.

Lürsen überlegte. Er selber spürte schon den Druck, den das Projekt APTIL auf seinen Bereich ausübte. Irgendwas musste geschehen. Er wog für sich die Kosten gegen den Nutzen ab und kam bald zum Schluss, dass die Vorwärtsstrategie die bessere war. *Scheiß auf HardBeat.*

„Also gut. Zven und ich fliegen nächste Woche. Zwei Tage vor Ort reichen uns. Das Sekretariat soll uns aber Economy Flüge buchen und Sanjay kümmert sich vor Ort um das Hotel", fasste Lürsen kurz zusammen.

Bergmann war zufrieden. Endlich mal ein positives Zeichen von seinem Management.

Lürsen und Bergmann trafen sich am Dienstagmorgen bei Curafox, um gemeinsam zum Frankfurter Flughafen zu fahren. Nach dem schnellen Einchecken versorgten sich beide noch mit

Zeitungen und Magazinen, bevor sie sich in die enge Economy-Sitzreihe zwängten. Bergmann hatte den Mittelsitz erwischt. Rechts neben ihm saß eine ältere Dame, die bereitwillig viel Geld für diverse kleine Weinflaschen bezahlte, bevor sie endlich ihren Kopf an das Fenster lehnte. Bergmann fand in einem Zeitungsmagazin einen interessanten Artikel über die Frauenrechte in Indien. Mädchen wurden abgetrieben, viele Frauen wurden brutal geschlagen und jeden Tag wurden mehr als einhundert Vergewaltigungen angezeigt. Indien sei das gefährlichste Land für Frauen. Er beschloss sich vor Ort einen eigenen Eindruck zu verschaffen, wohlwissend, dass es in der Stadt und auf dem Land sehr unterschiedliche Kulturen gab.

Nach fast neun Stunden Flug erreichten sie übermüdet den modernen Kempegowda International Airport um 1:30Uhr am Morgen. Sie wurden von Sanjay freundlich winkend in Empfang genommen, der am Ausgang mit einem großen Namensschild, auf dem Curafox stand, wartete. Beim Verlassen des Flughafengebäudes traf die Wärme mit der hohen Luftfeuchtigkeit Lürsen und Bergmann wie ein Schlag. Ihre T-Shirts waren sofort schweißnass. Es war leider Monsunzeit und mehrmals am Tag ging ein Regenschauer nieder. Sie wurden von Sanjay ins Hotel gefahren, was noch eine Stunde in Anspruch nahm. Obwohl es weit nach Mitternacht war, waren die Straßen voll und Autos neben Eselskarren wuselten sich zusammen mit Motorrädern die breiten Straßen entlang. Bangalore war mittlerweile eine elf Millionen Metropole. Das Müllproblem war vor den Toren der Stadt auch im Dunkeln nicht nur zu sehen, sondern auch zu riechen. Sie verabredeten sich für den nächsten Morgen im Curafox Office, was in einem modernen Bürogebäude untergebracht war.

Das Hotel war in unmittelbarer Nähe des Curafox Büros, sodass sie nach einem kurzen Fußweg vor dem Gebäude standen, in dem fast zwanzig Firmen untergebracht waren.

Lürsen und Bergmann nahmen den Aufzug und klingelten vor dem Schild *Curafox India*. Sie wurden von einer jungen Frau freundlich begrüßt.

Die indischen Curafox Programmierer arbeiteten alle an kleinen Schreibtischen, die überall durch Trennwände voneinander getrennt waren. In diesen Boxen saßen junge Frauen und Männer an ihren PCs. Alle waren gut gekleidet und zeigten reflexartig immer strahlend lächelnd ihre weißen Zähne. Immerhin gab es in Bangalore mittlerweile über dreihunderttausend IT'ler. Alle großen Firmen waren mit etlichen tausend Mitarbeitern vertreten. Die Informationstechnik war der große innovative Wirtschaftsfaktor, der Indien in die Zukunft führte.

„Sanjay, wie seid ihr hier organisiert?", fragte Lürsen zur Eröffnung, als sie in einem sehr kleinen Büro zusammenkamen.

Sanjay zeigte diverse Organisationsdiagramme, auf denen auch ersichtlich war, wie viele Mitarbeiter welches Know-how hatten und welche internationale Qualitätszertifizierungen Curafox India erreicht hatte. Sanjay war stolz auf das Erreichte und lächelte immer freundlich nickend.

„Wenn ihr überall CMMI Level 5[24] zertifiziert seid, warum kommen dann bei uns so viele Fehler an?"

Mit dem CMMI Modell konnte der Reifegrad einer Organisation überprüft werden. Und Level fünf war die höchste Ebene, die erreicht werden konnte und ein Qualitätsmerkmal, was keine deutsche IT-Firma bisher in Gänze erreicht hatte.

---

[24] CMMI: Capability Maturity Model Integration ist ein Reifegradmodell für IT-Organisationen. Es reicht von initial (1) bis optimiert (5). CMMI kam urspünglich aus den USA, wird aber heute weltweit anerkannt und eingeführt.

„Dann sind die Vorgaben nicht korrekt. Die Spezifikationen müssen genauer sein. Euer Englisch wird hier nicht immer gut verstanden", entgegnete Sanjay. Er zog diverse Statistiken und Grafiken hervor, die aussagten, wann aus Indien heraus an den Vorgaben immer nachgebessert werden musste.

„Ich glaube viel eher, dass der CMMI Level 5 nur aussagt, dass auch totaler Quatsch nach besten Qualitäts- und Prozessvorgaben programmiert werden kann. Sozusagen Scheiße in Top Qualität", flüsterte Bergmann Lürsen ins Ohr.

Shit in, shit out, urteilte Lürsen leise. Als Manager durfte er solche Kommentare nicht laut sagen.

„Ihr Deutschen denkt immer", und dabei zeichnete Sanjay einen großen Trichter, darunter einen Kasten mit Zahnrädern und einer seitlichen Kurbel auf das Whiteboard, „dass ich hier oben Anforderungen reinkippe, dann die Kurbel an der Seite betätige und unten kommt, wie ein Wunder, die fertige Software raus." Sanjay und die beiden anderen schmunzelten darüber.

„Nun mal im Ernst. Was müssen wir gemeinsam besser machen, damit InfoLogis ihr APTIL Projekt gestemmt bekommt?"

„Wir sind hier weit weg vom >Hey Jo Prinzip<[25]. Wir arbeiten prozesskonform und sehr strukturiert. Und wir messen alles. Gebt uns die Spezifikationen und alle Dokumente in Deutsch. Ich habe hier in Bangalore so viele Leute, die übersetzen alles in ein paar Stunden ins Englische. Wir schicken das über Nacht zum Gegencheck wieder zurück. Damit hätten wir das Kommunikationsproblem gelöst. Und

---

[25] Mit „Hey Jo" wird umgangssprachlich das Arbeiten auf Zuruf genannt.

lasst mich an allen euren Projekt Telkos teilnehmen", schlug Sanjay vor.

„Kein Problem, super Vorschlag. Und wie bekommt ihr eure hohe Kündigungsrate in den Griff? Immer wenn jemand gut eingearbeitet ist, dann kündigt er und ist zwei Wochen später wieder weg."

„Die indischen Entwickler wollen schnell viel verdienen und für bekannte Unternehmen arbeiten. Wir könnten zehn Prozent im ersten Jahr mehr bezahlen und einen Erfolgsbonus für APTIL rausgeben. Und wir sollten den Kollegen offiziell sagen, sie arbeiten für InfoLogis. Die Firma ist hier auch bekannt. Diese Referenz kommt dann später in deren Zeugnis. Da sind sie stolz drauf."

„Wenn das gut ankommt und unser Problem behebt - ok." Lürsen überlegte kurz, wie er den folgenden Gedanken formulieren sollte.

„Sanjay, meines Erachtens müssen die Leute auch mal Nein sagen und mitdenken. Sie nicken immer nur freundlich und keiner weiß, ob sie was richtig verstanden haben. Früher eskalieren. Dinge hinterfragen. Das ist ein Kulturproblem. Jemand, der fünf Jahre programmiert muss nicht automatisch ein Manager werden, obwohl er dort mehr verdienen kann."

„Ja, Indien tickt anders als Europa. Hier widerspricht keiner dem Vorgesetzten. Ich kenne die deutsche Kultur. Ich versuche hier auch alles etwas anders zu machen. Es braucht Zeit."

„Und ihr müsst aufpassen, dass euch China nicht den Rang abläuft. Gerade im Bereich künstliche Intelligenz und Big Data kommt China enorm. Das wird auch hier in Bangalore Arbeitsplätze kosten, wenn hier nur die einfachen Programmiertätigkeiten oder Call Center aus den USA und Europa übernommen werden. Ich würde das gerne dem Team gleich vortragen."

Sanjay nickte wieder freundlich, lächelte und zeigte seine weißen Zähne.

„So! Lasst uns alle Maßnahmen und Ideen in ein Protokoll aufnehmen. Viele Dinge können wir schnell umsetzen. Wir haben leider nur wenig Zeit." Damit schloss Lürsen die kleine Managementrunde und machte sich mit Bergmann auf den Weg in das Großraumbüro mit den vielen Cubicles, die durch schalldämmende Raumteiler voneinander abgegrenzt wurden. Die indischen Kollegen standen sofort auf und lächelten die Besucher aus Deutschland an. Es war mucksmäuschenstill. Alle erschienen so diszipliniert. Lürsen startete eine Motivationsrede in Englisch. Er betonte zum Schluss, dass gerade dieses Projekt APTIL aus dem Bereich der künstlichen Intelligenz für die Kollegen, Curafox India und ganz Bangalore eine enorme Bedeutung hätte. Er schloss damit, dass es auch in Indien nur wenige High Tech Arbeitsplätze mit solch herausfordernder Technik gäbe.

Zufrieden beendeten die beiden den beruflichen Teil. Sie hatten den Eindruck, dass die Wichtigkeit der KI-Technik und des Projektes überall angekommen war.

„Ich wollte noch den Bangalore Palace besichtigen und in den Botanical Garden. Rufst du uns ein Taxi. Morgen geht es ja schon wieder zurück."

Auch Zven Bergmann war mit dem Besuch zufrieden. Es war gut, die indischen Kollegen auch mal gesehen zu haben. Bei solchen Reisen lernte er natürlich auch seinen Chef-Chef besser kennen.

Nur ein Wiederspruch fiel ihm bei dem Besuch auf: In Deutschland meinte das Management, die Leute sollten nicht so viel fragen, sondern ausführen. Und hier sollten die Inder mehr hinterfragen und mehr mitdenken. Gab es einen Mittelweg?

*****

„Papa, wann sind wir endlich da", nervte Agnes, als sie im Auto unterwegs nach Aachen waren. Schwiegervater Gerhard hatte die ganze Familie und Verwandtschaft zum sechzigsten Geburtstag seiner Frau Martina eingeladen. Früh morgens machten sich die Bergmanns auf den Weg, um pünktlich vor dem Mittagessen in Aachen zu sein. Gott-sei-Dank war die Autobahn auch rund um Köln an diesem Samstag frei. Zven Bergmann fuhr schnell und war schweigsam. Ihm ging die Firma und das Projekt APTIL einfach nicht mehr aus dem Kopf.

„Herzlichen Glückwunsch zu deinem sechzigsten. Alles Liebe und Gute, und vor allem Gesundheit liebe Martina", beglückwünschte Bergmann seine Schwiegermutter und begrüßte nach und nach die ganze angereiste Familie und die Gäste. Martina und Gerhard freuten sich sehr, ihre Tochter Sylvia wiederzusehen. Aber viel wichtiger war das Treffen zwischen Großeltern und den Enkeln Ludwig und Agnes. Man sah sich leider ja nicht so häufig. Agnes umarmte sofort ihre Oma und ließ sie nicht mehr alleine.

Als alle Gäste ihre Plätze eingenommen hatten und die Vorspeise serviert wurde, stand Gerhard auf und hielt eine kurze Rede. Er war Architekt und somit war sein Weltbild, dass der Häuser bauen. Dieses Bild verwendete er gerne und immer wieder. Heute musste die Metapher herhalten für Familie bauen, neue Räume ergänzen, auch mal investieren und renovieren.

„Das Haus der Familie ist für alle da, jeder soll ein- und ausgehen. Und Du liebe Martina, bist die Hüterin und ich nur der Hausmeister", dabei drehte er sich leicht zu seiner Frau. „Manchmal muss man auch mal neue Träger einziehen. Dann reicht ein Überstreichen nicht. Das haben wir in den fünfunddreißig Ehejahren auch erlebt. Der Mörtel des Lebens ist und bleibt halt die Liebe." Das Bild wurde noch weiter strapaziert und mit katholischem Glauben und Religion vervollständigt. Gott-sei-Dank konnte sich Gerhard noch stoppen, ehe die Vorspeisensuppe kalt war.

Nach dem Essen durfte Enkel Felix seine Gitarrenkünste zum Besten geben. Das Spiel beherrschte er schon ganz gut und einige Lieder wurden von allen mitgesungen.

Martina und Gerhard waren ein glückliches und gesundes älteres Ehepaar. Sie hatten vier nette intelligente Enkelkinder und keine finanziellen Probleme. Darin war sich Zven Bergmann mit seinem Schwager Jürgen schnell einig, als sich beide nachmittags zu einem Bier an den Tresen zurückzogen.

„Euch geht es gut in Frankfurt?", fragte Jürgen interessiert und stützte seinen rechten Arm auf.

„Ja, soweit alles im grünen Bereich. Bin halt viel unterwegs und Sylvia dann alleine mit den Kindern. Bei uns spielt sich dann alles am Wochenende ab. Post bearbeiten, Freunde, Steuererklärung und so weiter."

„Wo bist du denn im Moment. Wieder international unterwegs?"

„War gerade in Bangalore, in Indien. Sonst meist in Hannover. Aber das reicht. Wir machen ein großes Innovationsprojekt für einen Logistikkonzern. InfoLogis, hast du vielleicht schon gehört."

„Ja, kenne ich aus der Zeitung. Da war doch vor zwei Wochen ein großer Bericht in der Presse. Die behandeln ihre Mitarbeiter so schlecht."

„Habe ich gar nicht mitbekommen. Aber das kann schon sein."

„Warte mal. Fahren- oder ne, Fehrenbach heißt der Chef. Ein aalglatter Typ. Er musste sich im Interview zu den Vorwürfen äußern. Er hatte erst seine Lagerarbeiter mit Kistenschupser tituliert und dann kommt raus, dass InfoLogis nur Mindestlohn bezahlt. Meistens werden auch Sub-Sub-Unternehmer beauftragt."

„Mitarbeiterführung ist nicht deren Stärke. Mit der Einführung von unserem Projekt sollen alle Lagerarbeiten von Robotern durchgeführt werden. Dann hat sich das Problem erledigt."

„Bei denen bekommt jeder Arbeiter einen Handreifen um und wird den ganzen Tag überwacht. Wie schnell bewegt er sich? Wann macht er wie lange Pause? Alles Schikane."

Jürgen war wirtschaftlich immer gut informiert. Als Banker hatte er auch ein entsprechendes berufliches Interesse.

„Da kommt nun nach und nach einiges hoch. Ich bin mal gespannt, was noch rauskommt. Einige Prozesse vor dem Arbeitsgericht sollen schon laufen."

Zven Bergmann nickte zustimmend. Und für so eine Firma war er als Dienstleister unterwegs? Viel schlimmer. Ihn beschlich auf einmal das Gefühl, von Haasen sehe in ihm zwar keinen Kistenschupser, aber Tastendrücker kamen in der Rangfolge sofort danach.

Als sie am Sonntag nach der Feier wieder zu Hause waren, setzte er sich während des *Tatorts* an seinen Laptop und forschte den neuen Informationen über InfoLogis nach. Die Suchmaschine spuckte schnell diverse Links zu Nachrichten und Personen aus. Zunächst schaute er sich die offizielle Internetseite von InfoLogis an. Das Managementteam war mit Foto dargestellt. Ganz oben stand der Vorsitzende der Geschäftsführung Dr. Manfred Fehrenbach. Bergmann vergrößerte das Foto des hageren Kopfes. Er klickte noch die anderen Menüs durch und fand Hintergrundinformationen zum Geschäftsauftrag, der Gründung mit Historie und finanzielle Kennzahlen. Letztere waren aber schon drei Jahre alt. Man pries sich selber als höchst innovativen Logistikkonzern in Europa an, der durch permanente Innovationen und Einführung der neuesten Technologien der ausgesuchte Partner der Automobilindustrie sei. Bergmann ging zurück auf die Link-Übersicht und las die vielen Überschriften der kritischen Zeitungsredaktionen.

InfoLogis ist ein Labor der Ausbeutung
Mitarbeiter berichten von miesen Schikanen bei InfoLogis
Europaweite Proteste bei InfoLogis
So brutal steuert Dr. Fehrenbach sein Geschäft bei InfoLogis
Arbeiten im Laufschritt mit Armreifen
InfoLogis wächst zweistellig – Abzocke bei den Mitarbeitern
Fehrenbachs Steuertricks –
ein Interview mit dem InfoLogis Vorstand
Kapitalismus der Daten: wie Hannovers InfoLogis vorgeht

Er suchte sich zwei Artikel raus und las im Detail die vielen Vorwürfe, die InfoLogis und speziell Fehrenbach vorgeworfen wurde. Die Erkenntnis über den Mitarbeiterumgang seines Kunden brachte ihn innerlich auf.

*****

Die Koffer waren gepackt und das Auto schwer beladen. Sogar die Dachbox war gut gefüllt. Zven Bergmann hatte sich schon lange auf den Sommerurlaub in Südfrankreich gefreut. Sie hatten ein kleines Appartement für drei Wochen direkt am Meer gemietet. Der Wochenmietpreis war enorm, aber egal. Endlich ausspannen, schlafen, windsurfen und mit den Kindern spielen. Sonne, Wein und guter Käse mit Baguette, mehr musste es gar nicht sein. Gut, dass Stefan Mohring keine Familie hatte und als sein Stellvertreter das Projekt übernahm.

Die erste Woche verging wie im Flug. Die Kinder hatten schnell Kontakt zu anderen Kindern gefunden und versuchten sich bei einem Surf-Kurs. Sylvia genoss es endlich mal wieder ein Buch direkt in einem Rutsch durchzulesen und ihr Französisch aufzupolieren.

Nach zwölf Tagen hatte Bergmann die Firma, den Kunden und das Projekt vergessen. Bis sein Mobiltelefon klingelte. Das war kein gutes Zeichen.

„Hi Zven, hier ist Stefan. Sorry, wenn ich im Urlaub anrufe. Geht es euch gut?"

„Wir können uns nicht beklagen. Alles super hier. Die Sonne scheint, das Essen ist gut. Die Kinder beschäftigt. Was gibt es?"

„Du, ich wollte dich nicht belästigen. Aber ich habe gestern von InfoLogis eine E-Mail und einen unterschriebenen Brief als Anhang erhalten, ..."

Bergmann stöhnte innerlich auf.

„... InfoLogis teilt uns mit, dass sie die Gabelstapler zu spät bestellt haben, somit auch keiner fristgerecht geliefert wird und sie das Projekt um drei Monate anhalten wollen. Ich hatte mit von Haasen schon seit einer Woche Kontakt dazu. Nun kam es offiziell. Was sollen wir machen?"

„Shit, am Anfang des Projektes wäre eine Auszeit für uns ok gewesen. Aber jetzt? Wir brauchen doch nur einen Stapler zum

Testen. Soweit ich weiß, hatten wir damals zunächst die Stapler mit angeboten. InfoLogis wollte dann aber selber bestellen. Frag mal bei Mark Kötter im Vertrieb nach. Wenn wir jetzt unsere Leute aus dem Projekt freigeben, dann sind die sofort woanders vergraben und wir bekommen sie nur mit sehr viel Mühe wieder zurück ins Projekt."

„Ich habe dir den Brief eingescannt und per E-Mail geschickt. Schau mal in deinen Maileingang."

Mohring war anscheinend davon ausgegangen, dass Bergmann auch im Urlaub alle Mails regelmäßig checkte und auf dem letzten Informationsstand war.

„Ja, mache ich gleich und melde mich dann wieder."

Beide legten auf und Bergmann zog seinen Laptop hervor, der schon leicht angestaubt im Regal des Wohnzimmers stand. Er konnte sich auf seinen Firmen-E-Mail Account von außen einloggen. Gut, dass er sich sein kompliziertes Password aufgeschrieben hatte. Nach einiger Zeit sah er dreihundertundfünfzig unbeantwortete E-Mails in seinem Postfach. Diese E-Mail-Flut nahm einfach kein Ende. Infomails, Berichte, Anfragen, Ermahnungen, Umfragen und Glückwünsche von Kollegen und Kunden waren eingegangen.

Ich hasse diese E-Mails. Und besonders die Leute, die einen riesigen Verteiler nutzen und jeden auf copy nehmen. Am liebsten immer sofort Lürsen und das Management. Viele handeln nach der Devise: Mailen macht frei, im Sinne von: Ich habe es euch ja gesagt, reflektierte Bergmann betreten.

Bald fand er die ganze Korrespondenz zu dem Thema. Es war ein hart formulierter Brief von von Haasen, den dieser bestimmt mit Unterstützung eines Juristen formuliert hatte. Bergmann musste sich erstmal innerlich schütteln, da er viele Projektdetails in seine hinterste Gehirnecke geschoben hatte. Langsam kamen sie wieder zurück und er formulierte eine Antwortmail an Mohring.

Mail **von:** <u>Zven.Bergmann@curafox.com</u>
an: Stefan.Mohring@curafox.com
cc:
Betreff: APTIL: Time Out oder Shut Down

Hi Stefan,

schreibe bitte zurück, dass wir die Ausfallzeiten berechnen müssen. Wir Reporten die angefallenen Ausfallstunden zusammen mit den aufgelaufenen Kosten gesondert jede Woche an von Haasen. InfoLogis soll irgendwoher einen Stapler besorgen. Intern soll jeder seine Überstunden abbauen und eventuell auch Urlaub nehmen. Prüfe auch, welche Arbeiten vorgezogen werden können. Sprich mit Lürsen, dass wir freie Mitarbeiter gerne anderen Projekten zur Verfügung stellen, sie aber sofort beim erneuten Start wiederbrauchen. Entwerfe mit unserem Juristen ein Antwortschreiben. Wir müssen hier wasserdicht sein, sonst bleiben wir auf den Kosten sitzen. Wenn der Brief fertig ist und klar ist, welche Mitarbeiter von der Pause betroffen sind, melde dich bitte nochmal. Wir checken das zusammen bevor es rausgeht.

Viel Erfolg und Gruß aus Südfrankreich

Zven

Er überflog nochmal seine Antwort und drückte auf Senden. Gott-sei-Dank war die Netzverbindung so gut, dass die Mail schnell den Postausgang verließ.

APTIL und InfoLogis hatten ihn wieder eingeholt. Seine Erholung war gelaufen.

Kapitel 5. Das Jubiläum

Zven Bergmann schwang sich die Anzugsjacke über den Arm. Seine Frau Sylvia hatte sich traumhaft zurecht gemacht. „Schade, nur heute. Könntest dich öfter so herausputzen. Du siehst toll aus", sagte er zu ihr und gab ihr einen intensiven Kuss.

Sylvia freute sich und strich selber begeistert über ihr rotes kurzes Kleid. Endlich konnten sie zusammen auch mal wieder ausgehen. Das Schminken hatte ihr auch großen Spaß gemacht. Gut, sie mussten bis Hannover fahren und es war fast eine beruflich verpflichtende Veranstaltung. So bekam sie mal die Kollegen ihres Mannes zu sehen und sie war wirklich gespannt auf diesen InfoLogis Manager, den Zven immer nur „Hass I" oder „Hasi" nannte. InfoLogis hatte zum 40sten Bestehen viele Gäste aus Deutschland eingeladen. Die meisten Gäste waren natürlich Kunden, aber es sollte auch ein positives Zeichen an Curafox sein, da sie zusammen dieses große und für alle wichtige Innovationsprojekt APTIL durchführten. Zven Bergmann hatte eigentlich keine Lust. Für ihn waren es gefühlte Überstunden mit erzwungenem Gute-Laune-Gesicht und viel Smalltalk. Er hasste mittlerweile alles, was mit dem Projekt zu tun hatte. Ben Gratz und Frank Lürsen hatten ihn eindringlich darum gebeten, an der Veranstaltung teilzunehmen. Sonst wäre er nicht gefahren.

„Kinder, seid bitte lieb mit der Omi. Hier ist Geld für das Kino am Nachmittag und Zähneputzen nicht vergessen. Wir sind morgen Mittag wieder da", rief Sylvia die Treppe hoch. Sie war gerne Mutter und durch den Hausbau im Neubaugebiet hatten sie viel Kontakt zu anderen Kindern und Familien. Nur schade, dass Zven so viel arbeiten musste. Die anderen Väter waren meist pünktlich um siebzehn Uhr daheim und konnten sich um Kinder, Haus und Garten kümmern. Wahrscheinlich verdienten sie weniger. Komisch, dass die sich ein Haus und oft auch zwei Autos leisten konnten.

„Tschüss Mama, und vielen Dank fürs Aufpassen auf die Kinder. Wenn was ist, ruf mich an", sagte sie zu ihrer Mutter Martina, die über Nacht blieb und extra aus Aachen gekommen war.

„Kein Problem, die beiden sind ja schon groß. Wenn sie im Kino sind, mach ich schnell mal die Bügelwäsche. Macht euch einen schönen Abend. Bis morgen."

Zven und Sylvia zogen ihre Koffertrolleys zum Auto und machten sich auf den Weg nach Hannover.

*****

Sylvia und Zven Bergmann betraten nach dreistündiger Autofahrt die InfoLogis Zentrale. Draußen wehten jede Menge blaue Logofahnen und der große Parkplatz war schon gut gefüllt. Sylvia prüfte nochmal ihr Aussehen im Autospiegel, legte die Perlenkette um und schlüpfte in die eleganten schwarzen High Heels, die ihre Beine um zehn Zentimeter verlängerten. Mehr traute sie sich dann doch nicht zu.

„So, so. Dies ist also dein zweites Zuhause," meinte Sylvia zu ihrem Mann und hakte sich bei ihm ein.

Beide reihten sich in einer Schlange ein, in der die Gäste auf die Registrierung und die Ausgabe der kleinen Ansteckausweise warteten. Vermutlich waren einige hundert Leute eingeladen. Überall waren kleine Stehtische aufgestellt. Studenten, als Kellner verkleidet, wuselten mit Tablets hin und her. Der große Eingangsbereich war bunt ausgeleuchtet und mit Deko hübsch zurechtgemacht. Eine Band stand auf der Bühne und spielte dezente Hintergrundmusik. Sie sahen mit ihrem professionellen Equipment so aus, dass sie später auch aufdrehen könnten.

Zven stellte sich kurz auf die Zehenspitzen, um bekannte Gesichter zu erhaschen. Er sah Gratz mit Lürsen stehen und ging mit Sylvia auf beide zu. „Darf ich euch meine Frau Sylvia vorstellen? Wir sind gerade angekommen. Ist ja eine Riesenveranstaltung hier."

„Ben Gratz von Curafox, angenehm. Schön sie kennenzulernen. Ja, hier sieht man, dass unser Kunde viel Geld verdient." Gratz und Lürsen gaben beide Sylvia die Hand. Der vorbeikommende Kellner versorgte die Vier mit einem Glas Sekt.

„In den letzten Monaten ging es für InfoLogis etwas turbulent zu", sagte Bergmann in die Runde, da er zeigen wollte, dass er den Kunden besser kannte, als die anderen.

„Wieso? Hat das mit unserem Projekt zu tun?" fragte Lürsen interessiert.

„Nein. Kennt ihr die Medienberichte? Die Presse und das Fernsehen waren hinter InfoLogis her. Es ging immer um die Arbeitsbedingungen in den Lagerhallen. Über niedrige Löhne und das permanente Überwachen der Mitarbeiter mit einem Armband wurde intensiv berichtet."

„Oh, das habe ich gar nicht mitbekommen", sagte Gratz.

„Hier in Hannover war dies ein riesiges Thema. Die Mitarbeiter haben sogar Streiks vorbereitet. Also ganz so glanzvoll steht InfoLogis nicht da." Bergmann freute sich, dass er seinen Informationsvorsprung sinnvoll eingesetzt hatte.

„Na, ja. Irgendwas findet die Presse bei jedem. Heute wird das hier sicherlich kein Thema sein."

Das Gespräch musste bald eingestellt werden, da der Vorstandsvorsitzende von InfoLogis, Dr. Fehrenbach, von einer Moderatorin angekündigt wurde und die Bühne betrat. Alle klatschten. Die geladenen Lokalpolitiker und Leiter der hannoverschen Bankenszene versammelten sich in der ersten Reihe vor der Bühne, um möglichst auf vielen Pressefotos mit einem strahlenden Lachen abgelichtet zu werden.

Die Rede von Fehrenbach startete ohne großen Überraschungseffekt. Er zeigte im Schnelldurchlauf Bilder aus den vierzig Jahren seit der InfoLogis Gründung. Angefangen hatte alles in einer kleinen schäbigen Halle in Hannover. InfoLogis hatte aber schnell auf die Automobilindustrie gesetzt und war zusammen mit ihr groß geworden. Mit Ersatzteilen und Originalteilen konnte man viel Geld verdienen. Das sogenannte After Sale Geschäft hatte lukrative Margen, insbesondere wenn man schnell, zuverlässig und flächendeckend liefern konnte. Die vielen Innovationen auf den zeitlichen Stationen wurden erläutert und natürlich zum Ende auch das Projekt APTIL erwähnt.

„... Wir wollen immer der Leading Edge in der Logistik sein. Der Wettbewerb muss sich an uns orientieren. Wir werden unsere Lösungen nun auch anderen Branchen anbieten. Dazu setzen wir auf neueste und modernste Technik. Bald werden wir auch die BlockChain Technologie einsetzen, um eine sichere und anonyme Kommunikation in der ganzen Lieferkette anbieten zu können", dozierte er stolz.

Der ansonsten humorvolle Vortrag wurde mit der Aufforderung „Ich wünsche Ihnen allen einen erlebnisreichen Abend. Das Buffett ist nun eröffnet", abgeschlossen und die ganze Gesellschaft strömte zu den vier Cateringtischen.

Zven und Sylvia Bergmann stellten sich mit ihren Tellern und dem Glas Wein alleine an einen Stehtisch. Es war schön, mal bedient zu werden. *All inclusive* hatten sie schon lange nicht mehr. Die Ziegenkäsebällchen mit Honig und Senf oder die kleinen gegrillten Scampi Spießchen schmeckten besonders gut. Die Geräuschkulisse wurde allmählich wieder lauter und die Band fing an sanft zu spielen. Bergmann stellte gerade sein Glas ab, da kam Niklas von Haasen mit einem Bierglas in der Hand vorbeigeschlendert.

„Guten Abend Herr Bergmann. Schön sie hier zu treffen", begrüßte er die beiden fast überschwänglich. Sylvia drehte sich um und streckte auch ihre Hand entgegen. Von Haasens Blick und ihrer trafen sich und Sylvia zuckte kurz zusammen und erstarrte. Sie schüttelte noch schlaff die Hand, drehte sich zurück und schaute auf den Boden. Ihr Kopf fing an zu schwirren und Schweißperlen traten ihr auf die Stirn. Ihr Magen zog sich zusammen. Sie musste von Haasen, der immer noch Small Talk mit ihrem Mann führte, nochmal kurz ansehen. Kein Zweifel, die kleine Narbe auf der rechten Wange, die Statur, die Stimme. Er war es. So was vergaß man nicht. Wie sollte sie sich nun verhalten? Von Haasen plauderte weiter. Er erkannte sie wohl nicht.

Sie entschuldigte sich und ging leicht wankend zur Toilette. Alleine in der Kabine holte sie mehrmals tief Luft. Dass sie die Vergangenheit doch wieder einholte. Sie setzte sich auf den Toilettendeckel und atmete schwer ein und aus. Das Zittern ließ langsam nach. Vor dem Spiegel puderte sie ihr Gesicht, nahm einen Schluck Wasser und atmete nochmal tief durch. Sie sah sich einige Sekunden abwesend im Spiegel an, bevor sie wieder nach oben ging. Da musste sie jetzt durch. Nur nicht die Fassung verlieren. Aber sie konnte es hier nicht mehr aushalten.

Weg. Nur weg!

Ihr Mann stand immer noch mit von Haasen zusammen. Ben Gratz hatte sich dazugesellt. Sie zupfte ihren Mann am Ärmel und flüsterte ihm ins Ohr „Ich muss hier raus. Ich muss hier ganz schnell weg. Mir ist schlecht geworden. Du musst mitkommen, mein Kreislauf macht Probleme." Dabei ergriff sie die Hand von ihrem Mann und zog ihn Richtung Ausgang. Er sollte nun alles erfahren.

Bergmann entschuldigte sich kurz und folgte erstaunt und besorgt seiner Frau Richtung Ausgang.

*****

„Ich kenne diesen von Haasen." Sie schluckte schwer und sah auf den Boden. „Aus meiner Münsteraner Studienzeit. Er hat mich 2003 nachts im Kuhviertel fast vergewaltigt. Ich kann hier nicht mehr bleiben." Die Sätze kamen stoßweise heraus und Sylvia biss sich auf die Unterlippe. Bergmann war wie vor den Kopf geschlagen und schaute seine Frau ungläubig an.

„Waaas? - Du hast niemals was erzählt. Ich kann es nicht glauben. Dieses Schwein. Und er hat dich gar nicht erkannt."

„Ich habe damals neben dem Englischstudium in der Cavete als Kellnerin gearbeitet. Wir hatten immer erst um ein Uhr Schluss. Ich bin dann zu Fuß nach Hause gegangen. Er kam öfter und hatte vorher am Tresen viel Bier getrunken und mich dort schon angemacht. Aber das passiert immer mal in der Kneipe. Ich hatte zu tun und habe immer nur ein paar Worte mit ihm gewechselt. Seine Narbe auf der rechten Wange war mir damals schon aufgefallen. Ich dachte, der ist in einer Verbindung. Die haben ja mit Mädels nicht so viel zu tun. Dann hat er mir draußen aufgelauert und sprach mich wieder an. Ich war müde und wollte nur nach Hause. Ich habe gesagt, er soll mich in Ruhe lassen. Er hat mich dann am Arm gepackt und dann … Oh Gott, ich hoffte ich hätte es vergessen." Sie fing stark an zu schluchzen und ihre Sätze kamen nur noch schwer verständlich heraus. „Dann hat er mich in eine Ecke gezerrt und überall begrapscht und versucht zu küssen. Er hat mir die Bluse aufgerissen und seine Hand unter meinen BH geschoben. Er hatte auch schon seine Hose auf. Seine Hände waren überall. Oh wie grässlich. Ich habe geschrien und er hat mir den Mund zugehalten. Dann hat er mir gedroht, meinen Rock hochgezogen und zwischen die Beine gefasst. Da habe ich ihn mit all meiner Kraft weggestoßen und mein Knie in seinen Bauch gerammt. Ich bin dann nur noch weggerannt."

Bergmann hatte sprachlos mit aufgerissenen Augen zugehört und öfters seinen Kopf Richtung InfoLogis Eingang gewendet.

„Bist du zur Polizei gegangen?"

„Nein, ich konnte ja nichts beweisen. Du weißt doch, was dann für Fragen kommen. Keiner glaubt dir. Ich habe das Kellnern drangegeben und habe ihn nie wiedergesehen. Bis heute. Oh wie schrecklich. Das Gesicht von damals habe ich immer noch genau vor Augen. Die Nase, die Narbe, die Augen, das Bild hat sich in meinem Gehirn eingebrannt." Bergmann nahm seine Frau in den Arm.

„Kanntest Du Ben Gratz auch von damals? Die beiden scheinen ja eine gemeinsame Studienvergangenheit zu haben."

„Nein, den kannte ich nicht. Oder ich erinnere mich nicht an das Gesicht. Ist auch schon fünfzehn Jahre her."

„Komm, wir gehen ins Hotel und fahren morgen sofort nach Hause. Das Schwein. Dafür wird er mir büßen."

Aber Bergmann hatte für seine Rache noch keinen Plan.

*****

Am Montag war er wieder im Büro. Er hatte nicht gut geschlafen. Sein Magen, sein Darm und sein Kopf rebellierten. Eigentlich kannte er sich so nicht. Bisher hatte er die Erwartung an sich selber immer erfüllt. Er traf Lürsen auf dem Flur, als dieser sich einen Kaffee holte.

„Das war eine tolle Veranstaltung am Samstag bei InfoLogis. Du warst ja so schnell weg mit deiner Frau. Oder habe ich euch nur nicht mehr gesehen?"

„Ne, meiner Frau war es nicht gut und wir sind gegangen", sagte er kleinlaut und unsicher. Am liebsten hätte er sich in sein Büro verkrochen.

„Geht es ihr wieder gut?", fragte Lürsen rhetorisch, wartete aber keine Antwort ab. „Zum Geschäft zurück. Gratz Senior will nun einen täglichen kurzen Bericht per Mail zum Projekt. Stand, Probleme, Einschätzungen. Die Zahlen und offene Punkte sollen dann in einen wöchentlichen Report rein. Wichtig, mach ein Risikomanagement. Er steht darauf. Welche Risiken sehen wir, was kosten uns diese, mit welcher Eintrittswahrscheinlichkeit bewerten wir sie und was machen wir dagegen."

Lürsen ließ seine Worte wirken. Die Reaktion von Bergmann war ihm egal. Er hatte einen Auftrag.

„Und noch eins: die IST Verbrauchszahlen in Stunden und Euro will er mit den abgeschätzten Remainings[26] ab jetzt jeden Monat. Jetzt ist die Kacke hier ganz schön am Dampfen. Das Controlling mit der kleinen Schulte kann dir sicherlich helfen. Wir müssen das jetzt genau tracken."

Wen Lürsen mit WIR meinte, wusste Bergmann genau. Nämlich IHN.

---

[26] Mit Remainings werden die geschätzten Aufwände bis zum Projektende bezeichnet. Sie können sich monatlich nach oben oder unten verändern.

Nun wird mir geholfen, dachte er sarkastisch. Das konnte doch alles nicht mehr wahr sein. Er schleppte sich mit hängendem Kopf in sein Büro und sackte schlaff auf dem Bürostuhl zusammen.

*****

Er wollte sich noch aufrichten. Er wollte mit dem Bericht anfangen. Er wollte eine Telko mit dem Controlling aufsetzen. Und er wollte seine Mails bearbeiten. Aber seine Finger und sein Körper gehorchten ihm nicht mehr. Die Augen wurden glasig, der Magen krampfte in Salven und der Kreislauf brach zusammen. Bergmann sackte langsam vom Stuhl und lag auf dem Boden. Sein Gehirn konnte den Körper nicht mehr steuern. Alle Gliedmaßen und Organe schienen das zu machen, was ihnen Spaß macht. Keiner gehorchte mehr in diesem Kopfkarussell. Der Dauerstrom in seinem Körper erlosch allmählich. Er konnte nicht mehr rufen. Er wollte auch nicht rufen. Denn als Projektleiter ruft man nicht nach Hilfe. Er schloss die Augen.

Als Projektleiter kennt man immer einen Ausweg. Gute Leute haben immer eine Exit-Strategie, hatte er gelernt. Schweiß brach aus. Die Hände und die Füße waren eiskalt. Er begann zu zittern. Sein Bewusstsein verabschiedete sich. Ganz langsam tauchte er ein in diesen dumpfen Traum, den langen dunklen Tunnel. Kein Licht am Ende. Aber Sylvia kam ihm entgegengelaufen. Ihre Bluse stand auf und er zählte die Knöpfe. Vier – fünf - ? Da fehlt einer. Das wollte er in den Bericht schreiben. Und dann erschien von Haasen und zerrte sie von ihm weg. Er schrie: *Bleib bei mir, ich bekomme das Projekt wieder in den Griff. Ich brauche nur ein bisschen Zeit. Ich kann, ich muss, ich sollte, ich darf nicht* .....

Schwarz.

*****

Bergmann lag erschöpft auf dem Boden seines Büros und hörte weit weg ein lautes Telefonklingeln. Aber er konnte sich nicht bewegen, als hätte sich eine Lähmung breit gemacht.

Stefan Mohring kam gut gelaunt in sein Zimmer geschlurft, um mit Bergmann gemeinsam Mittagessen zu gehen. Erschrocken blieb er erst in der Tür stehen und analysierte ungläubig die Situation. Dann kam er schnell herbei und beugte sich über Bergmann.

„He, Zven. Was ist los? Mach keinen Scheiß", sprach er ihn an. Eine Reaktion kam verzögert. „Was ist passiert?" Mohring sah, dass Bergmann kalkweiß im Gesicht war und es standen ihm Schweißperlen auf der Stirn. Schnell lagerte er die Beine erhöht auf einem Stuhl und rief in den Flur: „Hey, Hilfe. Kommt mal jemand schnell ins Büro zu Zven." Dann rannte er sofort ins Sekretariat und ließ einen Rettungswagen der Johanniter rufen.

Mit einer Stabilisierungsspritze, einer Infusion und Blutdrucksenker konnte sich Bergmann nach einer Stunde zunächst wieder auf den Stuhl setzen. Die Rettungssanitäter bestanden aber darauf, ihn in ein Krankenhaus zu bringen. Dort wurde ein akuter Schwächeanfall mit Burn Out festgestellt. Bergmann wurde sofort absolute Ruhe verschrieben. Nur seine Frau Sylvia durfte ihn für kurze Zeit besuchen kommen. Die nächsten acht Tage schlief er fast fünfzehn Stunden am Tag.

*****

153

„Ich habe schon gehört. Wie geht es ihm jetzt?" fragte Lürsen ins Telefon. Sylvia Bergmann hatte sich nach einer Woche nur kurz bei Curafox melden wollen. „Sagen sie ihm gute Besserung und er soll sich erstmal ausruhen. Wir schaffen das schon ohne ihn."

Nach dem kurzen Telefonat bestellte Lürsen Stefan Mohring zu sich ins Büro. „Herr Mohring, vielen Dank für ihr beherztes Eingreifen. Es sieht nicht so gut aus für Zven Bergmann. Seine Frau meint, er braucht noch dringend Ruhe. Ich schätze mal, dass er mindestens vier Monate ausfällt. Sie sind am besten im Projekt drin. Sie müssen das Projekt APTIL zum Ende führen. Ich vertraue auf sie."

Mohring nickte. Er hatte das schon befürchtet. *Chance? Ne kein Bock.* Seine feierabendlichen Rennradtouren in den Odenwald konnte er dann absagen. Mohring war von guter psychischer und physischer Kondition. Ihn haute nichts um. Bodenständig und eher ruhig arbeitete er gewissenhaft alle übertragenen Aufgaben ab. Freizeit auf seinem Rennrad war ihm wichtig. Karriere wollte er nicht machen. Aber wenn Not am Mann war, dann war er zur Stelle.

„Vielen Dank für die Unterstützung. Curafox wird ihnen dies danken. Sie wissen ja, wie wichtig das Projekt ist. Und – ach ja – noch eins. Christine Zielke hatte vor drei Monaten gekündigt. Wir hatten das noch nicht an die große Glocke gehängt. Es könnte sein, dass sie die Seiten wechselt. Seien sie auf der Hut. Wir werden sie nun ausphasen aus dem Projekt. Sie bekommen dafür drei freie Mitarbeiter für die Schnittstellenaufgaben. Ich habe mich schon darum gekümmert und die Verträge sind unterschrieben. Der Betriebsrat hat auch zugestimmt. Sie machen das schon. Viel Erfolg."

Irgendwie hatte Stefan Mohring das im Gefühl gehabt, dass sich bei diesem Projekt noch viel tun würde. Es fühlte sich alles so asymmetrisch an. Es kam kein Gleichklang auf. Drei Neue hieß auch ein höherer Aufwand für deren Einarbeitung.

Wenn ich drei Frauen schwängere kommen die Kinder ja auch nicht nach drei Monaten. Innerlich sagte er ade zur liebgewonnen *Work Life Balance.* Nun war er unbeabsichtigter Weise im Driver-Seat.

Aus seinem Büro heraus rief er von Haasen an und informierte diesen über den Projektleiterwechsel. Dessen Reaktion war sachlich kühl mit einem unpersönlich ausgesprochenen: „Das tut mir leid. Dann kommen sie morgen zur Projektbesprechung?"

Kapitel 6. Projekt-Befindlichkeiten

Zven Bergmann musste einige Tage im Krankenhaus verbleiben. Seine Diagnose zeigte einen psychovegetativen Erschöpfungszustand. Er bekam einige Infusionen und fühlte sich immer noch sehr angeschlagen und matt.

„Wie geht es dir? Kannst Du aufstehen und laufen? Komm, wir fahren nach Hause", sagte Sylvia zu ihm, als sie ihn aus dem Krankenhaus abholte.

„Es geht schon. Ich fühle mich immer noch schlapp und habe Kopfschmerzen. Aber schön, wieder nach Hause zu kommen."

Er hatte drei Tage im Krankenhaus fast nur geschlafen. Sein Kopf lief auf Hochtouren, aber sein Körper gehorchte ihm nicht richtig. Oder auch umgekehrt. Alles war irgendwie durcheinander. Zu Hause begrüßte er seine Kinder Ludwig und Agnes, die ihm auch sofort viel aus der Schule zu erzählen hatten. Bergmann saß bei einem Tee dabei, den Oberkörper vornüber gesackt und die Hände auf dem Tisch aufgesetzt. Er hörte teilnahmslos zu. Dann nickte er mechanisch. Sylvia konnte nicht erkennen, ob er dem Gespräch folgte oder mit seinen Gedanken ganz woanders war. Sie war besorgt, ängstlich und unruhig. Wie sollte es weitergehen?

Zven Bergmann fühlte sich leer und hatte große Probleme seinen Alltag zu organisieren. Schon das Aufstehen war schwierig. Es verfolgten ihn zwar keine physischen, aber psychische Probleme. Er saß zehn bis fünfzehn Minuten aufrecht am Bettrand und hielt sich an der Matratze fest und konnte sich nicht aufraffen eine Entscheidung zu treffen. In welcher Reihenfolge sollte er sich anziehen? Kamen erst die

Strümpfe oder erst die Hose? Oder war es egal? Eigentlich war alles egal. Die vielen kleinen Schritte und immer die richtige zugehörige Ordnung finden, stellte ihn vor eine immens große Aufgabe.

„Komm, ich helfe dir", sagte Sylvia. „Ist ja gar nicht so schwer. Das wird schon wieder. Ich habe Dir das Frühstück gemacht. Vielleicht willst du in die Zeitung schauen. Wir können heute Mittag einen Spaziergang machen. Ich bin dann gleich für drei Stunden in der Boutique." Sylvia arbeitete, seid die Kinder in der Schule waren, halbtags als Verkäuferin in einer kleinen Boutique im Ort. So kam sie unter Leute und hatte ihr eigenes Taschengeld. Das zweite Staatsexamen für Englisch und Geschichte hatte sie nicht abgelegt. Sie hatte beschlossen, dass die Kinder sie brauchten, da Zven auch immer viel unterwegs war. Wenn sie die Nachrichten über das Schulwesen und den Unterricht hörte, war sie auch froh nicht ins Lehramt gekommen zu sein. Kompetente und freundliche Mode- und Stilberatung war für sie viel erfüllender.

Als sie mittags nach Hause kam, saß Zven immer noch am Tisch. „Ich habe Martin, deinen alten Kumpel getroffen. Er fragte, ob ihr am Wochenende gemeinsam zum Victoria Spiel gehen wollt. Soll ich ihm zusagen? Gute Besserung hat er ausrichten lassen."

„Ja. - Oder? – Ja gut, kann ich machen. Ich muss ja wieder unter Leute. Es geht langsam besser. Sage ihm, dass wir uns um…." Er stockte kurz und überlegte. „… um drei Uhr an der Kasse treffen können. Wer spielt denn?"

„Ich habe keine Ahnung vom Fußball und der Victoria. Aber ist doch egal. Hauptsache du gehst mal raus."

Am Samstagmorgen ging das Anziehen schon besser. Aber in seinem Kopf schwirrten die Gedanken umher, was er bis drei Uhr alles machen müsste. Er war unfähig eine Tagesplanung für sich aufzustellen, geschweige denn umzusetzen. Um zehn

Uhr konnte er nicht sagen, ob er alle anstehenden Aufgaben in den verbleibenden fünf Stunden leisten konnte. Er suchte seinen Mantel um elf Uhr und seine Schuhe um ein Uhr. Die bekannten zwei Kilometer Fußweg zur Victoria konnte er zeitlich nicht planen. Wann sollte er losgehen? Was brauchte er dazu?

Sylvia bekam zwar einiges von seinen Konzentrationsschwierigkeiten mit, aber die Gefühle blieben bei ihm eingeschlossen. Sie entschied nach ein paar Tagen, professionelle Hilfe bei einem Arzt oder Psychologen zu suchen. Diese Art der Erkrankung war ihr völlig fremd und sie suchte im Internet nach Hilfestellungen und Adressen in der Nähe. Eine schnelle Terminvereinbarung bei einem Psychologen eskalierte zu einem richtigen Problem. Einige nahmen keine Patienten mehr an, andere versprachen Termine in sechs bis acht Wochen. Aber das Problem gab es jetzt und es war akut. Sie sah, wie Zven litt. Und mit ihm litt die ganze Familie. Endlich konnte sie am Telefon direkt mit einer Ärztin sprechen und flehte sie für ein zeitnahes Gespräch für ihren Mann an.

*****

„Herr Bergmann, es war richtig, dass sie zu mir gekommen sind", sagte die Psychologin Dr. Wendel. „Der erste Schritt ist immer der Schwerste. Das haben sie nun schon mal geschafft."

Die Psychologin hatte ihre Praxis in einem Altbau mit einem schönen Vorgarten. Das Zimmer war hell, weiß gestrichen und modern eingerichtet. Allerdings hatte das Auge wenig Ablenkung. Dr. Wendel war dezent gekleidet, versprühte aber eine gewisse Eleganz indem, wie sie auf dem Sessel saß und ihren Patienten ansah.

„Danke, für den schnellen Termin. Meine Frau hat viel für mich telefoniert. Ich fühle mich, als wenn mein Motor stottert. Da ist was mit der Zündkerze. Manchmal mache ich einen Satz nach vorne, aber dann quietscht es irgendwo wieder und ich sacke zurück."

„Gemeinsam kriegen wir das schon wieder hin. Wir werden viele Gespräche führen und durch Entspannungstechniken wie Yoga oder autogenes Training ihre Energie wieder umverteilen. Sie befinden sich in einem inneren Ungleichgewicht zwischen ihren eigenen Anforderungen und deren Bewältigung. Die Gedanken kreisen immerfort und das führt zur Erschöpfung. Sie müssen lernen, dass es zunächst immer um sie selber geht."

„Ich bin Projektleiter eines großen IT-Projektes. Und die unterschiedlichen Anforderungen von allen Seiten an mich konnte ich nicht mehr in Einklang bringen. Ich war wie im Auto Pilot Modus. Fremdgesteuert, aber dann brach die Verbindung ab."

„Jetzt lassen sie das Projekt mal Projekt sein. Da wird sich ihre Firma drum kümmern. Sie brauchen eine positive Einstellung zum Leben. Ihre Work-Life-Balance ist völlig außer Kontrolle geraten. Sie müssen sich das vorstellen, als wenn sie eine Schneekugel in der Hand halten. Sie haben sie immerfort geschüttelt und versuchten das Bild zu sehen. Sie müssen ruhig atmen und achtsam mit sich umgehen, dann fallen die Flocken auf den Glasboden und das Motiv kommt zum Vorschein." Dr. Wendel konnte gut in Bildern reden.

„Wir erarbeiten zusammen eine neue Lebensvision mit vielleicht neuen Werten für sie. Sie lernen, aktive Phasen und Ruhephasen zu planen und zu setzen. Vielleicht hilft eine dreiwöchige Kur in einer Tagesklinik. Sie sind dann abends bei ihrer Familie. Danach könnte ich ihnen noch eine Selbsthilfegruppe vermitteln."

„Ok. Gut", sagte Bergmann abwesend und ergänzte: „Ich habe manchmal enorme Kopfschmerzen und dann diese permanente Mutlosigkeit. Kein Antrieb, keine Lust, kein Plan. Können sie mir da jetzt schon helfen?"

„Ich verschreibe ihnen jetzt ein Antidepressiva-Mittel. Das braucht zwei Wochen bis es wirkt. Wir werden die Einnahme genau kontrollieren und in drei Monaten wieder absetzen. Dann fangen wir mit einer Bewegungstherapie an. Sie müssen ihren Körper wieder mögen und kennenlernen. Geist und Körper müssen wieder Eins werden. Am Ende der Therapie sollten sie noch einen Stressmanagementkurs mitmachen. Ich kläre das mit ihrer Krankenkasse ab. Sie brauchen keine Angst haben, ihr Arbeitgeber wird nichts erfahren." Dr. Wendel schlug die Beine übereinander und kritzelte einige Stichworte auf eine Karteikarte, die sie die ganze Zeit in der Hand gehalten hatte.

„Aber jetzt erstmal - legen sie sich bitte hier mal bequem auf das Sofa, schließen die Augen und atmen ruhig ein und aus. Dann erzählen sie mir von ihrer Kindheit und ihrer Familie."

*****

Stefan Mohring hatte nun schon sechs Monate das Projekt APTIL übernommen. Seine resolute freundliche Natur half ihm dabei, das Projekt zu managen. Zven Bergmanns Zusammenbruch war ihm eine Warnung.

Dann steige ich aus und mach was anderes. Mich bekommt ihr nicht so klein. Ich will hier auch nicht den Projekthelden spielen. Und immer diese ständigen Nachfragen vom Controlling zu den Kosten mit den vielen endlosen Excel Tabellen. Ich habe auch noch was anderes zu tun, als sinnlose Tabellen auszufüllen. Wenn uns Microsoft die Lizenz wegnehmen würde, ginge die ganze Firma Pleite, stellte er fest.

Es war ein schöner Frühlingssamstag. Der erste schöne Apriltag mit viel Sonne und schon richtig warm. Stefan Mohring traf sich morgens mit seiner Rennradgruppe Stiftung Wadentest zum ersten Ausritt in den Odenwald. Den fünfzehn Mitfahrern standen hundertundfünfzig Kilometer und viele Berganstiege bevor. Das sollte zum Saisonauftakt mal reichen. Die ganze Gruppe machte sich gutgelaunt mit vollen Trinkflaschen auf den Weg und fuhr meist in Zweiergrüppchen nebeneinander mit wechselnden Führungen. Manchmal waren die Autofahrer am Toben. Die Radgruppe war sich aber einig darin, dass die Straße allen gehörte.

Nach sehr schnellen fünfundachtzig Kilometern erreichten sie zusammen verschwitzt und etwas außer Puste das Ausflugslokal am Hessen Eck. Dies war die südlichste Spitze Hessens zur Grenze nach Bayern. Hier trafen sich Biker, Radfahrer und Ausflügler zum gut bürgerlichen Mittagessen auf der Sonnenterrasse des hiesigen Lokals *Sonne*. Auch die diversen Kuchen hinter der Glastheke waren außerordentlich beeindruckend. Von der Terrasse hatte man einen guten Blick auf die Straße, auf der sich alle Motorradfahrer mit ihrer Harley feiern ließen. Es war wie ein Schaulaufen. Manchmal kam ein Übermütiger mit einem Wheelie vorbei und ließ die Maschine aufheulen, dass auch alle aufmerksam zusahen.

Roland, der Organisator der Rennradgruppe *Stiftung Wadentest* hatte einen Tisch reserviert. Dies war auch gut so, da es bei dem schönen Wetter voll geworden war. So konnten die fünfzehn Fahrer in den bunten Trikots zum einzigen noch leeren Tisch in ihren Rennradschuhen wanken.

„Ach, sieh mal an. Ist das nicht unser Chef, der Albert Gratz?" sagte Stefan Mohring zu einem Mitfahrer und nickte seinem CEO freundlich zu. Gratz war in ein Gespräch mit seiner gegenübersitzenden Frau vertieft und schaute gar nicht hoch. Ihre Kleidung ließ darauf schließen, dass sie nicht mit dem Fahrrad, sondern mit dem Cabrio den Ausflug unternommen hatten.

„Cordula, ja, wir gehen dann im Winter immer für sechs Monate nach Südafrika. Ich verspreche dir das. Jetzt muss erstmal WhiteStone weiter investieren und dann steige ich aus. Wir werden nach und nach unsere Anteile an Curafox verkaufen", hörte Stefan Mohring seinen Chef sagen. Er stutzte und entschied, vorsichtshalber seine verspiegelte Sonnenbrille aufzubehalten. Neugierig setzte er sich so an den Nachbartisch, dass er noch weiter dem Gespräch folgen konnte, während die anderen Fahrer aus seiner Gruppe erschöpft und glücklich das erste isotonische Getränk bestellten.

„Ach Albert, das wäre sehr schön. Wir machen dann eine Golf-Safari von Platz zu Platz und kaufen uns ein Chalet in Knysna. Wir geben Partys und laden die Kinder ein. Abends sitzen wir auf der Terrasse und sehen auf das Meer, wenn die Wale und Delphine vorbeiziehen." Sie schaute ihren Mann verträumt an. „Und wenn dann noch Ben endlich heiratet und wir Enkelkinder haben .....," schwärmte sie von der Zukunft. „Wie weit bist du denn mit WhiteStone?"

„Tom kommt bald nach Deutschland. Dann machen wir den Ausstiegsvertrag und WhiteStone bekommt einundfünfzig

Prozent der Firma. Dann ist mir auch egal, was die damit machen. Ben will seine Anteile auch mitverkaufen. Wir schöpfen ja noch über die ImmoServ Geld in den nächsten Jahren ab. Vermutlich wird WhiteStone mal richtig aufräumen wollen. Die werden sich wundern über die deutschen Mitbestimmungsgesetze, den Betriebsräten, dem Kündigungsschutz und der Datenschutzverordnung. In Deutschland geht das alles nicht so leicht, wie im *Hire and Fire* Land USA."

Mohrings Ohren wurden immer größer. Ihm wurde richtig flau im Magen. Hatte er das alles richtig mitgehört? Was ging da in der Chefetage ab? Kommt bald eine amerikanische Heuschrecke? Nur gut, dass Gratz so arrogant war, dass er seine guten Mitarbeiter nicht mal erkannte.

Nach einer Stunde meinte Roland, man sei nicht zum Spaß hier. Damit war die angenehme Mittagspause vorbei und die Rennradgruppe schwang sich in die Sättel, um bei Sonnenschein den Heimweg anzutreten. Das Ehepaar Gratz saß noch, sich gegenseitig anlächelnd und Pläne schmiedend, länger am Tisch des Ausflugslokals.

*****

„Hallo Niklas, hier ist Dagmar", hörte von Haasen die Chefsekretärin nach dem Klingeln seines Telefons sagen, während er am Schreibtisch saß und die letzte monatliche Projektabrechnung checkte. „Kannst Du dir mal einen Termin für morgen fünfzehn Uhr für circa dreißig Minuten freihalten? Dr. Fehrenbach will dich unbedingt sprechen." Niklas von Haasen war erstaunt, dass der InfoLogis Chef ihn treffen wollte. Entweder, es war ein sehr gutes oder ein schlechtes Zeichen. Er checkte seinen Terminkalender und antwortete: „Klar, geht. Für unseren Chef immer. Ich schiebe meine anderen Termine." Er musste den Termin beim Frisör absagen.

Am folgenden Tag zog er seinen Anzug an, prüfte die Politur seiner Schuhe und las intensiv die letzten Intranet Informationen über InfoLogis, damit er gut vorbereitet war. Kurz vor drei Uhr fuhr er mit dem Aufzug in die siebte Etage. Fehrenbach war verschrien als Nachrichten Junkie, der wenig Schlaf brauchte. Er lief fast jeden Morgen und viele E-Mails wurden schon um sechs Uhr gesendet.

Dagmar, die Assistentin von Fehrenbach, machte ihm nach dem kurzen Klingeln die Etagentür auf und führte ihn in ein helles Vorzimmer zu einem modernen schwarzen Ledersofa. Kaffee und Wasser waren vorbereitet und standen mit Tassen und Gläsern auf einem gläsernen Beistelltisch bereit. Ein großes abstraktes Ölgemälde mit wehenden InfoLogis Fahnen hing an der weißen Wand über dem Sofa. Dagmar war sozusagen die Mutter von InfoLogis. Sie kannte jeden, und sie wusste alles. Schon viele hatten versucht, diesen Schatz mit Blumen oder Pralinen zu heben. Das sah man ihr mittlerweile auch an. Aber alles werben um Interna war bei ihr vergebens, obwohl sie bei den guten Belgischen Pralinen schon manches Mal beinahe schwach geworden wäre.

„So, nun hat er aufgelegt und ist frei", sagte Dagmar mit einem geschäftigen freundlichen Lächeln zu von Haasen.

Dieser stand auf, strich die Hose glatt und ging mit einem mulmigen Gefühl in das Vorstandsbüro.

Dr. Fehrenbach stand im weißen Hemd ohne Krawatte hinter einem großen Schreibtisch am Fenster und hatte anscheinend noch bis gerade telefoniert. Er war hager, sehnig und überzeugter Glatzenträger mit Drei-Tage-Bart. Er strotzte nur so vor Selbstdisziplin. Seine Bewegungen waren elegant, aber schnell. Als Leutnant der Reserve führte er auch bei InfoLogis einen Stil, den viele als Befehlston empfanden. Im Raum herrschte eine gefühlte kalte Energie.

„Herr von Haasen, schön dass sie sich Zeit nehmen konnten. Setzen sie sich doch", sagte Fehrenbach und blieb am Fenster stehen. Im Gegenlicht konnte von Haasen seine Gesichtszüge schlecht erkennen.

„Ich komme mal sofort zur Sache. Sie wissen ja, dass wir von Innovationen leben. Das unterscheidet uns vom Wettbewerb. Und dadurch können wir kontinuierlich unsere Kosten senken. Durch die Elektromobilität wird das Ersatzteilgeschäft der Automobilindustrie in den nächsten Jahren zurückgehen. Ein Auto besteht aus nur noch einem Drittel der Teile und wird wartungsfreundlicher. Wir müssen frühzeitig in neue Märkte expandieren. Das Projekt APTIL wird eine Schlüsselstelle in diesem Spiel sein."

Von Haasen nickte schmunzelnd, nahm eine etwas lockere Haltung auf dem Ledersessel ein und schaute zu Fehrenbach hoch. Als er gerade Luft holte, um auch am Gespräch teilzunehmen, fuhr Fehrenbach schon fort.

„Wir haben nun ein halbes Jahr mit erhöhten Aufwänden vertan. Wann wird APTIL live gehen?"

Der Überraschungsangriff saß.

„Herr Dr. Fehrenbach. Ja, sie haben recht. Der neue anvisierte Termin wird Anfang Oktober sein. Curafox hat einige Probleme mit der Softwarequalität."

„Sind sie ganz sicher, dass sie das Projekt und das Einführungsprogramm im Griff haben?"

„Ja, ganz klar. Es ist ja nicht unsere Schuld."

„Ich will hier und heute keine Schuldigendiskussion ausmachen. Das machen dann unsere Juristen. Ich will einen Termin, auf den sich alle verlassen und committen können. Wir haben die anderen Wartungsverträge schon vor sechs Monaten gekündigt. Also gut. Dann ist der erste Oktober fix. Wir als InfoLogis müssen gegenüber unseren Kunden liefern und brauchen keine großspurigen Ankündigungen."

Fehrenbach unterbrach kurz und ging zu seinem Schreibtisch auf dem einige DIN A4 Zettel in Mappen lagen. Sonst war der Tisch aufgeräumt. Clean Desk.

„Ich will sie aber auch schonmal darüber informieren, dass wir eine Umorganisation planen. Es werden zurzeit viele Org-Charts gezeichnet. Sie sprechen doch Spanisch, oder?" Dabei nahm Fehrenbach eine Mappe in die Hand und schlug sie auf.

„Ja, etwas aus der Schulzeit und was der Urlaub so hergibt."

„Sehr gut. Sie sollten sich mal mit dem Gedanken vertraut mache, das Logistik-Center in der Nähe von Madrid IT-technisch zu übernehmen. Das wird ihren Neigungen entsprechen und sie bekommen internationale Erfahrung. Das wäre doch was – oder?."

Niklas von Haasen traute sich nicht zu widersprechen. Ihm schoss ein Gedanke durch den Kopf, den er aus einem Gespräch mit einem Freund mitgenommen hatte. Der hatte von einem Entwicklungsleiter eines Softwareproduktes erzählt, der für jeden Fehler in der Software einen Kilometer nach Osten verbannt worden war. Er fand sich dann in Kuala Lumpur wieder.

„Ab wann wäre das denn?" fragte er eingeschüchtert und rutsche auf dem Sessel nach vorne.

„Planen sie mal von frühestens November dieses Jahres. APTIL können sie noch zu Ende bringen. Ich freue mich, dass sie uns weiterhin unterstützen und InfoLogis bei der Neuausrichtung mitbegleiten. Ich halte sie auf dem Laufenden. Sie können ja schonmal durch Dagmar einen Spanischkurs buchen lassen. Viel Erfolg beim APTIL Projektabschluss. Le deseo mucho éxito en el futuro."

Damit drehte sich Fehrenbach lächelnd wieder zu seinem Schreibtisch und signalisierte von Haasen, dass sein Terminkalender keine weitere Zeit erübrigte. Als von Haasen die Bürotür erreicht hatte, drehte sich Fehrenbach nochmal zu ihm um.

„Ach ja, Herr von Haasen. Und denken sie daran. Ich liebe es positiv überrascht zu werden." An seiner Miene sah man, dass er dies ernst meinte.

Niklas von Haasen fuhr mit dem Fahrstuhl zu seinem Büro runter und konnte nicht einschätzen, ob dies gerade eine Beförderung oder ein Rüffel war. Der APTIL Einführungstermin war jetzt raus. Wenn dieser verschoben werden musste, dann käme er auch nach Kuala Lumpur. Und er mochte Asien nicht.

Noch bei der gedanklichen Analyse des eigenartigen Gesprächs mit Fehrenbach vermaß er die Strecke Hannover – Madrid am PC und kam auf zweitausendundeinhundert Kilometer Luftlinie. Und das Schlimme war, dass InfoLogis Spain nicht mal in Madrid, sondern achtzig Kilometer weiter in Toledo war.

*****

167

Stefan Mohring steuerte das Projekt APTIL ruhig und gezielt. Jede Projektsitzung mit allen Teammitgliedern beendete er mit einer hypothetischen Zusammenfassung „Ok, gut. Sollen wir es so machen?" Er zog das „so" etwas lang. Dadurch fühlte sich jeder angesprochen und integriert. Mohring wusste noch aus seinen eigenen Zeiten als Programmierer und Entwickler, dass dieser Typus Mensch sehr mimosenhaft ist. Diese Experten mussten gehegt, getätschelt und gepflegt werden. Sprach man einen Experten an, so wurde man zunächst wissend angelächelt, bevor man viel erfuhr, was man nicht erfahren wollte. In dieser Phase des Projektes durfte aber keiner schlapp machen. Es war keiner mit seinem Wissen kurzfristig zu ersetzen. Er gestand sich auch ein, dass generell die letzten zehn Prozent eines Projektes die Schwierigsten waren. Schnell wuchs der gefühlte Grad der Fertigstellung an, blieb dann aber meist für lange Zeit bei neunzig Prozent stehen. Aufwandschätzung erschien extrem schwer zu sein.

Ein gewisser Kiril wurde aus einer fremden Abteilung bei Curafox in das Projekt geholt, um ein APTIL-Testkonzept zu schreiben. Dieses Dokument musste auch InfoLogis zur Teilabnahme übergeben werden. Eigenartigerweise war Kiril nicht ausgebucht und für diese Aufgabe frei. Und, das Beste, er hatte laut seines CV´s[27] so ein Testkonzept schonmal geschrieben. Stefan Mohring war höchst zufrieden. Eigentlich eine perfekte Lösung.

Als er nach vier Wochen bei Kiril intensiver nachfragte, wo denn die Version 0.9 bliebe, platzte die Bombe.

„Wie? Nichts da?"

---

[27] Curriculum Vitae: Lebenslauf

Er eskalierte sofort an Frank Lürsen, den Entwicklungsleiter. Mohring musste sich am Telefon zusammenreißen.

„Herr Lürsen, so geht das nicht. Wir hatten diesem Kiril ein wichtiges Dokument übertragen. Er sollte das Testkonzept erstellen. Und nun nach vier Wochen kommt raus, dass er das Testkonzept überhaupt nicht weitergeschrieben hat. Er hatte immer Home-Office gemacht. Wir alle im Projekt sind davon ausgegangen, dass alles läuft. Bei Fragen oder Problemen würde er sich melden. Jetzt bekomme ich mit, dass er schon vor drei Monaten gekündigt hatte, deshalb in keinem anderen Projekt eingesetzt wurde und nun ist er weg. Und seine Stunden hat er auch auf das Projekt gebucht. Kein Ergebnis, kein Konzept, nur Kosten."

„Mmmmh. Herr Mohring. Nicht gut. Ich verstehe sie. Haben sie denn diesen Kiril nicht getrackt und immer wieder nachgefragt?"

„Es sind doch alles mündige und erwachsene Experten. Wenn jemand Schwierigkeiten hat, soll er sich melden. Dann schauen wir, wie wir das Problem lösen können. Ich fühle mich richtig hintergangen. Und zwar nicht nur von diesem Kiril, sondern auch von dessen Teamleiter. Wie sollen wir nun die Lücke so kurzfristig schließen?"

„Ja, verstanden. Ich mache mir mal Gedanken dazu", sagte Lürsen verzögert in das Telefon. „Ach sorry, da kommt gerade der Gratz rein. Ich melde mich wieder." Damit legte Lürsen auf und ließ Mohring fragend zurück.

Wahrscheinlich hatte CEO Gratz auf der Mobilfunkleitung angeklopft, unterstellte Mohring. Als Lürsen den Namen des Chefs blinken sah, hatte er sofort andere Prioritäten gesetzt. Oder es war ein geniales Manöver zum Beenden eines unbequemen Gesprächs.

Lürsen legte den Hörer zur Seite. Solche kleinen Probleme könnte ein Projektleiter doch wohl selber klären. Er versuchte seinen alten Gedankengang wieder zu rekapitulieren. *Wo war ich noch stehengeblieben? Ach ja.* Sollte er diesmal ein Automatikgetriebe bestellen? Er hatte den BMW-Konfigurator im Webbrowser aufgerufen und stellte seinen neuen Firmenwagen zusammen. Es durfte diesmal ein 5er Touring werden, allerdings musste er unterhalb der ihm zustehenden Mobilitätsrate bleiben. Dies war entsprechend trickreich, da nicht all seine und die Wünsche seiner Frau an so ein Auto im Budget unterzubringen waren.

*****

Niklas von Haasen war nach dem Gespräch mit Fehrenbach irritiert. Es lief nicht alles rund in der internen Kommunikation. Nach längerem Überlegen war er zum Schluss gekommen, dass ihn Fehrenbach auf dem Kieker hatte.

Er saß grübelnd am Schreibtisch seines Büros. Das große Change-Management Programm für die Einführung von APTIL musste vorbereitet werden. Er brauchte noch Ideen, welche Abteilungen von der neuen Software zunächst betroffen waren und wie deren Mitarbeiter ausgebildet werden mussten. Der ganze Plan sollte auf dem nächsten InfoLogis internen Projektmeeting den Abteilungsleitern vorgestellt und mit ihnen diskutiert werden.

Es wurde schon dunkel und von Haasen war mit seinem ersten Entwurf noch nicht zufrieden. Er durfte sich nun keine Fehler mehr erlauben. Er ging nochmal kurz zum Kaffeeautomaten auf dem Flur und schlürfte den heißen Kaffee. *Der Kaffee war schonmal besser. Kein Macchiato, keine Crema*, stellte er fest. *Er bringt mich sicherlich etwas nach vorne, und setzte sich wieder an den PC.* Bald war er alleine im Bürogebäude.

Gegen 22 Uhr fuhr er den PC runter und verstaute alle Dokumente in seinem Schreibtisch. InfoLogis hatte das CleanDesk Gebot eingeführt. Keine Unterlagen durften offen auf den Tischen rumliegen. Die Bürotüren mussten verschlossen sein und für die Flurtüren brauchte jeder eine Zutrittskarte mit entsprechender Berechtigung. *Manchmal geht das zu weit*, dachte von Haasen. *Wir forschen ja nicht an hochsensiblen Waffen.* Aber, er wollte nun alles korrekt machen und keine Angriffsfläche für irgendwelche Beanstandungen liefern. Er betätigte den Lichtschalter und schloss das Büro ab. Alleine ging er im Treppenhaus hinunter in die Tiefgarage, die mittlerweile leer war, stieg in seinen Audi und fuhr langsam die Rampe hoch. Auf dem großen Werksgelände kam ihm ein LKW mit polnischem Kennzeichen entgegen. *Oh, der ist aber spät dran. Im Lager B12 wird ja wohl noch gearbeitet,* wunderte er sich. Sein Blick fiel auf seine Tasche. *Wo ist denn nun mein Hausschlüssel?* fragte er sich laut und durchsuchte die Tasche und das Auto. Nichts zu finden. *Shit.* Er stellte das Auto ab, nahm seinen Firmenausweis, der zusammen an seinem Büroschlüssel war und ging zurück zum Hintereingang des InfoLogis Gebäudes. Sein Hausschlüssel musste wohl in seinem Büro am PC liegengeblieben sein.

Er sah den LKW an der Halle B12 stehen. Da ihm auch die negativen Presseberichte über die Mitarbeiterführung bekannt waren, entschloss er sich, einen kurzen Blick in die Halle zu werfen, ob auch genügend Personal noch so spät abends da war.

Er ging schnellen Schrittes Richtung Lagerhalle und schaute am LKW vorbei in die schwach erleuchtete Halle. Vier Lagerarbeiter waren mit dem Entladen beschäftigt, zwei weitere standen dabei und untersuchten einige Paletten.

Sehr gut, hier ist ja noch was los. Also kein Streik in Sicht. Ich weiß nicht, was die Presse immer schreibt. Alles palletti, sagte er zu sich und wollte sich gerade wieder umdrehen, als er sah, dass eine Zigarettenstange auf dem Boden lag. Er hielt inne und drückte sich nah an den LKW, der ihm Deckung bot. Er wollte nicht sofort gesehen werden und beobachtete den Entladevorgang. Die Paletten wurden fachgerecht eine nach der anderen aus dem LKW geholt. Jede dritte Palette wurde von zwei Lagerarbeitern genauer inspiziert. Beide murmelten sich etwas zu. Dann streckte der eine die Hand aus und zog drei Stangen Zigaretten aus einem Karton. Es handelte sich um bekannte Marken. Von Haasen schwante was. Sollten hier unverzollte und gefakte Zigaretten aus Polen mit dem LKW angeliefert worden sein? Wie sollte er sich verhalten? Sein Herz begann schneller zu schlagen. Wenn er sich zu erkennen gab, musste er damit rechnen, dass er mit den sechs Lagerarbeitern Ärger bekam. War dies nur ein einmaliges Geschäft auf privater Basis? Dann würde er nichts sagen. Aber wenn das bandenmäßig und regelmäßig passierte? Oder gar InfoLogis mit dahintersteckte.

Er war sich auf einmal unsicher. Besser, er würde sich zurückziehen und nachdenken, wie vorzugehen war. Er schlich leise und unbemerkt in sein Büro und fand seinen Schlüssel neben der Tastatur liegen.

Zu Hause angekommen, holte er sofort sein Tablet und suchte im Internet nach Einträgen zu Zigarettenschmuggel. Anscheinend war dies ein sehr einträgliches Geschäft. Zigaretten wurden in Polen oder Russland produziert und ohne Steuermarke nach Deutschland geschmuggelt. Es gab dazu diverse Artikel im Internet und das Thema fesselte ihn. Er verschlang einen Artikel nach dem anderen und folgte diversen Links. Der Betrug sei einträglicher als der Handel mit Drogen. Teilweise wäre der Tabak mit Rattenkot oder Teer verunreinigt. Syrer, Libanesen oder Vietnamesen übernähmen den Handel an den Endkunden. In Asylwohnheimen fände man schnell immer wieder neue Händler. Die Strafen seien lax.

Er beschloss, der Sache auf den Grund zu gehen, obwohl er sich möglicherweise in Gefahr begeben musste. Am nächsten Abend saß er wieder bis 22 Uhr am Schreibtisch und beobachtete die Lagerhalle B12. Vorsorglich hatte er seine schwarze Jeans und ein dunkles Hemd angezogen. Ein Handystick lag bereit. Kurz nach 22 Uhr 15 näherte sich wieder ein LKW der Halle. War er das? Er schlich die Treppe hinunter, ging leise durch den Hinterausgang und fotografierte den LKW aus sicherer Entfernung. Wieder erkannte er ein polnisches Kennzeichen. Dann näherte er sich langsam und vorsichtig umherschauend der Halle. Der LKW bot ihm Schutz, als er sich an die großen Reifen drückte und Richtung Halleneingang vorschob. Wie am Vortag war die Halle schwach erleuchtet. Er befestigte sein Handy auf dem Stick, den er leise auszog und um die LKW-Plane vorstreckte. Er drückte immer wieder auf den Bluetooth Auslöser. Er machte auch Fotos von den fünf Arbeitern, die geschäftig hin -und herliefen. Plötzlich hörte er Schritte hinter sich. Erschrocken duckte er sich und kroch unter den LKW. Alles war dunkel. Die Arbeiter murmelten leise. Die Schritte wurden lauter und von Haasen sah Beine in Jeans und Stiefel, die sich nah an ihm vorbei bewegten. Ein sechster Arbeiter traf auf die Gruppe und gab einige Anweisungen auf Polnisch. Möglicherweise war der Jeansträger nur pinkeln gewesen. Alles nochmal gut gegangen, obwohl ihm nun sein Herz bis zum Hals schlug. *Cool down Nick.* Leise bewegte er sich zurück und schickte aus einem sicheren Versteck die Fotos an seinen privaten Mailaccount. Scheinbar kam fast jeden Abend zur gleichen Zeit ein LKW aus Polen. Den Rhythmus und die Regelmäßigkeit dieser Entdeckung wollte er noch in den nächsten Tagen herausfinden. Er verstaute den Stick und schaltete eine Aufnahmefunktion auf dem Smartphone an. Nochmal durchatmen und die Gedanken sortieren. Sollte er das Risiko eingehen? Dann schritt er langsam zum Hallentor und zwang sich zur äußeren Ruhe.

„Guten Abend, die Herren. Störe ich?" Von Haasen spannte vorsichtshalber alle Muskeln in seinem Körper an. Er war innerlich auf einen Angriff vorbereitet. Sein Gehirn checkte automatisch die möglichen Abwehrtechniken. *Scheint ein gutes Geschäft zu sein. Sollte ich dabei sein?*

Die sechs Männer drehten sich erstaunt zu ihm um, als er hinter dem LKW langsam und gelassen hervorkam.

„Was wollen sie? Wer sind sie? Wir arbeiten hier." Die Jeans spielte den Boss.

„Kein Problem, ich bin auch bei InfoLogis. Ich soll alles dokumentieren", log er und zeigte seinen Firmenausweis. Von den schon aufgenommenen Bildern sagte er nichts. „Wie läuft das Geschäft?"

„Sind sie unser neuer Ansprechpartner? Wir bekamen bisher unsere Anweisungen aus dem Büro da oben", sagte der Vorarbeiter und zeigte auf die siebte Etage.

Von Haasen stutze. Anweisungen vom Chef Fehrenbach persönlich?

„Ja, ähm - Dr. Fehrenbach schickt mich. Er sagte mir, dass alles so weiterlaufen soll wie bisher. Gute Leute, gute Ware. Nur den Weiterverkauf soll ich neuregeln." Von Haasen haute nun richtig auf den Putz. Intellektuell fühlte er sich den Sechsen überlegen.

„Also nicht mehr nach Frankreich?" fragte die Jeans.

„Doch, diesen Monat wie immer. Ab nächsten Monat stellen wir um." Er musste etwas Zeit gewinnen, um sich über den Begriff Frankreich im Klaren zu sein. „Macht einfach weiter. Ich komme Freitagnacht wieder vorbei. Dann gibt es neue Instruktionen. Gute Nacht."

Von Haasen drehte sich langsam um und zog sich zurück. Sein Puls raste immer noch. *Keine Hektik.* Er stieg in sein Auto, schaute nochmal zur Halle hinüber und fuhr sehr bedächtig vom Hof. *Jetzt nur noch nach Hause.* Mit der Faust schlug er mehrmals auf das Lenkrad. Auf der Fahrt grübelte er über den Vorfall und das kurze Gespräch mit den Lagerarbeitern. Die Sechs waren nicht einmal sehr erschrocken gewesen. Er kam zu dem Schluss, dass er Chrissy einweihen wollte. Er brauchte einen klardenkenden Kopf mit dem er die Situation besprechen und zusammen analysieren konnte.

*****

Am nächsten Abend traf er sich mit Christine Zielke in seiner Wohnung zum Abendessen. Er hatte sich das Kochen selber beigebracht und war für kleine Experimente immer aufgeschlossen. Es gab Dorade auf Ofengemüse mit Zitronenaioli. Dazu schenkte er einen Grauburgunder aus der Pfalz in die Gläser. Sie saßen zusammen am Tisch und stießen klangvoll mit den bauchigen Gläsern an. Nach dem Essen und beim zweiten Glas Wein erzählte er ihr seine vertraulichen Entdeckungen und war selber immer noch erstaunt.

„Ich glaub es nicht. Da steckt bestimmt der Fehrenbach dahinter. Und mich bedrängt er wegen APTIL. Und hintenrum macht er das große Ding und krumme Geschäfte. Die LKWs kommen jeden Abend aus Polen, weißt du? In jeder Ladung gibt es versteckt ein bis zwei Paletten mit unverzollten Zigaretten", entrüstete er sich. „Die LKW Fahrer wissen davon nichts. Aber die Leute beim Be- und Entladen bekommen sicherlich von ihm extra was bezahlt. Und dann gehen die Zigaretten nicht über den Schwarzmarkt in Deutschland an die Verbraucher. Nein. Die werden weiterverladen nach Frankreich. Die Franzosen rauchen noch mehr. Und Fehrenbach oder auch InfoLogis ist wie die Spinne im Großhandelsnetz."

Chrissy erstarrte beim Zuhören und war geschockt. Sie nippte kurz am Weinglas und zog an ihrem rechten Ohrring. Sollte dies das Geschäft ihrer neuen Firma sein?

„Weißt du, dass hier einige Millionen an Steuern hinterzogen werden? Und dann ist der Tabak qualitativ sicherlich auch noch schlecht. Ich wette, dass die Paletten immer mit anderen Teilen deklariert sind und das Geld wird über die InfoLogis Bücher gewaschen. Oder Fehrenbach greift es direkt ab."

Von Haasen griff zum Smartphone und rief die Taschenrechner-App auf. Er begann zu tippen.

„Also, ich komme auf circa 12 500 Päckchen pro Palette. Das macht dann über sechzigtausend Euro. Pro Packung sind heute drei Euro fünfundsiebzig Steuer drauf. Pro Palette ein Steuerschaden von über fünfundzwanzigtausend Euro. Vermutlich läuft das alles mehrmals die Woche ab."

Beide sahen sich stumm an.

„Und zudem werden die Zigaretten in der Ukraine oder sonst wo für wenige Cent produziert und als Markenware angeboten. Da macht jeder der mitmacht einen guten Schnitt. Da kommen Millionen pro Jahr zusammen."

„Das ist ja kriminell. Ich fasse es nicht. Kanntest du einen der Arbeiter?"

„Nein, keine Ahnung. Aber ich kenne kaum Lageristen bei uns."

„Was willst du nun machen?" fragte Chrissy verunsichert und folgerte schnell. „Ich sehe nur drei Möglichkeiten. Wir können das für uns behalten und vergessen." Von Haasen schüttelte den Kopf.

„Zur Polizei gehen? Oder Fehrenbach unter Druck setzen?"

„Also erstmal speichere ich alle Bilder, Videos und den Sprachmitschnitt auf einem Stick ab. Einen gebe ich dir zur Verwahrung. Bei mir auf dem Laptop werde ich alles löschen. Ich habe kein Gefühl dafür, wie heiß das Geschäft ist. Die sechs Lagerarbeiter sind nicht das Problem, aber da steckt doch eine ganze Mafia dahinter." Von Haasen trank sein Weinglas leer und schenkte beiden nach.

„Nichts machen und bei der Polizei eine Anzeige machen scheiden aus. Mal sehen, wann ich die Info bei Fehrenbach gewinnbringend unterkriegen kann?"

„Aber, du willst doch bei dem krummen Geschäft nicht selber mitmachen, oder?"

„Nein, keine Angst. Ich werde mal recherchieren, wie die Beladung in Polen und die Entladung in Frankreich funktioniert. Ich vermute, dass InfoLogis französische Subunternehmer hat, die die Paletten direkt abnehmen, bezahlen und dann den Handel im Land organisieren. Genauso wird das in Polen laufen. Es gibt genug Flüchtlinge, denen es egal ist, was sie verkaufen. Fehrenbach macht sich doch nicht die Hände schmutzig. InfoLogis schiebt die Ware nur weiter. Vielleicht verlang er nur eine Beförderungsprovision. Solange ich nicht alles durchschaut habe, werde ich Fehrenbach in Ruhe lassen. Der lässt mich sonst eiskalt abblitzen. Und ich habe nur eine Chance."

Der Abend klang dann doch noch gemütlich auf dem Sofa aus. Sie schauten zusammen einen Spionagefilm und Chrissy schmiegte sich in den Arm von Niklas. Bei jedem Griff störte das Knistern der Chipstüte den Ton der quietschenden Reifen bei den Verfolgungsjagden. Ständig hatten die Akteure im Film eine Zigarette in der Hand oder spielten mit der Kippe zwischen den Lippen. Man roch förmlich den Rauch durch den Fernseher. Von Haasen griff immer wieder zu seinem Tablet und gab Suchworte ein. Er las, er checkte kurz und folgte dann einem anderen Link. Ein Gedanke folgte dem anderen.

„Entweder wir schauen gemeinsam, oder du surfst im Internet. Beides geht nicht und macht mir keinen Spaß", beschwerte sich Chrissy.

„Das ist nur kontextsensitive Suche", schmunzelte von Haasen. „Oder, wie nennt der Informatiker das, wenn ich schnell ein Stichwort eingebe, auf das ich aufmerksam gemacht wurde?"

Chrissy kniff ihn leicht in den Bauch und machte einen Schmollmund.

Von Haasen war froh, dass er nun eine Mitwisserin hatte, der er voll und ganz vertrauen konnte.

Kapitel 7. Der Labortest

Stefan Mohring hatte mit ruhiger Hand den Entwicklungsteil des Projektes APTIL gemanagt. Er hatte diese gelassene Art des unverwüstlichen und in sich ruhenden Menschen, der keine Hektik an sich rankommen ließ. Von Haasen als Person und InfoLogis als Firma waren aber auch wesentlich kooperativer als früher. Auch die von Zven Bergmann schon früher eingeforderte Unterstützung des Curafox Managements wurde nun gewährt und war wesentlich besser. Das Projekt hatte mittlerweile zwar einen enormen Overrun und kostete Curafox und auch InfoLogis jeden Verzugstag eine Menge Geld, aber beide Seiten hatten instinktiv erkannt, dass mit noch mehr Druck und Zwist das Projekt nicht schneller vorankommt. Christine Zielke, die Schlange, war wirklich auf der InfoLogis Seite aufgetaucht. Sie verhielt sich immerhin eher neutral, aber sie hatte natürlich jede Menge Interna über Curafox und das Projekt mitgenommen.

InfoLogis konnte nach langer, zäher Kommunikation zwischen den Juristen einen Gabelstapler besorgen, der durch einen Curafox Techniker mit Kameras und Sensoren ausgestattet wurde. Jede Kamera und alle Sensoren wurden genau vermessen und eingestellt. Es wurde genau geprüft, dass der On-Board Computer die Signale empfangen konnte. Das Erkennungsfeld wurde in langer Kleinarbeit kalibriert.

Zven Bergmann kam nach sechs Monaten wieder an seinen Arbeitsplatz zurück und wurde von allen freundlich und kameradschaftlich begrüßt. Lürsen hatte sofort betont, dass Stefan Mohring in der Position des Projektmanagers bleibt, aber Bergmann die wichtige Rolle des Testmanagers und Testkoordinators übernehmen sollte. Zunächst war Bergmann überhaupt froh, wieder *back on stage* zu sein. Er freute sich auf die Arbeit. Nach ein paar Tagen merkte er aber, dass auf den Fluren und in der Kantine über ihn getuschelt wurde. Es war vielleicht nur ein Eindruck oder Einbildung, aber manchmal erlosch das Gespräch zwischen Kollegen, wenn er dazukam.

„Übernehmen sie erstmal die Aufgaben des Testmanagers, dann sehen wir nach dem Projekt weiter", hatte Lürsen zu ihm im Beisein des Projektteams gesagt. Ein Karrieresprung war das sicher nicht. Als Testmanager hatte er eine sehr hohe Verantwortung für die gesamte Qualität des Projektes APTIL und musste das ganze Testteam koordinieren, deren Testergebnisse einsammeln und bewerten. Aber er berichtete ab nun an den Projektleiter und hatte keine Verantwortung mehr für die Projektkennzahlen. Traute man ihm nun überhaupt noch ein Projekt zu? Sollte er die Firma wechseln? In diese ganze Situation hatte ihn nur von Haasen gebracht.

Er bekam auch mit, dass die ausgeschriebene Stelle, auf die er sich beworben hatte, an jemand anderen vergeben worden war. In seinem Postfach fand er dazu eine Mail von der Personalabteilung. Vermutlich war der andere Kandidat schon vorher bestimmt gewesen. Daher auch die Stellenausschreibung an einer Stelle im Intranet, die fast keiner entdecken und lesen konnte. Der ganze Prozess der Stellenbesetzung erschien ihm irgendwie künstlich formal aufgeblasen. Zeugnisse, die keinen interessierten. Projekterfolge, die niemand verstand. Assessmenterfolge, die nur formal vorausgesetzt wurden. Im Hintergrund wurde dann doch politisch gekungelt. Beziehungen und Seilschaften waren wichtiger als Kompetenz.

Bergmann hatte versucht in der Zeit seiner Genesung auch einen emotionalen Abstand zu von Haasen und dem Projekt zu bekommen. Das war ihm auch Dank der Gesprächs- und Bewegungstherapien zunächst gelungen. Die rosa Pillen des Antidepressiva Medikaments hatten ihm sehr geholfen. Nun kamen alle alten Ressentiments und negativen Gedanken wieder hoch. Die Wahrnehmung der Projektprobleme erschien durch die Depression nur noch größer.

Curafox hatte im Rödermärker Industriegebiet am Waldrand eine kleine Halle angemietet und mit einigen Hochregalen ausgestattet. Dort sollte ein Gabelstapler testweise mit der Software ausgestattet werden. Die ROSE-Co Software wurde mit einigen Hunderttausend Bildern gefüttert und das neuronale Netz lernte beständig dazu. Das war auch der große Unterschied zu den anderen Algorithmen, bei denen der Abarbeitungspfad fest vorgeschrieben war. In der KI-Software wurden, auf der Basis der nachgebildeten Neuronen und Synapsen, bei einer richtigen Entscheidung eine Verbindung zwischen den Neuronen immer weiter verstärkt. ROSE-Co arbeitete, lernte und entschied wie das menschliche Gehirn. Der ganze Anlernvorgang entsprach dem schrittweisen Lernen eines Kindes: versuchen, Fehler erkennen und möglicherweise korrigieren.

Circa tausend Testfälle wurden von InfoLogis geliefert. Das Team musste die Testfälle alle gewissenhaft abarbeiten. Bergmann protokollierte genau, welcher Mitarbeiter mit welchem Ergebnis einen Testfall abgeschlossen hatte. Manche Tests ergaben Fehler. Diese waren zu priorisieren und nach Schwere zu bewerten. Nach der Fehlerbehebung durch die Programmierer kamen sie in den Wiederholungstest, dem sogenannten Re-Test. Kleinere Fehler der Klasse drei und vier wurden zunächst ausgeblendet, da für deren Behebung keine Zeit war. Der APTIL-Projektvertrag sagte aus, dass kein Fehler der schweren Kategorie eins und nur fünf Fehler der Kategorie zwei zur Abnahme zugelassen waren. Der Stapler wurde mit weiteren Kameras ausgestattet und ihm wurden zigtausend Bilder und Konturen zum Anlernen des KI-Systems vorgestellt. Der daraus jeweils abgeleitete Entscheidungsbaum wurde genau überprüft. Ein richtiges Resultat wurde der KI-Software mitgeteilt. Die Reaktionen des Staplers wurden Woche für Woche schrittweise besser. Allerdings war das Testteam viel zu klein, obwohl die Inder nun auch vor Ort waren. Bergmann entschloss sich, nun auch selber einige Testfälle zu übernehmen. Ohne es zu merken, war er schon wieder in dem alten Arbeitszyklus.

*****

Es gab einige komplizierte Testfälle, insbesondere dann, wenn sich die Lichtverhältnisse bei sich bewegenden Objekten änderten. Bergmann entschied, dass er einige entsprechende Testfälle an einem Abend in Ruhe selber durchführen wollte. Störungen durch das Telefon oder andere Mitarbeiter rissen ihn tagsüber immer aus der Konzentration.

Er saß alleine in der Halle an einem Schreibtisch und hatte mehrere Monitore vor sich. Er sah die Verarbeitung der Daten grafisch aufbereitet auf den diversen on-board aber auch den Back-End Systemen und parallel die entsprechende Netzauslastung. Er fütterte die Kameras mit konkreten Umgebungsbildern und einer neuen Kontur, die erlernt und erkannt werden sollte. Wichtig war auch die Schnelligkeit der Erkennung und die entsprechende Reaktion des Staplers, der über WLAN mit dem Hauptsystem verbunden war. Die Kameras waren speziell für die industrielle Anwendung entwickelt, hatten einen CMOS Sensor verbaut und konnten eine hohe Kontrastbreite verarbeiten, die besser war als das menschliche Auge. Sie hatten eine hohe Auflösung und konnten Bildbereiche schnell über ein Bussystem an die Software weiterreichen.

Die angemietete Halle war nicht sehr groß und hatte neben einigen Schreibtischen auch einige Fenster, die zu einem Hof zeigten. Eigentlich hätten die Fenster foliert sein müssen. So sah es der Vertrag mit InfoLogis vor, damit die Vertraulichkeit des Projektes gewahrt würde. Daran hatte aber niemand mehr gedacht.

Draußen war alles dunkel. Er war auch schon nach 22 Uhr. So hatte Bergmann endlich Ruhe und empfand diesen konkreten Umgang mit Technik viel erfüllender für sich. Hier konnte er Informatiker und Ingenieur sein.

Er ging äußerst konzentriert seiner Aufgabe nach, als er draußen ein leichtes Poltern und laute Stimmen hörte. Er sah durch das Fenster in die Dunkelheit und bemerkte eine Gruppe johlender Jugendlichen mit Bierflaschen und mehreren Laserlampen. Sie alberten herum, tranken und leuchteten die Halle von außen ab. Ein grüner Laserstrahl fiel durch das Fenster, irrte zunächst hin und her und traf dann den Stapler. Anscheinend waren die Jugendlichen nur neugierig, was es in der Halle zu sehen gab. Der Laserstrahl traf auf eine verchromte Platte des Staplers, unter der der on-board Rechner verstaut war. Der Lichtstrahl wurde gebrochen, teilweise reflektiert und traf drei der sieben Kameras. Bergmann schaute wieder auf seine Monitore. Plötzlich drehte sich der Stapler im Kreis. Wilde Datenströme rasten über die Monitore. Das Back-end System meldete „fatal error" und der Bildschirm wurde blau. Der Stapler war außer Kontrolle. Er drehte, fuhr, stoppte und kippte fast um. Bergmann bekam es mit der Angst zu tun. Was, wenn der Stapler auf ihn zuraste? Ein Roboter außer Kontrolle. Viel schlimmer ging es nicht. Er sprang zur Seite, stolperte über den Papierkorb und landete auf dem Bauch. Ein Schmerz durchfuhr ihn. Er hatte sich die kleine WLAN-Antenne in den Bauch gerammt. Das für den Test provisorisch aufgebaute Gerät stand auf dem Boden und war mit dem Netzwerk über ein lose liegendes Kabel verbunden. Die aufgesteckte Antenne war beim Sturz abgeknickt. Der Stapler hielt abrupt an und stand. Alles war still.

„Shit- was war das denn jetzt?" murmelte er vor sich hin. Hatte das was mit dem Laserstrahl zu tun. Oder gab es einen anderen Auslöser für dieses Verhalten? Er überlegte, sah kurz aus dem Fenster und stürmte nach draußen. Die Jugendlichen waren lachend weitergezogen. Er lief schnell den lauten Geräuschen hinterher und rief den Vieren zu.

„Hallo, ihr da. Kann ich euch mal kurz sprechen." Die Jugendlichen blieben stehen und gingen erstmal in

Abwehrhaltung, indem sie ihre Schulter vorstreckten und die Fäuste hoben.

„He, keine Angst, alles ok. Ich wollte nur fragen, ob ich mir die grüne Laserlampe ausborgen kann. Oder, - ich würde sie euch auch abkaufen", sagte er betont ruhig und umgänglich.

„Hier kannste haben, kostet aber nen Hunni. Ich hab die von meinem Alten, der den grünen Laser auf der Jagd benutzt." Bergmann zog sein Portmonaie aus der Gesäßtasche und blätterte zwei fünfzig Euro Scheine hin.

„Danke und viel Spaß beim Lasern." Lachend und grölend zogen die Jugendlichen weiter. Das war ein gutes Geschäft für sie, dass man nun in der nächsten Shisha-Bar feiern konnte.

Bergmann ging zurück in die Halle. Spielerisch leuchtete er mit dem grünen Laserlicht umher.

Draußen war der grüne Strahl ganz schön hell. Aber hier drinnen bei dem Neonlicht sieht man das viel weniger, stellte er interessiert fest. Zunächst musste er alle Systeme wieder hochfahren und in den Ausgangszustand zurückstellen. Dann reparierte er den WLAN-Repeater, den er in der Hand behielt. Gott-sei-Dank konnte er die Antenne wieder aufschieben, so dass sie Kontakt hatte. Er stellte sich in zehn Meter Entfernung zum Stapler auf und ließ den Testlauf wieder anlaufen. Der Stapler reagierte emotions- und empathielos, so wie ein Roboter ist. Vorsichtig schaltete er die Laserlampe ein und fuhr mit dem Lichtstrahl hoch und runter. Langsam näherte er sich dabei dem Stapler, bis der Strahl wieder auf die Chromplatte stieß. Keine negative Reaktion war zu sehen. Er hob die Lampe langsam in Kopfhöhe und beließ das Ziel des Lichtes auf der Chromplatte. Etwas höher, dann etwas nach unten, so dass das Licht auf die Kameras fallen konnte. Sein hoher Puls ließ den Arm etwas schwanken und musste vom zweiten Arm unterstützt und ruhiggestellt werden. Es passierte nichts. Eine erste Schweißperle rollte ihm den Rücken herab. Bergmann drehte seine Hand kurz leicht nach außen. Plötzlich drehte der Stapler wieder durch. Es begann das ganze Chaos von vorne. Bergmann wusste sich nicht zu helfen und bekam Angst, dass er umgefahren würde. Schließlich erinnerte er sich an die aufgesteckte Antenne, riss sie aus dem Repeater und der Stapler stand wieder still.

Ist ja irre. Hochkonzentriert wiederholte er das Experiment noch dreimal. Mittlerweile konnte er zielgenauer die Stelle auf der Chromplatte treffen, wenn er vor dem Stapler stand. Immer derselbe Ablauf. Anscheinend lösten die grünen Laserlichtreflektionen der Chromplatte in der Bildaufbereitung der Kameras diese ungewollten Aktionen aus. Aber nur in einem Winkel von knapp unter neunzig Grad von oben und seitlich mit einer Abweichung von circa zehn Grad aus der Frontalstellung. Seine rechte Hand war immer leicht über Kopfhöhe und der Lichtstrahl traf die Chromplatte somit leicht von schräg oben.

Er schnitt aus einem roten Folienhefter ein Stück heraus und hielt es vor die Laserlampe, bevor er den Versuch nochmals wiederholte. Aber auf diese Art des Lichtes reagierte der Stapler nicht unkontrolliert. Dann nahm er langsam das Stück farbige Folie weg und der Tanz ging von vorne los. Nun war Bergmann gewappnet und zog die kleine WLAN-Antenne sofort heraus.

Ihm schwante etwas und er grübelte am Schreibtisch. War das ein Fehler oder eine Entdeckung? Also: dieses grüne Laserlicht, der entsprechende Winkel und sein Standort zum Stapler waren entscheidend. Wo entstand der Fehler? Lag es an den Kameras oder an der Interpretation des erkannten Bildes durch ROSE-Co? Egal. Er beugte sich über sein Notizbuch und überlegte was zu tun sei. Das könnte doch sein persönliches Projekt APTIL werden. Bergmann holte seinen Kugelschreiber aus der Tasche und notierte sich genau den Versuchsaufbau und die Winkeleinstellungen.

Dann setzte er sich an den PC und rief das Programm zum Testmanagement auf, in dem für jeden Testfall penibel verzeichnet wurde, wer wann welchen Test durchgeführt hatte. Als das Programm geladen und er sich eingeloggt hatte, sah er in der Übersicht eine große Datei der Testdokumentationen. Hinter jedem Eintrag erschien ein grüner Haken. Man konnte erkennen, welche Eingabedaten der Testdatenbank welches Ergebnis geliefert hatten. Diesen besonderen Vorfall, den er gerade erlebt hatte, gab es als Testfall nicht. Er übertrug einige positive Ergebnisse zu den Testfällen, die er den Abend über durchgeführt hatte und überlegte. Was sollte er mit den neuen Erkenntnissen machen? Er nahm sein Handy, suchte nach der Nummer von Stefan Mohring und scrollte durch seine Kontakte. Ein Zweifel beschlich ihn und er schloss die App. Dann lehnte er sich auf dem Stuhl wippend zurück, verschränkte seine Hände hinter dem Kopf und starrte auf den Bildschirm. Viele Gedanken schwirrten ihm durch den Kopf, bis er dann eine Entscheidung traf. Es wäre erstmal besser, wenn er niemandem von dem Vorfall erzählte, beschloss er. Vorerst jedenfalls nicht.

Die Laserlampe lag vor ihm auf dem Tisch, als er nach ihr griff und sie sicher in seiner Aktentasche verwahrte. Dann stand er auf, prüfte, ob er die Halle so verlassen konnte und ging zur Tür. Er blickte strafend auf den Roboter zurück, als wenn dieser ein ungezogenes Kind sei, dass ihn permanent provoziert hätte. Alles war nun ruhig und wieder aufgeräumt. Nachdem er das Licht ausgeschaltet hatte, ging er schmunzelnd zu seinem Auto. Endlich fuhr er mal wieder mit einem Glücksgefühl nach Hause. Diese Entdeckung wollte er für sich nutzen, obwohl er noch keine genaue Idee hatte, wie.

*****

„Zven, schön, dass es dir wieder gut geht. Wir brauchen dich. Mir ist bei dem Projekt der Arsch ganz schön auf Grund gegangen", sagte Stefan Mohring zu Bergmann, als sie alleine in der Kaffeeküche zusammenstanden. Der Automat brummte und zischte, bis eine Meldung kam „Bitte Wassertank füllen."

„So ein Projekt braucht man nur einmal. Aber nun läuft es ja", erwiderte dieser in guter Stimmung und füllte Wasser nach. Er griff in den Kühlschrank und holte eine Tüte haltbare Milch hervor.

„Zven, ich muss dir mal was anvertrauen. Ich habe mit niemanden bisher darüber gesprochen." Stefan Mohring schaute zur Seite und wurde leiser. „Als ich mit meinem Rennradteam im April im Odenwald war, da habe ich Gratz mit seiner Frau getroffen. Also den alten Gratz. Sie haben mich aber in der Sportkleidung mit Helm und Brille nicht erkannt. Was soll ich dir sagen? Gratz will aussteigen und an eine Heuschrecke verkaufen. Vermutlich Ende des Jahres, wenn APTIL durch ist und die tollen Pressemeldungen den Kurs nach oben hieven."

„So, so. Hätte ich nicht gedacht. Ist ja n´en Ding. Bist du sicher, dass du alles richtig verstanden hast?"

„Ja klar, habe doch fast daneben gesessen. Die wollen nach Südafrika auswandern und sich ein schönes Leben machen."

„Und was willst du nun machen?"

„Keine Ahnung, aber wir sollten uns schonmal umhören, ob es auch noch andere interessante Jobs gibt. Was meinst Du? Ich meine, - keine Ahnung."

„Und wer soll der Käufer sein?"

„Irgend so ein White. Hörte sich nach Ami an."

„Interessant. Mal sehen, was kommt", sinnierte Bergmann irgendwie abwesend. Er war mit seinen Gedanken schon in der Zukunft.

*****

Zum Ende des Sommers und nach den vielen Kurzberichten, die Albert Gratz jeden Woche erhielt, war das Projekt APTIL regelmäßig auf der „Red Flag Liste", die alle äußerst kritischen Projekte enthielt. Diese Zusammenfassung zeigte ihm das Curafox Grauen und flehte geradezu nach seinem Eingreifen. Er hasste diese Red Flag Liste, die offensichtlich das Unvermögen seiner Mannschaft dokumentierte. Er studierte die umfänglichen monatlichen Projektberichte zu APTIL und beschloss zu einem Deep Dive Meeting in sein Büro einzuladen. Er wollte der Sache nun auch mal persönlich auf den Grund gehen. Mohring und Lürsen konnten immer viel schreiben, aber den Projektpuls wollte und musste er selber messen.

„Herr Mohring, wie weit sind wir denn nun? Wir müssen nach fast zwei Jahren zum Ende kommen. Wir haben in dem Projekt mittlerweile sieben Millionen Euro versenkt. Und wenn wir uns nicht gütlich einigen, kommt auch noch eine Konventionalstrafe von InfoLogis auf uns zu."

CEO Albert Gratz war sichtlich genervt. Nein, sogar angeschlagen. Dieses Scheißprojekt. Er konnte es nicht mehr hören. Er bekam jeden Abend einen kurzen Statusbericht per Mail. Es tat sich ja langsam etwas. Aber er hatte den Eindruck, die ganze Firma arbeitete nur noch für das Projekt APTIL.

„Guten Tag Herr Dr. Gratz, guten Tag Herr Dr. Lürsen." Stefan Mohring war auf die Situation gut vorbereitet. Seitdem er Gratz Verkaufsabsichten unterstellt hatte, bekam er mental auch wieder Abstand zu Curafox und zum Projekt.

„Wir haben nun endlich alle Testfälle erfolgreich bestanden und das Fehlerfixing mit dem Weiderholungstests sollte in zwei Wochen abgeschlossen sein. Dank Herrn Lürsen haben wir immer mehr Mitarbeiter für die Tests abgestellt bekommen. Deren Koordinierung und Einarbeitung verschlang auch viel Zeit."

„Gut, und wie geht es weiter?"

„An dem langen Wochenende ab dem 3. Oktober werden wir mit InfoLogis den Abnahmetest durchführen. Das geht immer schrittweise, Komponente für Komponente. Alle Mitarbeiter haben viele Überstunden und Wochenenden gearbeitet. Wir sind auf der Zielgeraden", antwortete Mohring pflichtbewusst und dachte dabei auch an sich. Er kam so langsam an seine Grenzen.

„Ok, ich drücke alle Daumen. Wenn sie Hilfe oder Unterstützung brauchen rufen sie an. Soll ich selber nochmal bei InfoLogis vorbeifahren? Mein Sohn kennt doch diesen, äh - von Haasen."

„Im Moment ist das nicht notwendig. Der von Haasen würde dies nur als Schwäche werten."

Gratz hatte mittlerweile kein gutes Gefühl mehr. Jetzt war es wichtig, das Projekt irgendwie geräuschlos zu Ende zu bringen. *Nicht, dass WhiteStone noch abspringt und denkt, wir könnten keine Festpreisprojekte. Unsere Technologie muss spitze sein*, beschloss er für sich.

Damit löste er das Meeting auf. Seine Frau wartete mit Konzertkarten. Er hoffte, die Alte Oper in Frankfurt noch pünktlich zu erreichen.

*****

Die erste Hotelnacht damals mit Chrissy war der absolute Hammer. Sie liebten sich die ganze Nacht. Die hat *Power und Ausdauer*, schwärmte von Haasen in Gedanken. Es war nicht nur ein One-Night-Stand. Sie hatten richtige Gefühle füreinander empfunden. Hier hatte sich etwas entwickelt. Von Haasen hatte bisher nie lange Beziehungen. Irgendwie war das immer sehr schnell zu langweilig, oder die Frauen wollten zu schnell eine enge Bindung. Nur Chrissy konnte ihm das Wasser reichen. Gutaussehend und intelligent. Er war erstmals bereit, hier emotional zu investieren.

Sie war nun schon einige Zeit bei InfoLogis und verdiente, wie er, einen Haufen Geld. *Zusammen können wir toll leben und eventuell zusammenziehen*, träumte er. Solche Gefühle hatte es noch nie bei ihm gegeben. Sie trafen sich regelmäßig und oft kam sie zu ihm nach Hause. Sie kochten zusammen, lachten zusammen und liebten zusammen. Es war ein herrliches Gefühl. Er war richtig verliebt. In den besten Nächten kamen beide mehrmals gleichzeitig, noch angefeuert durch eine Kokainbrise. Das war zwar etwas teurer. Aber so genialen Sex hatte er noch nie.

Chrissy war auch wie verwandelt und glücklich. Endlich konnte sie ihre Freiheiten ausleben und hatte auch ihre Work Life Balance gefunden. Manchmal spukte ihr sogar der Gedanke vom tollen Klang des Namens „Christine von Haasen" durch den Kopf. Sie musste dann immer vor sich hinlächeln. *Dafür ist es nun wirklich noch zu früh.*

Bei einem gemeinsamen Abendessen hatte Chrissy Niklas auch noch nebenbei verraten, dass Curafox mit dem Produkt ROSE-Co viele Qualitätsprobleme hatte. Vorsorglich hatte von Haasen bei der Übergabe der Informationen über die Datenschnittstellen zu der InfoLogis Systemlandschaft, einige Fehler eingeschleust – genauer: unvollständiges Material an Curafox übergeben. Man brauchte ja nicht nur die genaue Beschreibung und die Bedeutung der Daten, sondern auch in welche Richtung die Daten fließen sollten. Und auch sehr wichtig: welches Datenvolumen anfiel. *Mal sehen, ob Curafox den offenen Punkt finden wird.* So konnte er verhindern, dass ein anderer Herrscher des ganzen Prozesses wurde.

Das InfoLogis Management war sauer auf ihn. Er war sauer auf Curafox. So einfach war das. Alle faselten immer von Problemen. Für ihn waren dies Herausforderungen und er war sicher, dass er auf der Seite der Guten stand. Jetzt musste er beweisen, dass er sein Geld wert war. Er musste den Anwälten von InfoLogis Munition liefern, dass die vorbereiteten Konventionalstrafen zogen und InfoLogis das Projekt APTIL nochmal ein paar Millionen billiger bekam. Curafox hatte doch tatsächlich damals den Vertragspassus mit dieser unerhört hohen Haftungssumme unterschrieben. War das nur ein unbewusster Fehler gewesen? Der könnte die ganze Firma in den Ruin treiben. Mit der Weitergabe solcher Informationen an die Rechtsanwälte, hätte er bei InfoLogis noch eine Chance. Es wäre bitter, wenn es anders kommen musste. Jetzt wo alles so gut lief.

Er rief im Browser die Internetseite seines Brokers auf und checkte sein Aktienportfolio. Mit den Bitcoins hatte er ein Desaster erlebt. Sie waren stark gesunken. Auch die neuen Cannabisaktien hätten sich besser entwickeln können. Immerhin hatten diverse Länder den Cannabiskonsum legalisiert. Ein riesiger neuer Markt entstand, aber anscheinend konnten nur wenige Firmen professionell liefern. Er suchte nach dem Curafox Aktienkurs im SDAX und schaute sich den Chart genau an. Es gab den Wochen-, Monats-, drei und sechs Monats- und Jahresüberblick. Die Aktien hatten sich in den letzten sechs Monaten verdoppelt. Da hätte er dabei sein können. Der Kurs hatte angezogen, nachdem diverse Adhoc Meldungen von Curafox veröffentlicht wurden. Er sah im Überblick auch die News zum neuen Produkt ROSE-Co und zum großen Auftrag von InfoLogis. Er checkte die anderen Kennzahlen der Aktie. Das Kurs-Gewinn Verhältnis lag nun bei hundertundein. Mit diesem hohen KGV[28] war die Aktie sehr teuer, also spekulativ. Sie war auch ein Indiz dafür, dass der Markt Curafox einiges an Wachstum zutraute.

Aber wenn jetzt das Projekt schief geht, Strafen bezahlt werden müssen und das an die Presse geht, dann geht der Kurs auch schnell wieder runter. Mit dieser Analyse tröstete er sich, da er das Gewinnpotential verschlafen hatte. Im SDAX waren die Aktien oft volatil und er nahm die Curafox Aktie in seine Watchlist auf, um später nochmal einzusteigen. Dann dämmerte ihm eine geniale Idee. Er tippte sich an die Schläfe und seinen rechten Mundwinkel zog er leicht nach oben.

Wenn ich nun Optionen kaufe und auf Short gehe? Das heißt, ich setze auf fallende Kurse. Er stützte den Kopf in seine Hand. Vielleicht habe ich es selber in der Hand, wann der Kurs sich nach Süden bewegt. Die Idee erschien ihm überragend gut und könnte ihn von allen Schulden befreien. Ben Gratz wollte ja auch noch seine fünfundzwanzigtausend Euro zurückhaben. Er suchte sofort beim Broker nach entsprechenden Put-Optionen auf Curafox und wählte die mit dem 46-Hebel aus. Bei der Laufzeit der Verkaufsoption entschied er sich für den 19. Oktober, also knapp einen Monat nach dem anvisierten Abnahmewochenende des Projektes APTIL. Das war an der Börse der sogenannte kleine Verfallstag und kein Hexensabbat, bei dem die Börsenkurse mit dem Ablauf von Optionen und Futures scheinbar unkontrolliert auf- und ab hüpften.

Dann sollten die Desaster Infos an die Presse raus sein. Dafür könnte er im Zweifel auch noch selber sorgen. Und Spanien könnt ihr euch sonst wo hinstecken.

---

[28] KGV: Kurs Gewinn Verhältnis

Ohne zu zögern setzte er zehntausend Euro auf die ausgewählten Put Optionen und drückte auf Kaufen. Der Preis pro Option lag nur bei zweiundzwanzig Cent. Jetzt musste das Projekt nur noch so richtig in die Hose gehen und Curafox bluten. Er grinste und nahm sich einen Gin Tonic. Diesmal mit einem sündhaft teuren Tonicwater. Ihm wurde warm.

Da klingelte auch schon Chrissy an der Tür. Sie stand mit einer Flasche Prosecco vor der Tür und lächelte ihn wie die begehrte Frau in der abendlichen Diätwerbung an. Dabei schwang sie neben der Flasche auch ihre Hüfte von rechts nach links.

Er hatte die beiden kleinen Snieftütchen mit Kokain schon bereitgelegt. Die zweihundert Euro waren es ihm immer wert. Er war ja nicht abhängig, aber es war schon erstaunlich, was man mit ein paar Zügen so alles stemmen konnte. Er spürte auf dem Weg zur Tür, wie sein Gehirn das Dopamin ausschüttete und sein Pulsschlag sich bei der Vorfreude erhöhte.

Sie schnieften beide eine Line Koks, die Niklas aus einem Gramm auf einen kleinen Spiegel gelegt hatte und warteten, bis sie langsam eine Welle selbstzufriedener Euphorie bemerkten. Mit der erzeugten gesteigerten Aufmerksamkeit, der Kraft und der Energie war der gemeinsame Sex immer sanft und immer ausgeglichen. Er liebkoste sie an allen sensiblen Körperstellen, dass sie sich ganz der Lust und den in ihrem Kopf erzeugten Bildern überlassen konnte.

Alles war so wunderbar.

*****

Bergmann saß an seinem Schreibtisch im Büro und erfasste gerade die neuesten Testergebnisse, als sein Telefon klingelte.

„Hallo Zven? Hier ist Chrissy. Geht es dir wieder gut?"

„Ja, Danke", antwortete er schmallippig, da sie ihn aus dem Gedankengang gerissen hatte.

„Ich wollte mich mal bei dir melden. Schön, dass du wieder gesund bist. Das hat mich doch ganz schön geschockt."

„Na ja, es wurde irgendwann alles zu viel. Dein Weggang war auch nicht gerade förderlich."

„Ich weiß, und ich habe auch ein schlechtes Gewissen. Aber es war für mich einfach die Chance. Ich hoffe, du verstehst das." Im Grunde genommen wusste Chrissy, dass es auch eine Art Flucht war. Der Neubeginn im neuen Job, einer neuen Stadt und dann die neue Beziehung taten ihr gut. Es hatte zunehmend Streit mit ihrem alten Freund Rainer gegeben. Meist waren es nur Kleinigkeiten, die das Zusammenleben schwieriger machten. Sie gab selber zu, dass sie die Konflikte nicht mehr aushalten wollte. Sie hatte zunehmend das Gefühl, dass Rainer klammerte und immer mehr Macht über ihr Leben ausüben wollte.

„Ja klar. Jeder muss sehen, wo er bleibt. Wie ist es denn beim Anwender oder Kunden? Können wir von InfoLogis noch etwas lernen?"

„Völlig anderes arbeiten, sage ich dir. Hier kommt es mehr darauf an, die vielen Dienstleister und internen Abteilungen zu managen. Es geht auch weniger um Technik, sondern mehr um Politik. So ganz habe ich auch noch nicht begriffen, wie der Hase hier läuft. Jeder will irgendwie beteiligt, gefragt und abgeholt werden. Vor jedem Meeting musst du alle per Telefon vorabinformieren, damit es keine unliebsamen Überraschungen gibt oder ein Abteilungsleiter einen Informationsvorsprung hat", sagte sie wohlwissend, dass sie eine sehr genaue Vorstellung von ihrer Zukunft hatte.

„Unser oberster Chef, der Dr. Fehrenbach führt ein hartes Regiment. Mit dem legt man sich besser nicht an. Und was gibt es bei euch Neues?"

„Eigentlich nichts. APTIL geht nun in die letzte Runde. Im Oktober sehen wir weiter." Bergmann war sich nicht sicher, was nun der Grund des Anrufes war und wurde vorsichtiger.

„Zven, wir hatten immer ein gutes Verhältnis zueinander. Ganz ehrlich. Mein Herz hängt an dem Projekt und auch am Erfolg von Curafox. Wenn ihr Hilfe braucht, dann rufe mich an. Ich kann bestimmt vermitteln. Wir wollen die Nuss doch gemeinsam knacken, oder?"

„Liegt ja nicht mehr in meiner Hand, aber Danke für das Angebot. Curafox wird es würdigen. Die Idee mit der Walnuss im Projektlogo kam ja damals von dir", gab er lächelnd zurück.

„Du, Zven, ich habe noch einen persönlichen Grund, warum ich anrufe."

Bergmann wurde hellhörig und fragte interessiert nach.

„Was hast du auf dem Herzen?"

„Du weißt ja, dass Rainer und ich auseinander sind. Daher kam der Jobwechsel für mich auch ganz gelegen. Ich wollte ihm nicht immer noch im Ort und auf jeder Party begegnen. Sein Anfall auf der letzten Kerb[29] reichte mir."

„Ja, und?"

„Rainer kann unsere Trennung nicht verkraften. Er stellt mir nach und ruft permanent an. Letzte Woche tauchte er in Hannover auf. Es ist wie Stalking. Er wohnt doch bei dir im Breidert[30] in der Nachbarschaft. Kannst Du ihn mal

---

[29] Kerb ist Kirchweih, am ersten Wochenende im September wird dies als großes Straßenfest in Rödermark gefeiert

[30] Wohngebiet in Rödermark

ansprechen und vorfühlen, wie es ihm geht? Er ist ja Arzt im Langener Krankenhaus, auf der Inneren. Ich habe mich dort erkundigt. Er hat sich krankgemeldet. Seine Kollegen sind *not amused*. Sie müssen seine Dienste nun mitmachen."

Chrissy tat es gut über ihre verflossene Beziehung zu Rainer mit jemanden zu reden. Sie verschwieg bewusst, dass sie mit von Haasen ein neues Liebesabenteuer eingegangen war. Das brauchte nicht jeder zu wissen, kalkulierte sie kühl. Wenigstens jetzt noch nicht. Sie konnte auch noch nicht fühlen, wie ernst es ihm war. Sie selber fühlte immer wieder in sich hinein, ob die neue Position, die neue Stadt oder das Zurücklassen allen Alten der Grund war.

„Rainer ist furchtbar eifersüchtig. Er will mich kontrollieren und hat mir am Telefon gesagt, er würde jeden Neuen sofort umbringen. Er hat sich nicht im Griff. Verstehst du? Eifersucht ist ein Cocktail von Gefühlen. Verzweiflung, Neid bis hin zu Hass. Der ist im Liebeswahn und fühlt sich zurückgewiesen. Da sind in letzter Zeit Sachen passiert, die glaubst du nicht."

„Was denn, erzähl mal."

„Erst hat er mir Blumen geschickt. Zuerst ohne, dann mit Grußkarte. Dann kam ein Paket mit anzüglichem Spielkrams. Vermutlich auch von ihm. Dann hat er unter meinem Namen einen neuen Facebook Account aufgemacht und jede Menge Bilder und auch kleine Videos von mir und sich hochgeladen. Ich kenne das Password nicht und kann dort nichts ändern. Die Bilder sind echt peinlich und darunter steht immer >Ich liebe dich, Komm zurück, lass uns wieder Spaß zusammen haben und so einen Quatsch<."

„Das kann man fast nicht glauben. Das ist ja Psychoterror. Ok, was soll ich machen?", entschloss sich Bergmann Hilfe anzubieten.

„Geh doch bitte mal an seinem Haus vorbei. Wenn Du mir einen großen Gefallen tun willst, dann klingele und rede mal mit ihm. Du bist nach deiner Krankheit der ideale

Gesprächskandidat. Du kannst ihm sagen, dass du gerne nochmal seine private ärztliche Meinung hören wolltest."

„Ja, und dann?"

„Befrag ihn nebenbei mal zu mir und dass ich weggezogen bin. Seine Reaktion würde mich interessieren. Am Telefon hat er mir richtig Angst gemacht. Er hat mich auch beschimpft. Ich hoffe, er stellt mir nicht mehr nach. Ich beginne hier in Hannover bei InfoLogis ein neues Leben."

„Chrissy, ich versuch mein Bestes. Du kannst dich auf mich verlassen." Und dies hatte er wirklich ernst gemeint, da Chrissy ihm immer eine sehr gute Freundin und Gesprächspartnerin gewesen war.

„Vielen Dank. Ich wünsche dir weiterhin alles Gute und mach mal langsamer. Die Nüsse können auch die anderen knacken."

„Wir sehen uns spätestens Anfang Oktober. Ich melde mich, wenn ich Rainer gesprochen habe. Bis dahin. Mach´s gut", schloss Bergmann das Gespräch nachdenklich.

*****

Am gleichen Abend fuhr Bergmann auf dem Nachhauseweg sofort bei Rainer vorbei. Sein Wagen stand vor der Tür. Bergmann überlegte, ob der Zeitpunkt gut gewählt war. Aber für diese Mission gab es keinen guten Zeitpunkt. Er stieg aus und klingelte. Auf dem Klingelschild der Doppelhaushälfte stand Dr. Rainer Luchte. Schnell hörte er Schritte und ein Schatten bewegte sich hinter dem Glasausschnitt der Tür, die sich langsam öffnete.

„Zven, Zven Bergmann. Nein. Das ist ja eine Überraschung. Komm rein. Wie geht es dir?" sagte Rainer sichtlich erfreut.

„Hallo Rainer, - hast du kurz Zeit? Ich brauche mal deinen ärztlichen Rat." Dabei trat er in den kleinen Hausflur. „Du hast bestimmt mitbekommen, dass ich ein paar Monate außer Gefecht war."

„Ja klar. Dieses Scheißprojekt. Und meine Chrissy hat es auch auf dem Gewissen."

Na, da sind wir ja sofort beim Thema.

Rainer bat Bergmann ins Wohnzimmer und bot ihm direkt ein Wasser an. Er sah weder krank aus, noch irgendwie ungepflegt. Vielleicht etwas stiller als sonst, aber Bergmann musste sich eingestehen, dass er so viel Kontakt auch nicht hatte. Er hatte eine Familie und zwei Kinder und Rainer lebte als Arzt alleine in einer Doppelhaushälfte, nachdem Chrissy vor ein paar Monaten ausgezogen war.

„Wie läuft es bei dir im Krankenhaus?"

„Wie immer viel zu tun. Die Patienten sind einfach anstrengend. Manche kommen wegen einer Lappalie in die Notaufnahme, anstatt erstmal ihren Hausarzt zu kontaktieren. Und die Falldokumentation wird immer umfangreicher. Jeder will sich absichern."

„Ja, bei uns auch. Und dann haben wir ein Kostensenkungsprogramm laufen. Andere nennen es auch Effizienzsteigerungsprogramm."

„Dann hat Chrissy ja den richtigen Absprungzeitpunkt bei euch getroffen." Das Gesicht von Rainer gab ein in sich gekehrtes Lächeln frei.

„Na, ja. Sie fehlt uns mit ihrem Wissen schon."

„Mir auch. Und dann hat sie anscheinend sofort einen Neuen. So einen aufgeblasenen Schnösel. Ich wette, sie ist wegen ihm weg."

„Interessant. Davon habe ich nichts mitbekommen."

„Dieser Scheißkerl. Ich könnte den umbringen. Was will die von dem? Sie hatte hier alles zum Glücklichsein."

„Vielleicht brauchte sie mal andere Luft zum Atmen." Zven Bergmann merkte, dass sich Rainer langsam immer eifriger in Rage redetet. Er machte mittlerweile einen verzweifelten Eindruck.

„Ich hole sie mir zurück. Chrissy gehört hierhin. Sie gehört zu mir. Zu mir allein. Ich habe sonst niemanden mehr." Rainer schlug sich mit der Faust auf die Brust.

„Rainer, ich verstehe deinen Frust. Aber sie ist alt genug, eigene Entscheidungen zu treffen. Frauen sind halt so. Gib ihr doch mal ein wenig Zeit."

„Nein. - Nein, nein." Er wurde immer lauter und energischer. „Ich lass mich nicht einfach ausbooten. Wie stehe ich denn da?" Eine Träne kullerte Rainer über die linke Wange. „Ich schieß den Typen ab. Bei der nächsten Gelegenheit. Ich verpass dem eine Spritze. Ich, ich, ich ...."

Zven Bergmann merkte, dass er in ein Wespennest gestoßen hatte und versuchte Rainer etwas zu beruhigen. Der fing an zu schluchzen.

„Vor zwei Jahren waren wir auf Mauritius. Am Strand haben wir uns verlobt. Statt Ringen haben wir uns beide ein Seepferdchen auf den Oberarm stechen lassen. Hier, schau. Das kann sie doch nicht einfach so wegwerfen." Rainer schob den Ärmel seines linken Armes nach oben. „Ich links und sie rechts."

Bergmann betrachtete das Seepferdchen, dass er bei Chrissy vorher noch nie bemerkt hatte. Irgendwie musste er nun wieder aus der Nummer kommen. Er wechselte das Thema in Richtung Bundesliga.

„Tat das Tattoo-Stechen nicht weh? Einige Fußballspieler sind ja von oben bis unten tätowiert. Für mich wäre das nichts. Ich bin zu ängstlich." Und nach einer kurzen Pause hatte er die Überleitung geschafft. „

Am Samstag steigt das Spitzenspiel BVB gegen Bayern. Wie ist dein Tipp?"

„Ich bin BVB-Fan. Es wird wohl mal wieder schwer. Ich hoffe, die reißen sich diesmal zusammen und fangen an, richtig zu kämpfen. Die letzten Male gab es ja immer ein Desaster. Zum Glück sind alle wieder fit. Aber ehrlich, es geht im Fußball nur noch um Geld. Menschenhandel, Korruption, Betrug, und Steuerhinterziehung sind immer wieder in der Presse."

„Da gebe ich dir Recht, es ist wie eine Mafia. Früher war alles besser."

Mit diesem Ausklang konnte sich Bergmann verabschieden. Rainer hatte nicht mal gemerkt, dass Zven den eingangs erwähnten ärztlichen Rat nicht brauchte. Bergmann musste sich aber eingestehen, dass er in Rainers Situation auch schwer kontrollierbar wäre.

Er kam schnell zu dem Schluss, dass Chrissy da noch ein Problem größeren Ausmaßes vor sich hatte. Er hoffte, dass dieser Psychoterror schnell vorüberging.

Kapitel 8. Das große Ziel

„Ist noch irgendjemanden etwas aufgefallen? Wir haben heute Montag. Am Mittwoch ist der 3. Oktober. Wir haben das ganze lange Wochenende die Hochregalhalle in Fulda für uns. InfoLogis fährt alle anderen Aktivitäten runter. Auch die Systeme stehen uns für den Test zur Verfügung. Wenn alles klappt, wollen wir Sonntagabend live gehen. Zunächst mal nur mit zwei Staplern. Der Rest kommt nach und nach."

Stefan Mohring hatte zur finalen Teamsitzung zusammengerufen. Zven Bergmann saß ruhig dabei und fasste in der Rolle des Testmanagers zusammen. „Sieht alles sehr gut aus Stefan. Keine Prio eins Fehler mehr offen. Die drei Prio zwei Fehler bekommen wir noch gefixt. Die Fehleranalyse ist schon abgeschlossen. Unsere Inder sind ja noch da. Jetzt darf aber nichts mehr Neues dazukommen. Wir haben alle tausendfünfhundert InfoLogis Testfälle abgearbeitet. Dazu kommen unsere eigenen Tests und der Freitest. Die Kameras laufen super. ROSE-Co erkennt das ganze Lager inklusive Freigelände. Der Stapler fährt ansonsten langsam und stoppt, damit händisch die Entscheidungen überprüft oder ergänzt werden können. Der Last- und Performancetest war ok. Hier müssen wir später nochmal dran schrauben, wenn das Lager richtig voll wird. Schnittstellen zu den InfoLogis Systemen haben wir überprüft. Eventuell müssen wir das Balancing zwischen On-Board und Back-End System noch kalibrieren. Dafür haben wir ja Experten im Team."

Das ganze Team von immer noch zwanzig Mitarbeitern hatte die letzten Wochen wie im Wahn gearbeitet. Jeder wusste, worauf es ankommt und keiner hatte mehr Lust auf dieses Projekt APTIL. Endlich zum Schluss kommen, Urlaub machen, an etwas Anderes denken, Überstunden abbauen und dann was Neues beginnen. Immerhin betrug der Overrun des Projektes nun schon über ein Jahr und die aufgelaufenen Kosten wurden allen jede Woche vor die Nase gehalten. Nur der sehr gute Teamgeist hatte alles zusammengehalten. Die Endphase des Projektes APTIL war wie ein Überlebenstraining, bei dem sich jeder auf den anderen total verlassen konnte.

„Ich frage dann bei InfoLogis nochmal ab, ob die letzten Systemupdates der Server und Netzwerke alle durchgeführt wurden und gleiche das mit unserer Konfiguration ab. Nicht das uns hier ein älterer Releasestand ein Strich durch die Rechnung macht." Stefan Mohring war in seinem Element. Planen, kommunizieren, delegieren und mitdenken machten ihn zu einem angesehenen Projektmanager.

„Dann an die Arbeit. Wir fünf …", dabei zeigte er auf vier weitere Mitarbeiter inklusive Bergmann, „…fahren am Mittwochmorgen um sechs Uhr los. Ihr anderen seid ab acht Uhr hier im Projektraum *stand by*. Stellt schonmal die Fernverbindung zu den InfoLogis Rechnern her, damit wir uns remote einwählen können."

Das ganze Team stand und saß an mehreren Tischen verteilt in einem großen ehemaligen Konferenzraum, den sie umfunktioniert hatten. Auf den Tischen standen Schalen mit Gummibärchen und Schokolade. Die weiblichen Projektmitarbeiterinnen hatten aber auch für genügend Obst gesorgt. Mittlerweile hieß dieser Projektraum auch *War-Room*. An den Wänden klebten große Pläne. Eine Wand war mit Plakaten zugehängt, die offene Aktivitäten und noch durchzuführende Aufgaben zeigten. Einige davon waren durchgestrichen. Andere farbig markiert. In zwei Ecken des großen Raumes standen Flipcharts, auf denen die Softwarearchitektur skizziert dargestellt war. Die Mitarbeiter hatten die einzelnen, im Gebäude verteilten Büros aufgegeben, und waren alle in eine Etage gezogen. So konnte die Kommunikation verbessert werden und es entstand dieses wichtige Teamgefühl. Jeder nahm am gemeinsamen Mittagessen in der Kantine teil, obwohl es dabei meist auch immer nur um das Thema APTIL ging. Auf einem Plakat wurde eine Statistik über den Defektabbauplan permanent aktualisiert. Seit zwei Wochen zeigte die Kurve endlich nach unten. Die Tester fanden weniger neue Fehler als die Entwickler gefixt hatten. Ein Lichtblick.

Zur allgemeinen Entspannung und zum Teambuilding stand in der Mitte des Flurs ein Tischkicker. Auf jedem Kickerball stand untereinander *Curafox - APTIL - Go*, die Lürsen im Internet mit dem Walnusslogo im o von Go bestellt hatte. Es wurde jedes Mal laut ein *CURA - FOX* gejohlt, wenn so ein Ball mit enormer Geschwindigkeit aus dem Mittelfeld in ein Tor einschlug. Die Stimmung war konzentriert aber sehr gut.

Der Schlussspurt konnte beginnen.

*****

„Guten Morgen Herr Dr. Fehrenbach, haben sie zwei Minuten für mich?" fragte von Haasen seinen obersten Chef, den er in der Tiefgarage früh morgens abgepasst hatte.

„Na, dann kommen sie mal mit. Wir können im Aufzug kurz sprechen", antwortete Fehrenbach etwas genervt und mürrisch. Er nahm seine Tasche vom hinteren Autositz und verschloss den PKW mit der Fernbedienung. Er hasste es, schon morgens in der Garage abgepasst zu werden, da er diesen kurzen Moment bis zum Büro brauchte, um seine Gedanken für die nächsten drei anstehenden Termine noch einmal zu ordnen.

Von Haasen hatte im letzten Weiterbildungstraining den Begriff des *Elevator Speech* kennengelernt. Die Aufgabe bestand darin, in maximal sechzig Sekunden einer wichtigen Person ein Anliegen kurz, prägnant, aber äußerst motivierend mitzuteilen. Er fasste innerlich nochmal das Gelernte zusammen: Blickkontakt, einfache Sprache, Struktur der Information und zum Abschluss der Entscheidungsbedarf. Nun konnte er zeigen, ob er sich genügend vorbereitet hatte.

„Worum geht es? Macht APTIL Fortschritte?" fragte Fehrenbach, gedanklich abwesend schon auf dem Weg zum Aufzug, der auch schon bereitstand.

„Herr Dr. Fehrenbach. Mir sind in unserer Firma einige Dinge aufgefallen, die sich jeden Abend ab 22 Uhr in der Halle B12 ereignen. Ich möchte sie gerne davon in Kenntnis setzen. Ich habe die Situation mehrmals dokumentiert."

Von Haasen bemerkte bei Fehrenbach ein kurzes erstauntes Aufflackern der Augen.

„Was meinen sie damit?" erwiderte Fehrenbach, aber nicht genervt, sondern eher fragend interessiert.

Das war das Signal für von Haasen, dass er auf der richtigen Spur war. Strauchelte Fehrenbach, der sonst immer zu glatt, zu professionell und zu vorbereitet war?

„Es kommen jeden Abend polnische LKWs an. In der Halle B12 werden dann ein bis zwei Paletten gesondert verladen, die

Richtung Frankreich versendet werden. Die Paletten sind immer vom gleichen Dienstleister in Polen und werden als Schmierstoffe deklariert."

„Herr von Haasen, ich weiß zwar nicht was sie meinen. Aber es wäre …"

„Sechs Lagerarbeiter sind motiviert bei der Sache. Herr Dr. Fehrenbach, ich bin mir nicht sicher, ob der Vorgang revisionssicher ist."

„… Aber es wäre sicherlich gut, wenn wir uns mal in Ruhe in meinem Büro unterhalten würden. Dann können sie mir darlegen, was sie herausgefunden haben. Dagmar wird ihnen einen Termin vorschlagen. Aber schonmal vielen Dank, dass ihnen so an dem Wohl von InfoLogis gelegen ist. Alles Gute, bis dann und gutes Gelingen beim Abnahmetest. Startet der nicht nächste Woche am 3. Oktober?"

„Ok, ich erwarte Dagmars Anruf wegen des Termins. Nächste Woche ist APTIL Geschichte."

Schon waren sie im siebten Stock und Fehrenbach verließ schnell den Aufzug.

Von Haasen schaute ihm hinterher. Als sich die Schiebetür schloss, schlug er sich mehrmals mit der rechten Faust in die linke Hand. Er war auf der richtigen Fährte. So freundlich und zuvorkommend hatte er Fehrenbach ihm gegenüber lange nicht mehr erlebt. Erst mürrisch und dann handzahm. Der Gott, der endlich Gegenwind bekam.

Und er hatte einen genialen Schachzug vorgenommen: Fehrenbach hatte den Begriff *Schmierstoffe* genau richtig verstanden. Die Partie war eröffnet.

*****

Fehrenbach grüßte flüchtig beim Betreten des Vorstandsflurs seine Assistentin Dagmar und verschwand unverzüglich in seinem Büro, dessen Tür er sofort schloss. Dagmar schaute etwas irritiert, da meist der Tagesplan kurz zusammen geprüft wurde. Sie war aber einige Sonderlichkeiten ihres Chefs gewohnt.

Fehrenbach legte seine Tasche auf den Tisch, griff in die unterste Schublade seines Schreibtisches und holte ein altes Nokia Handy mit einer anonymisierten PrePaid Karte heraus. Er gab die PIN ein, wählte auswendig eine Nummer und wartete den Ton ab, bis sich jemand meldete.

„Halo, słucham."

„Piotr. - Wir haben ein kleines Problem. Stell die Lieferungen sofort ein. Du musst die Paletten zwischenlagern. Informiere Sergey, dass der Markt nichts aufnimmt."

„Was ist los Chef?"

„Nur so ein kleiner Bengel, der etwas Nachhilfe braucht. Überlege dir mal, wie wir ihm seine Schnüffelei abgewöhnen. Ich schicke dir ein Foto per Post. Aber kein Austausch per E-Mail oder WhatsApp. Verstanden?"

„Na klar, wie immer."

Er wird nächste Woche ab dem 3. Oktober mehrmals zwischen Hannover und Fulda pendeln. Start bei InfoLogis Fulda ist ab 9 Uhr."

„Was spring raus?"

„Zwanzig Riesen extra."

„Sofortbehandlung kostet aber mehr."

„Ok dreißig, dann aber gut und sicher."

„Ich kümmere mich."

Fehrenbach schaute aus dem Fenster. Gut, dass er einige sehr verlässliche Mitarbeiter hatte, die auch Sonderwünsche gegen kleines Geld erfüllten. Er wollte nun von Haasen intensiver beobachten, ob dieser eventuell Kontakt zu anderen Mitarbeitern hatte und mit diesen Informationen austauschen würde. Es war schnelles Handeln notwendig, bevor es zu einem Flächenbrand käme.

Er informierte noch seinen Kontaktmann in Frankreich und musste zugeben, dass der Ausfall für eine ungewisse Zeit viel Geld kosten würde.

*****

Piotr hatte das Foto in einem Umschlag über einen Kurier erhalten und Sergey instruiert. Der eine konnte denken, der andere ausführen. Zusammen waren sie ein gutes Team. Sie ergänzten sich perfekt. Sergey, ein äußerst kräftiger hochgewachsener Mann mit kahlem Schädel, aber verschlafenen Blick, kam ursprünglich aus der Ukraine. Er liebte seine schwarze Lederjacke und die Combathose im Militarystil. Die Tätowierung eines Drachens an Schulter und Hals leuchteten aus dem schmuddeligen T-Shirtkragen heraus. Schon seit frühesten Jugendzeiten war er in dem Tabakhandel engagiert und durfte manchmal die Geschäftsinteressen mit anderen Mitteln vertreten. Zigaretten waren immer noch einträglicher und sauberer als Autos. Wobei sich die Geschäfte ergänzen könnten. Tabak von Ost nach West. Autos von West nach Ost. Die notwendige lokale Logistik für die kriminellen Geschäfte war allerdings zu unterschiedlich, um sie gemeinsam zu nutzen. Und sie wollten immer professionell bleiben. Sergey musste zugeben, dass sein Cousin „Autos besser konnte".

Das Bild, dass er von Piotr bekommen hatte, zeigte einen Mittdreißiger, gutgekleideten und sportlichen Mann. Unter dem Bild stand der Name „Niklas von Haasen" und eine Adresse in Fulda, Deutschland. Er nahm seinen Schlafsack mit der kleinen Tasche und machte sich sofort mit seinem betagten Mazda auf den Weg. Übernachtungen im Auto waren ihm nicht fremd. So sah es im Fond auch aus. Papier, alte Zeitungen, Flaschen, Dosen, ein Klappspaten und ein alter Pizzakarton lagen auf dem Rücksitz. Im Fußbereich des Beifahrersitzes hatte er die notwendigen Utensilien eines Möchtegernprofis unter zwei großen Handtüchern verstaut: eine Schachtel mit Einmalhandschuhen, eine kleine Axt, ein Paket Kabelbinder und ein Messerset.

Also gut, dachte er, als die deutsche Grenze hinter ihm lag. Wenn man ihn nach seiner Meinung gefragt hätte, wäre er den kurzen Weg nach Hannover gefahren und hätte in der

Wohnung auf diesem „Haasen" gewartet. Aber Piotr, sein Vordenker, hatte ihn nach Fulda geschickt. Wohnungen hätten Ohren. Welche Möglichkeiten hatte er nun? Welche kannte er jetzt schon? *Kurz und knapp.* Ein Schuss wäre zu auffällig, obwohl er seine liebgewonnene Beretta 92 für alle Fälle bei sich hatte. Bei einem Überfall müsste er selber blaue Flecken einkalkulieren, da der Mann kräftig aussah. Beim Erschlagen oder auch bei einem Messerstich müsste er zu nah an sein Opfer ran. Auch eine Entführung käme nicht in Frage, da dies logistisch zu aufwändig wäre und er sich in dem Gebiet rund um Fulda nicht auskannte. Eine Täter-Opfer-Beziehung durfte die Polizei später nicht finden. Ein Tatmotiv wäre sicherlich für die Polizei schwer nachvollziehbar. So war das halt bei Auftragsarbeiten. Der Gedanke gab ihm Sicherheit.

Sergey entschloss sich, am Mittwochmorgen erstmal in der Nähe der Halle in Fulda die Lage zu sondieren. Ort, Zeit, Zu- und Abfahrten, Verkehrsfluss und Lichtverhältnisse wollten genauestens analysiert werden. Dann wollte er sich das Opfer aus nächster Nähe ansehen. Er musste ja auch nicht schon am Mittwoch erfolgreich sein. Er hatte erst Piotr und dieser hatte dann Fehrenbach versichert, das Problem bis zum Wochenende gelöst zu haben. *Chance erkennen und die richtigen Mittel einsetzen.* Kurz vor Fulda suchte er im Handschuhfach seine große US-Sonnenbrille und fand sie zwischen vielen alten CDs und alten Coffee2Go Bechern. Die Baseballkappe und den zotteligen Bart trug er immer. Sie gehörten zu seinem Image. Nach der Durchführung seines Auftrages wollte er die Kappe wechseln und seinen geliebten Bart stutzen. Vielleicht saß dann auch eine neue Hose dran.

Auf der Autobahn kam ihm die Idee, dass er an der Lenkung oder an den Bremsen oder an den Reifen des Autos etwas manipulieren könnte. Er wog das Pro und Contra der Lösungen ab und kam zu einem Schluss. Die Radmuttern lösen, das war es. Bei einem Unfall gäbe es möglicherweise auch andere Opfer und die Polizei könnte die kleine Einflussnahme erkennen.

But darling, so what? Er grinste und zeigte sich selber den Mittelfinger, als er in den Rückspiegel schaute. Genüsslich steckte er sich eine der billigen ukrainischen Zigaretten an und blies den Rauch zum Autohimmel.

*****

Rainer hatte sich wieder krankgemeldet und die letzten drei Tage in Hannover verbracht. Er hatte versucht Chrissy anzurufen. Er wollte nur reden. Er wollte sie überzeugen, dass sie zusammen neu anfangen könnten. Er wäre auch bereit, seine Arztstelle in Langen aufzugeben und nach Hannover zu ziehen. Er wäre zu so vielen Kompromissen bereit, wenn sie seine Zuneigung anerkannte. Was machten diese Verlustängste nur mit ihm? Er hatte doch einen Anspruch auf Liebe und Aufmerksamkeit. Warum wies sie ihn immer zurück? Sie hatte seinen Anruf nicht angenommen. E-Mails, SMS und WhatsApp gingen ins Leere. Der letzte Streit hatte ihn runtergezogen. Nun saß er in seinem Wagen und stand vor dem Wohnhaus von Chrissy, ein Altbau mit zwölf Einheiten in einem ruhigen Viertel am Tiergarten. Ihm ging es heulend schlecht. Wenn sie aus dem Haus kommen würde, dann würde er sie direkt ansprechen.

Da ging die Haustür auf und Chrissy ging zusammen mit diesem Lackaffen Arm in Arm und anscheinend gut gelaunt zu einem Auto. So ging das nicht. Es gab ihm ein Stich ins Herz. Dies war ein großer Vertrauensbruch. Er nahm sein Smartphone und begann zu filmen. Beide verstauten ihre kleinen Rollkoffer im Auto und fuhren los. In hoher Erregung folgte er ihnen in einem entsprechenden Abstand. Sie fuhren Richtung Autobahn und nahmen die Auffahrt zur A7. Er fuhr immer in einem Abstand von dreihundert Metern hinter ihnen. Es war sowieso seine Richtung Süden. Anscheinend hatten die beiden Zeit, da sie meist nur hundertundzwanzig Stundenkilometer fuhren. Zwei Stunden lang verfolgte er das Auto und malte sich aus, wie beide im Auto lachten und Musik hörten. Sein Hass steigerte sich.

Als er daran denken musste, dass beide über ihn lachen könnten, schmiedete er einen Plan.

Chrissy und dieser Fatzke stiegen in einem Hotel in der Nähe von Fulda ab. Gegenüber war ein großes Logistikzentrum. Das riesige Leuchtschild mit dem blauen InfoLogis-Logo war schon von Weitem zu sehen. Er schloss daraus, dass beide an dem Projekt arbeiteten. Zven Bergmann hatte ihm dies auch so bestätigt. Anscheinend mussten beide den Feiertag für irgendwelche Projekttätigkeiten nutzen. Diese IT-Fuzzies waren da immer schmerzfrei. So kannte er Chrissy. Sie gab im Job immer alles. Warum er sein Leid filmen musste, konnte er nicht sagen.

Nachdem er noch eine Weile auf das Hotel gestarrt hatte, startete er den Motor und fuhr am späten Nachmittag die restlichen einhundert Kilometer nach Hause, um seine Arzttasche zu holen. Es beruhigte ihn zunächst, dass er nun einen Plan hatte.

Er spürte eine innere Genugtuung, als er am Abend zwei Spritzen und das Betäubungsmittel Thiopental für den nächsten Tag bereitlegte. Die Nacht schlief er fast nicht. Chrissy mit ihrem Lover ging ihm nicht aus dem Kopf. Das Kopfkino zeigte ihm nicht hinnehmbare Bilder. Er beschloss noch in der Nacht zum Feiertag des 3. Oktober, früh morgens wieder nach Fulda zu fahren. Dort würde er den Schnösel zur Rede stellen und ihm subkutan eine Spritze verabreichen. Es war gut, wenn man immer auf der richtigen Seite der Spritze stand.

*****

Am Mittwochmorgen des 3. Oktobers ging es auf der Autofahrt von Rödermark nach Fulda beim Curafox Team konzentriert und ruhig zu. Lag es am frühen Morgen oder an den bevorstehenden Aufgaben? ROSE-Co durfte jetzt nicht schlapp machen. Kleinere Fehler waren zu verzeihen, aber bitte kein Abbruch oder Systemabsturz, den man nicht erklären konnte. Um Kosten zu sparen, saßen sie zu fünft im Auto. Es war zwar etwas enger, aber für die eine Stunde ging das schon.

Stefan Mohring hatte das Lenkrad fest in der Hand und bediente das Navigationssystem. Nachdem er die InfoLogis Adresse eingegeben hatte, schaute er aus dem Fenster. Es nieselte leicht. Seine Gedanken gingen schon über das Abnahmewochenende hinaus.

„Wir müssen auf unsere drei Freelancer aufpassen. Bei Projektende nehmen die das ganze Wissen mit und heuern woanders an. Eventuell sogar bei InfoLogis. Zven, kannst Du nächste Woche bitte mal checken, dass die drei alles dokumentiert haben und dass sie sich auch an die Programmiervorgaben gehalten haben? Lürsen sagte mir, dass er die Verträge zu Ende Oktober gekündigt hat. Ab Montag starten wir mit dem Projekt Ramp-Down[31]."

Diesen und viele andere kleine Punkte diskutierten sie im Auto. Der Regen ließ langsam nach.

Das Curafox Team fuhr auf das große InfoLogis Gelände des riesigen Lagers in Fulda. Sie bekamen ihre Besucherausweise direkt am großen Eingangstor ausgehändigt, da sie namentlich vorangemeldet worden waren. Auf dem Gelände war schon

---

[31] Ramp Down bezeichnet das Herunterfahren eines Projektes

erheblicher Betrieb und einige LKWs wurden be- oder entladen, obwohl es Feiertag war. Eine von mehreren Hochregallagerhallen war entsprechend für den Abnahmetest hergerichtet. Das Netzwerk und einige Repeater waren für APTIL erneuert worden, damit die Netzkommunikation sicher, stabil und schnell bereitgestellt werden konnte. Die Ausleuchtung der Halle war entsprechend der Robotervorgaben verbessert worden. Am Dienstagnachmittag hatte das Team schon die ganze Software auf den InfoLogis Server hochgeladen. Die anstehende Installation funktionierte reibungslos. Einer dieser riesigen acht Tonnen Gabelstapler mit den sieben installierten Kameras stand schon bereit. Stefan Mohring überprüfte nochmal die OnBoard Unit und schraubte die Chromplatte wieder drauf, als alle Check LEDs positiv grün blinkten. Die VR Brille für den manuellen Test wurde kurz getestet. Das Bild war scharf und alle notwendigen Daten wurden ins Sichtfeld eingespiegelt. Mohring hob seine Hand und bewegte zwei Finger. Der Stapler fuhr und dreht sich wie von Geisterhand. „Super, alles klar" fasste er für das ganze Team zusammen und reckte den rechten Daumen nach oben.

Schlag neun Uhr betrat Niklas von Haasen aus dem obenliegenden Büro das Gitterstabpodest. Christine Zielke und die anderen InfoLogis Kollegen beschritten die Halle durch das untere große Tor. Alle begrüßten sich freundlich mit einem distanzierten Respekt. Nur Christine Zielke wurde von ihren Exkollegen besonders herzlich umarmt. Eventuell konnte sie ja am besten vermitteln, wenn etwas schieflaufen sollte. Sie lächelte alle an und lauschte der Einführung von Niklas von Haasen, der anschließend langsam die Gitterrosttreppe hinunterkam. Sie griff verspielt an ihren rechten Ohrring. Eine Marotte. Sie bewunderte ihn und sah fast zu ihm auf, mit welcher Eleganz und Leichtigkeit er jedem Druck bei InfoLogis standgehalten hatte. Wenn er über Curafox schimpfte, bemerkte man immer eine gewisse Distanz zu den vielen Problemen, von denen er sich nie vereinnahmen ließ. Er hatte wahrlich eine Ausstrahlung als Manager. *APTIL wird seine Karriere bei InfoLogis beschleunigen und meine gleich mit. Eine sehr gute Entscheidung war das damals,* bewertete sie die Situation.

Zven Bergmann stellte sich etwas abseits und verfolgte, wie dieser hochnäsige von Haasen alle begrüßte: „Dann lassen sie uns mal loslegen. Ich hoffe, wir können heute das ganze System endlich abnehmen und sind heute Abend durch. Das wird sicherlich auch in ihrem Interesse sein Herr Mohring – oder?"

In einem Tag das ganze System abnehmen? Der hat wirklich keine Ahnung und davon recht viel, vermutete Bergmann. Seine Ledertasche hatte er zwischen seinen Beinen auf den Boden abgestellt. Als verantwortlicher Testmanager hatte er, bis auf mögliche kritische Fragen seitens InfoLogis, eher eine Zuschauerrolle.

„Geben sie mir mal die VR-Brille für den Freitest. Ich werde den Stapler erstmal manuell steuern. Das muss ja auch funktionieren. Ich gehe davon aus, dass meine Projektmitarbeiter unsere Testfälle eh schon abgenommen haben", hörte er von Haasen sagen. Das konnte doch nicht sein, dass von Haasen sofort mit dem manuellen Test starten will. Dann müsste er ja jetzt schon reagieren. Hatte er überhaupt den Mut dazu? Der veränderte Zeitplan brachte ihn etwas durcheinander. Dann vergegenwärtigte er sich wieder die vielen Schmähungen, die Vergewaltigung von Sylvia, die entgangene Lebensfreude und seinen Burn Out Kollaps. War es damals Vergewaltigung oder sexuelle Nötigung? So genau kannte er den juristischen Unterschied nicht. Es war ihm auch egal. Seine Sylvia war davon immer noch verstört.

Und die liebe Christine hat er uns auch abgeworben, dachte er. Er kam schnell zu dem Schluss, dass von Haasen es wirklich verdient hatte.

Er sah, wie sich von Haasen die VR-Brille überzog und sich wie ein König durch die Halle kutschieren ließ. *Wir sind hier doch nicht auf der Kirmes beim Autoscooter.* Der acht Tonnen Stapler flitze durch die Hochregalschluchten. Alles am System APTIL lief perfekt. Die Sensoren und die Kameras funktionierten und das KI-System ROSE-Co erkannte die Konturen richtig und gab entsprechende Steuerbefehle zurück. In kritischen Situationen lenkte das System frühzeitig eine Bremsung ein oder korrigierte die Lenkung. Das Curafox verfolgte das Schauspiel interessiert und sah sich immer wieder aufmunternd an.

Von Haasen hat ja richtig Spaß bekommen, unterstellte Bergmann verächtlich. Nun steuerte er langsam und lächelnd auf die Projektgruppe zu. *Jetzt oder nie!* Bergmann bückte sich langsam zu seiner Tasche. Seine Bewegung war mechanisch. Keiner beobachtete ihn, alle schauten nur auf von Haasen, der mit großer Freude dem Stapler Befehle über den rechten Handschuh mitteilte. Bergmann fand die Laserstrahllampe und spürte das kalte Metall. Es gab ihm Mut. Er nahm die Lampe in die rechte Hand, die er langsam anhob und hielt die Lampe leicht über Kopfhöhe. *Mal sehen, ob der Fehler immer noch im System ist.* Seit seinem letzten abendlichen Test in der Rödermärker Halle hatte er keine Gelegenheit mehr gehabt, das Szenario nochmals zu wiederholen. *Wenn es klappt ok, wenn nicht, dann nicht. Vorherbestimmtes Schicksal oder Zufall?* Er drückte auf den oberhalb gelegenen Ein-Schalter und leuchtete den grünen Laserstrahl in Richtung Gabelstapler, der gerade mit höherem Tempo auf die Gruppe zufuhr.

Da lacht ja sogar der von Haasen. Und winkt. Das grüne Licht wurde durch das Hallenlicht fast resorbiert. Bergmann sah den Lichtstrahl fast nicht und konzentrierte sich. Jetzt war von Haasen nah genug dran, und er konnte die Lampe auf die Chromplatte lenken. *Ich darf nicht zittern und muss mich konzentrieren. Ich darf nicht die andere Hand zur Stabilisierung* nehmen. *Ist alles unauffällig? Shit, geht nicht. Nochmal. Oder jetzt? Bekomme ich den richtigen seitlichen Winkel hin?* Eine Zehntelsekunde später brach das Chaos aus und Bergmann rettete sich schnell Richtung Ausgang. Gespannt, aber vorgewarnt, schaute er von dort zu, was passierte. Der Lärm war ohrenbetäubend. Er empfand richtige Genugtuung, als er die total verängstigten Gesichtszüge von von Haasen sah. Dieser wurde vom Stapler geschleudert. Mohring sprang ungläubig mit großen Augen hoch. Die Situation konnte er so schnell nicht analysieren. Er verstand zunächst nicht, was passierte, versuchte dann an den diversen Rechnern auf den Tischen etwas auszurichten. Aber drei der vier Bildschirme waren blau. *Fatal error, schade,* murmelte Bergmann vor sich hin und ging weiter in Deckung. Ein Hochregal knickte zusammen und begrub von Haasen unter sich. Blut spritze hoch und er konnte einen lauten spitzen Schrei hören. Es blitzte und donnerte in der Halle, die durch ihre Bauweise alles Getöse nochmals verstärkte. Bergmann schaute in die Runde und lies dabei unauffällig die Laserlampe in seiner Tasche verschwinden.

Alle Gesichter waren total verzerrt, die Münder standen offen, die Augen waren weit aufgerissen. Keiner wusste, was hier los war. Keiner konnte in diesem Moment die Lage einschätzen. Eigentlich war nur ER darauf vorbereitet und lief schnell nach draußen, holte sein Mobiltelefon aus der Jackentasche und rief mit 112 den Notarzt. An der Tür sah er die interne Notrufnummer von InfoLogis.

„Hallo, mein Name ist Zven Bergmann von der Firma Curafox. Auf dem InfoLogis Geländer in der Innovationshalle ist ein schwerer Unfall mit Personenschaden passiert. So wie ich es beurteilen kann, besteht akute Einsturzgefahr von einigen Hochregalen."

„Ok, verstanden. Wir leiten den Notruf sofort weiter und informieren unsere Security und Sicherheitsschutzgruppe.

Wenn sie in Sicherheit sind, bleiben sie wo sie sind. Sind andere Personen gefährdet?"

„Nein, wir stehen abseits am Tor. Es sind ungefähr fünfzehn Personen."

„Ok, verstanden. Nehmen sie vorsichtshalber einen Feuerlöscher zur Hand, der in jedem Eingangsbereich hängt."

„Ok, und noch was. Die Batterie des Gabelstaplers hat Schaden genommen und entlädt sich durch Lichtbögen."

Bergmann legte auf. Er hatte die Situation sehr abgeklärt vorgetragen. Der Plan seines eigenen Projektes APTIL hatte funktioniert.

*****

Eine Gefahrensirene erklang mit schrillen kurzen Tonstößen. Die Halle und das Gelände wurden mit gelbem blinkendem Warnlicht ausgeleuchtet. Nachdem die Betriebsfeuerwehr alles abgesperrt und die Einsturzgefahr geprüft hatte, wurde die Batterie des Gabelstaplers mit einem Sprühstrahl heruntergekühlt. Nach einer langen Viertelstunde durften die Sanitäter in die Halle. Teile der Halle sahen aus, wie nach einem Erdbeben. Überall lagen Teile durcheinander. Es roch nach Verbranntem. Und es war nun totenstill, bis nach kurzer Zeit die Sirene des Notarztwagens zu hören war. Der Notarzt und der Rettungsdienst der Johanniter konnten nur noch von Haasens Tod feststellen.

Habe ich das gewollt? Habe ich die Ausmaße des Unfalls vorausgesehen? Nein, aber der Zufall wollte es so. Es war die schicksalhafte Vergeltung Gottes. Auge um Auge, Zahn um Zahn Nun fühlte er sich gut. Seine Work-Life-Balance hatte sich endlich wieder eingependelt. Diese geniale Idee war gleichzeitig sein *work* und sein *life.* Er hatte keine Gewissensbisse. Er fühlte keine Reue. Dieser Anschlag war sein persönliches Projekt APTIL und er war damit zu einem erfolgreichen Ende gekommen. APTIL 2.0: einmal Rache für die Vergewaltigung von Sylvia und einmal wegen der Demütigungen, die er ertragen musste. Keine Barmherzigkeit, warum auch? Null Toleranz bei solchen Verstößen. Von Haasen, der Blender, hatte seinen Abnahmetest nicht bestanden und das Zeitliche gesegnet. Er empfand keine Trauer. Ein zynisches: *tilt, game over,* lächelte er in sich hinein. Nur um Chrissy tat es ihm leid. Er sah, wie sie weinte und verzweifelt hin- und herlief. *Schade.*

Die Polizei erschien und dokumentierte alle Details des Unfallortes mit Skizzen und Fotos. Kommissar Markus Bremer interviewte nacheinander alle Anwesenden und machte sich intensive Notizen.

Bremer rief zu der Gruppe. „Bleiben sie bitte ruhig und an ihren Plätzen. Wir benötigen von ihnen allen eine Aussage und ihre persönlichen Daten. Das wird etwas dauern. Meine Kollegen kommen nun direkt auf sie zu. Wer hat die Feuerwehr und den Notarzt informiert?"

Bergmann hob seine Hand und ging auf Bremer zu.

„Das war ich", sagte er mit stolzem Unterton. Er konnte sich auszeichnen, da er so schnell und richtig mit dem Notruf reagiert hatte. Leider war die Situation dann doch nicht zu ändern gewesen.

*****

Lavin Judy kam ursprünglich aus Syrien und war eine ausgefuchste Journalistin. Eigentlich fühlte sie sich bei der Fulda Post nicht richtig aufgehoben. Immer dieser ganze lokale Quatsch. Die richtig großen Themen wurden von anderen geschrieben oder von *dpa* zugekauft. Ihre schwarzen Knopfaugen hatte sie mit Lidschatten unterlegt und die Lippen immer auffällig rot geschminkt. Ihr nettes Aussehen half ihr in manchen Situationen. Sie hatte einen guten Deal mit einem Polizeimitarbeiter gemacht, der sie immer mit ein paar Sonderinfos versorgte. So konnte sie überleben im Haifischbecken. Aus Informationen sehr schnell eine Story machen, darauf kam es an. Und dann diese Welle reiten. Ihr Steckenpferd war eher Technologiejournalismus. Der Chefredakteur der Fulda Post hielt aber wenig davon. Pro Monat konnte Lavin in ein paar Ausgaben einige fachlich angehauchte Berichte unterbekommen. Aber das war es dann auch schon.

„Was ihr in Deutschland schon alles erfunden habt. Nicht nur das Auto, sondern den Plattenspieler, das Röntgen, die Zahnpasta, das Tonband, die Magnetschwebebahn, MP3 und vieles mehr. Sogar den Computer.", sagte sie über den Schreibtisch zu ihrem Bürokollegen.

„Ja, früher war alles besser. Und auch noch die Currywurst und den Dübel. Und die Stollen beim Fußballschuh nicht zu vergessen", antwortete er. „Komm, ich habe Hunger auf ein zweites Frühstück, lass uns in die Bude runtergehen."

Lavin ließ sich von ihrem Gedankengang nicht so schnell abbringen.

„Weißt Du eigentlich, dass es bis zur Nutzung von fünfzig Millionen Menschen beim Auto zweiundsechzig Jahre gedauert hat? Beim Fernseher dauerte dies nur noch zweiundzwanzig Jahre und beim Internet noch sieben Jahre. Aber das Spiel Pokemon Go spielten fünfzig Millionen Menschen nach neunzehn Tagen. Menschen können exponentielle Entwicklungen überhaupt nicht einschätzen. Wir leben in einem Technik-Tsunami, ist doch der Wahnsinn. Stell dir mal vor, Hitler und Göbbels hätten Facebook gehabt."

Lavin angelte nach ihrer Jacke und ließ nebenbei den Frequenzscanner mitlaufen. Leise und im Hintergrund hörte man im Büro immer den Polizeifunk ab. Lavin konnte sich ja auch nicht darauf verlassen, dass die Presse mal offiziell gerufen wurde. Das Abhören war zwar verboten und mit dem zukünftigen digitalen Polizeifunk würde es aufwändiger, aber hier in der Provinz konnte Lavin mit dem handlichen Scanner fünfundachtzig Kanäle in diversen Frequenzbereichen mit hoher Geschwindigkeit durchsuchen. Sie drehte auf einmal am Lautstärkeknopf und hörte von einem Unfall bei InfoLogis. Natürlich kannte sie InfoLogis und insbesondere die Innovationshalle in Fulda. Sie hatte darüber schonmal einen interessanten Bericht geschrieben.

„Kommst Du mit? Bei InfoLogis ist was los. Irgendein Unfall. Ich fahr mal hin. Dann musst du den Burger alleine essen."

Lavin fuhr nach fünfzehn Minuten auf das Hallengelände und sah die vielen Blaulichter. Sie konnte das ganze Durcheinander nutzen, um sich durch die Absperrung zu mogeln und lief auf die andere Seite der Halle. Gut, dass sie sich noch etwas auskannte. Sie konnte durch das geöffnete Hallentor sehen und machte diverse Fotos. Mit der fünfzig Millionen Pixel Digitalkamera brauchte sie bei den hohen ISO Werten auch keinen Blitz. Sie zoomte heran und erkannte das ganze Chaos und einen Toten, dessen rechter Arm in einem Handschuh steckte und nach oben gerichtet war. Sofort hatte Lavin das gute Gefühl, dass sie hier ihre Chance bekam.

Sie ging zurück zum Auto und wartete zwei Stunden ab, bis sich die ganze Gesellschaft auflöste. Die Feuerwehr wurde von der Polizei instruiert alle Absperrungen nochmal zu prüfen.

Lavin ging auf eine kleine Menschengruppe zu und stellte sich vor. Alle hatten noch panische Gesichtszüge und sie verspürte, dass keiner über den Vorfall sprechen wollten. Lavin schnappte nur ein paar Stichworte wie Curafox, Stapler, Kamera, VR-Brille auf. Hier schien es nicht nur um einen Unfall zu gehen. Sie sprach einen etwas abseitsstehenden Mann an. Er wiegelte zwar ab, aber sie steckte ihm ihre Visitenkarte zu. Für ein paar Hintergrundinfos würde sie auch etwas bezahlen, ließ sie ihn wissen.

Es dauerte nur einen Tag und dann meldete sich ein gewisser Zven Bergmann bei ihr am Telefon.

Kapitel 9. Der Projektnachlauf

Der Staatsanwalt gab die Leiche nach acht Tagen frei. Der Eintritt des Todes und die Ursache waren einwandfrei von allen Zeugen einvernehmlich bestätigt worden. Julian, der ältere Bruder von Niklas von Haasen wurde nach dem Unfall sofort informiert. Er war geschockt. Nun musste er die Beerdigung seines jüngeren Bruders organisieren. Die Eltern waren vor vier Jahren bei einem Autounfall in Spanien tödlich verunglückt. Lag auf der Familie ein Fluch? Und warum gerade jetzt, wo Niklas so gut drauf war. Anscheinend kam er in der Firma weiter. Seine finanziellen Sorgen hatte er irgendwie lösen können und dann hatte er mit Chrissy eine wirklich tolle neue Frau kennengelernt. Julian war sogar manchmal auf seinen Bruder eifersüchtig. So viel Glück auf einmal. Niklas kam ihm im letzten halben Jahr wie ausgewechselt vor. Früher hatten sie diverse Meinungsverschiedenheiten. Es ging auch immer um das Erbe der Eltern. Niklas wollte damals das Elternhaus sofort verkaufen, da er dringend Geld brauchte. Julian war dagegen und hatte sich durchgesetzt. Aber die Arbeit mit dem Erbe blieb auf ihm sitzen. Nun ging das schon wieder los.

Die Organisation der Beerdigung übernahm ein Institut. Niklas war nicht gläubig gewesen, aber auch nicht aus der Kirche ausgetreten. Er sollte bei seinen Eltern im Familiengrab in Hannover bestattet werden. Die vielen anfallenden Entscheidungen bereiteten Julian enorme Kopfschmerzen.

Am 20. Oktober um zehn Uhr gab es einen kleinen Gottesdienst in der Friedhofskapelle. Die Kapelle platzte aus allen Nähten. Viele InfoLogis und auch Curafox Mitarbeiter waren gekommen. Freunde aus dem Sportverein und die entferntere Familie mit Onkel, Tanten und Cousinen. Vor dem Sarg stand ein großes schwarz-weiß Foto mit Trauerflor. Es wurde leise Musik gespielt und einige der andächtig sitzenden Gäste hatten Tränen in den Augen. Immer wieder hörte man ein Schluchzen.

Dr. Fehrenbach ging nach der Gottesdiensteröffnung durch die Orgel zum kleinen Altar und richtete das Mikrophon aus. Er sah in seinem schwarzen Anzug betreten in die Runde und räusperte sich. Er erkannte einige bekannte Gesichter. Auch Albert Gratz und sein Sohn Ben mit dem gesamten APTIL Projektteam waren gekommen.

„Lieber Herr von Haasen, liebe Familie, liebe Freunde und Arbeitskollegen. Wir sind heute zusammengekommen, um von unserem hochgeachteten Kollegen Niklas von Haasen Abschied zu nehmen. Wir beklagen seinen traurigen Tod in so jungen Jahren. Es war ein tragischer Unfall. Er war ein hoch angesehener Kollege, immer hilfsbereit und auskunftsfreudig. Als Teamplayer übernahm er gerne Verantwortung und ging voran. Ich selber habe mit ihm direkt und vertrauensvoll zusammengearbeitet. Er hatte enormes Wissen und sein Rat wurde von vielen eingeholt. Er leitete bis zuletzt unser wichtiges Projekt APTIL mit seiner ganzen Energie. Sein Tod hinterlässt nicht nur in ihrer Familie eine große Lücke. Nein, auch InfoLogis und besonders ich persönlich betraure den großen Verlust. Ihm stand nach dem Projektende eine große Karriere bevor. Ich hatte sogar die nächsten konkreten Schritte mit ihm besprochen. Es wird immer ein Geheimnis bleiben, was diesen Unfall ausgelöst hat."

Er wandte sich dem Sarg zu. „Lieber Niklas von Haasen. Wir erweisen dir heute die letzte Ehre. Wir werden immer an dich und deinen Elan und Mut denken. Du wirst uns allen ein Vorbild sein." Und nach einer schwer geatmeten Pause: „Du bist nicht mehr da wo du warst, aber du bist überall wo wir sind."

Damit setzte sich Fehrenbach wieder in die Stuhlreihe und es herrschte betroffene Stille, bis aus dem Lautsprecher *Der Weg* von Herbert Grönemeyer ertönte.

Der Trauerzug setzte sich zur Grabstelle in Bewegung. Chrissy, Julian und einige Freunde liefen direkt hinter dem Sarg her. Chrissy und einige andere hatte große dunkle Sonnenbrillen aufgesetzt, damit sie ihre Trauer nicht zur Schau stellen mussten.

Als letztes und ganz hinten reihten sich Zven Bergmann, Rainer und, mit Abstand, Sergey in den Tross ein, die von ihrem geheimen, aber gemeinsamen Ziel nichts wussten. Niklas von Haasen war ein Gejagter, ohne dass er dies je spüren musste. Er konnte keine Abwehrstrategie entwickeln und lief ins offene Messer. Drei gegen einen war nicht fair. Vermutlich hätte er nie eine Chance gehabt.

Bergmann fühlte keine Reue und keinen Schmerz. Für ihn war der Tod von von Haasen auch kein Verlust. Er hatte keine Gewissensbisse. Er machte eher das Schicksal dafür verantwortlich. Von der Beziehung zwischen von Haasen und Chrissy wusste er immer noch nichts. Nicht mal Andeutungen von Chrissy gab es dazu und mit Rainer hatte er darüber nie geredet. Diese intime Beziehung hätte seinen Entschluss auch eher bestärkt.

Ähnlich ging es Rainer, der auch keine richtige Trauer fühlte, dies aber bei der Beerdigung nicht zeigte. Er hoffte durch seine Anwesenheit auf eine neue Chance bei Chrissy. Vielleicht konnte er sie wieder zurückzugewinnen. Es schmerzte ihn, dass er Chrissy so abwesend und traurig erlebte. Sie war ihm auf der Beerdigung so nah, dennoch gefühlsmäßig weit entfernt.

Der Dritte im Bunde war Sergey, der sich innerlich richtig freute. Jemand hatte ihm die Arbeit abgenommen. Er hatte eh keine Beziehung zu seinem Opfer. Von Haasen blieb auch nur in seinen Gedanken ein Opfer. Ohne Tat, kein Vergehen.

Die kollektive Schuld wurde atomisiert.

Langsam schritten alle Trauernden am offenen Grab vorbei, hielten inne und warfen kleine Blumengestecke auf den heruntergelassenen Sarg. Julian und Chrissy gingen zusammen nach vorne und stützen sich gegenseitig. Sie konnte ein lautes Schluchzen nicht unterdrücken und war Julian sehr dankbar, dass sie nicht alleine vor dem Grab stehen musste. Die Tränen liefen ihr über die Wangen.

Niklas, warum musste das geschehen? Was haben wir übersehen? Hätte ich den Unfall vermeiden können? Wir haben so viel zusammen vorgehabt. Unsere Pläne - unsere Träume von Reisen, Lachen und gemeinsamen Freunden - sie sind alle geplatzt. Ich danke Gott dafür, dass ich dich kennenlernen und lieben durfte. Mach es gut und ich werde dich nie vergessen, mein Liebster.

Sie nahm aus der bereitgestellten Schale eine Handvoll Rosenblütenblätter und warf sie auf den Sarg, während Julian all seine Disziplin aufbringen musste, damit er mit einer kleinen Schaufel ein wenig Erde den Blütenblättern folgen lassen konnte. Er küsste einen kleinen mitgebrachten Teddybären, um den er sich früher mit seinem Bruder immer gestritten hatte und lies diesen in das schwarze große Loch fallen.

Good Bye Nicky. Jetzt lässt du mich alleine zurück.

*****

Die Polizei begann unverzüglich mit den Detailermittlungen. Es wurden noch einmal alle Zeugen befragt. Technische Experten der Polizei ließen sich die gesamte Projekt- und Testdokumentation geben, die sie in Rödermark bei Curafox abholten. Mittlerweile hatte sich auch ein Mitarbeiter einer Haftpflichtversicherung gemeldet.

Hauptkommissar Bremer saß mit seinem Team im nüchternen Besprechungsraum der Polizei zusammen und forderte von jedem, seinen Ermittlungsstand kurz vorzutragen.

„Wir sind die Projektakten mal durchgegangen. Es erscheint alles normal und plausibel. Es gibt aber eine sogenannte Claim Liste, da wurden Forderungen zusammengestellt, die Curafox später an InfoLogis stellen will", stellte ein Ermittler fest.

„Ja und? Was ist daran besonders?"

„Na ja, es taucht das Stichwort Sicherheitszertifizierung auf. Er wird geführt als CR 24."

„Ok. Interessant. Eventuell ein Hinweis auf einen Mangel. Lege mir das bitte mal auf den Schreibtisch. Ich werde bei diesem Projektleiter Bergmann mal nachfragen, was man darunter verstehen kann. Danke." Bremer wandte sich dem Kollegen Hallstein zu.

„Ich habe das Videomaterial zusammengetragen. Lasst uns gemeinsam nochmal abschließend drüber schauen", lud er alle ein. Sie klappten ihre Laptops auf und starteten den Beamer und einen weiteren PC. Einige versammelten sich vor den Bildschirmen und sahen sich das Videomaterial an.

„Hier sind die Aufzeichnungen der sieben verbauten OnBoard Kameras. Man kann von Haasen nicht sehen, sondern nur die Hochregale und Flure. Aber hier, parallel dazu, sind die Befehle zu sehen, die das Opfer selber über den Steuerhandschuh gegeben hat", analysierte Kommissaranwärter Till Hallstein. In einem zweiten Fenster wurden analog zum Bild, die jeweiligen Befehle dargestellt. Mit einiger Übung konnte auch die Polizei die kryptischen Befehle entschlüsseln.

„Oh Mann, der hat aber wohl richtig Spaß gehabt."

Wenn die Software auf dem Bildmaterial Gegenstände oder Personen identifiziert hatte, wurden diese durch einen blinkenden roten Kasten eingerahmt, der dem Gegenstand im Video folgte. Im anderen Fenster konnte Bremer die Reaktion des Staplers auf die identifizierte Situation in einem Fenster verfolgen.

„Sind denn auch Personen zu sehen?" fragte Bremer seinen Kollegen Hallstein.

„Ja, manchmal im Hintergrund. Zum Ende fuhr von Haasen Richtung Gruppe. Hier - kommt jetzt. Warte. - Da stehen alle am Rand der Halle. Und dann wird es kurz hell. Wahrscheinlich leuchtet ein Scheinwerfer in die Kamera. Dann fängt der Roboter an zu tanzen und dann ist alles schwarz. Damit sind die Videos beendet."

„Hat die Helligkeit eventuell etwas mit dem Unfall zu tun?"

„Nee, die Halle ist doch gleichmäßig ausgeleuchtet gewesen. Bei dem Tesla Unfall vor zwei Jahren war es ja eine weiße Plane eines LKWs, die nicht erkannt worden war. Aber hier gab es ja keinen hellen Gegenstand, mit dem der Roboter kollidiert ist."

„Gibt es noch weiteres Material von Überwachungskameras oder anderen Sensoren? Die Halle war doch gespickt mit High Tech."

„Ja, hier sind die zwei Aufzeichnungen von Videokameras, die die gesamte Hallenseite gefilmt haben. Aber mir ist nichts aufgefallen."

„Nun mal langsam. Bevor uns der Staatsanwalt doofe Fragen stellt, gehen wir den Mittwochmorgen noch einmal Schritt für Schritt durch", belehrte Bremer seinen Kollegen Hallstein.

„Was haben wir an Informationen? Wir haben die Auswertung der Server- und Telefonprotokolle, die Aufzeichnungen der Gabelstaplerkameras und zwei Hallenkameras", analysierte Bremer. „von Haasen und diese Christine Ziegler treffen am 2. Oktober im Hotel ein und übernachten in zwei Einzelzimmern. Bezahlt wurden diese noch nicht. Sie gingen oder fuhren morgens gegen 8 Uhr 30 rüber in die InfoLogis Halle. Die Firmenausweise wurden um 8 Uhr 44 durchgezogen. Die Curafox Gruppe war mit einem Auto angereist und alle haben um 8 Uhr 25 eingecheckt. Die Besucherausweise wurden vom Sicherheitsdienst ausgegeben. Christine Ziegler geht in die Halle und von Haasen geht in ein Büro im ersten Stock. Um 8 Uhr 59 tritt er aus dem Büro auf diesen Balkon. Das zeigen die Videoaufzeichungen der Kamera zwei. – Hier."

„Ja, hier geht er die Treppe herunter und auf die Gruppe zu."

„Um 9 Uhr 12 checkt er sich im System ein und sitzt hier auf dem Stapler. Dann muss er irgendwo rumgefahren sein, dass zeigen dann nur die Kameras auf dem Stapler. Das hatten wir ja gerade schon gesehen. Der Stapler fährt halb autonom, das heißt er erkennt die Umgebung, wird aber durch den Datenhandschuh von von Haasen gesteuert. Manchmal greift die Software korrigierend ein."

„Er kommt um 9 Uhr 24 wieder in das Bild der Kamera eins. Um 9 Uhr 25 und 32 Sekunden wird es kurz hell. – Hier auf dem Video zu sehen," zeigte Hallstein mit dem Finger auf den Bildschirm.

„Keine Ahnung, ob alle Kameras die gleiche Zeit anzeigen. Aber gehen wir mal davon aus."

„Um 9 Uhr 25 und 34 Sekunden schalten die sieben Kameras des Staplers ab. Hier sieht man, dass der Stapler anfängt zu tanzen und von Haasen muss sich festhalten."

„Kamera eins zeigt hier, dass …, ist das Mohring? Ja, also dass dieser Mohring zum PC läuft."

„Die PCs stürzen laut Logfile um 9 Uhr 25 und 35 Sekunden ab."

„Schade, dass von Haasen aus dem Bild der beiden Hallenkameras gefahren ist. In den nächsten Minuten muss er mit dem Regal kollidiert sein. Wann kam der Anruf bei der Notrufzentrale an?"

„Warte mal", Hallstein blätterte in einer Akte. „Genau um 9 Uhr 27. Die Sekunden stehen hier nicht. Aber das wären dann auch zu viele nicht synchronisierte Uhren."

„Warum kam denn die Betriebsfeuerwehr von InfoLogis, wenn Bergmann die 112 wählt?"

„Entweder der Anruf wird von der örtlichen Mobilfunkzelle sofort weitergleitet, oder die Leitstelle gibt entsprechende Infos an die Betriebsfeuerwehr. Das ist in Deutschland so geregelt."

„Ok. Also ist der Unfall ab 9 Uhr 26 passiert. Das zeigt auch ungefähr die zertrümmerte Uhr von von Haasen. Die ist um 9 Uhr 25 stehengeblieben. Vermutlich ist die etwas nachgegangen. War ja eine teure Mühle Glashütte mit Handaufzug."

„Hmm, eine Minute dreißig für das Tänzchen, das Herabstürzen und dem Notruf. Gehen wir mal davon aus, dass das Tänzchen weniger als eine Minute dauerte. Also mit dem Regaleinknicken zusammen eine ganze Minute. Dann hat dieser Baumann …."

„Bergmann."

„Was?"

„Bergmann heißt er."

„Ok, dann hat dieser Bergmann seinen Schreck in circa dreißig Sekunden überwunden und konnte klar und ohne Aufregung den Notruf 112 absetzen. Obwohl zudem noch ein Schwelbrand drohte. Eigenartig."

„Vielleicht waren es auch ein paar Sekunden mehr."

„Ja, ok, aber sicherlich unter einer Minute. Er konnte nicht wissen, dass er selber nicht in Gefahr war, hörte noch Schreie, ist nach draußen, suchte sein Handy und wählte die Notrufnummer."

„Gute Leistung. Wenn doch alle Ersthelfer nervlich so resolut wären. Seine aufgezeichnete Stimme auf dem Band war ruhig und konzentriert. Schon ungewöhnlich, wenn jemand unmittelbarer Zeuge eines solch heftigen Unfalls wird."

„Ja, es ist zwar irgendwie komisch, aber nicht unlogisch."

„Wir wollten ja auch nur ausschließen, dass jemand beispielsweise auf von Haasen geschossen hat oder einen Anschlag verübt hat."

Sie rücken beide mit ihren Stühlen weiter zusammen und ließen die Videos nochmals ablaufen.

„Dieser Mohring nimmt noch den Feuerlöscher von der Hallenwand und läuft zum Unfallort."

„Vermutlich wusste er nicht, dass das bei Batterien nicht viel bringt und sogar gefährlich werden kann. Er kann einen Stromschlag bekommen. Ich habe mich mit der Feuerwehr ausgetauscht. Die vielen tausend Zellen enthalten einen flüssigen Elektrolyt, dies spielt das Leitmedium zwischen dem positiv und dem negativ geladenen Teil in der Batterie. Daher sind die Batterien auch so schwer. Die verletzten Zellen werden heiß, platzen und es entsteht ein unkontrollierbarer Brand, der nicht gelöscht, sondern nur gekühlt werden kann, bis sich der Strom entladen hat."

„Vielen Dank für die Aufklärung und die Nachhilfe in Sachen Elektromobilität. Schreibe bitte mal den genauen zeitlichen Ablauf in das Protokoll für den Staatsanwalt."

Beide schauten wieder auf den Monitor.

„So, die Personen von InfoLogis und Curafox standen alle am Rande der Halle zusammen. Da gab es keinen Anschlag, Das hätten wir auf dem Video gesehen. Es sei denn, es gäbe noch einen großen Unbekannten im Hintergrund. War die Software fehlerhaft?"

„Das wird dir keiner sagen können. Erstens ist es ein System der künstlichen Intelligenz, was selbstlernend ist und sich immer verändert. Zweitens wurde es in Indien entwickelt. Und Drittens sind alle Testprotokolle, und das sind über tausend, positiv abgezeichnet. Vorsatz fällt hier aus."

„Bei KI setzt es auch bei unseren Experten aus." Bremer lehnte sich zurück und faltete seine Hände hinter seinem Kopf. Er dehnte seinen Rücken auf dem Bürostuhl und schloss kurz die Augen. Dann sah er seinen Kollegen mit einem leichten Lächeln an.

„Ich habe letzte Nacht geträumt, es würden alle Politiker in einem KI-System geführt. Das System wählt dann anhand von festen Kriterien, den besten Kanzlerkandidaten aus und fährt sofort auch alle Kampagnen in sozialen Netzen hoch. Wahlslogans, Sprechzettel und alles Dazugehörige werden automatisch vom System kreiert. Alle Argumente für Interviews werden ausgewählt. Wir Bürger können bei der Wahl zwar noch unser Kreuz machen, aber eigentlich ist schon alles vorherbestimmt. Wir wissen es nur noch nicht."

„Witziger Traum, aber so könnte es noch kommen. Das wäre die Pseudo-Demokratie und keiner merkt es."

„Demnächst schnappen wir auch die Täter, bevor sie eine Straftat begangen haben."

„Predictive Policing heißt das. In Chicago gibt es dazu schon Versuche. Es gab hier bei uns vor ein paar Wochen einen interessanten Vortrag dazu."

„Dann werden wir bald alle umgeschult. Wir verhindern nur noch Straftaten und brauchen sie nicht mehr aufklären."

„Und vielleicht werden die Chefs bei der Polizei auch bald durch ein KI-System bestimmt."

Bremer und Hallstein mussten beide schmunzeln. Diese fremde Welt war einerseits so weit weg. Trotzdem hatten beide das Gefühl, von der Zukunft ganz schnell eingeholt werden zu können.

„Und? Gibt es noch einen großen Unbekannten. Was sagt sein Umfeld? Familien, Freunde, Nachbarn?"

„Alles was ich rausgefunden habe ist negativ. Es gibt auch keine Indizien am Unfallort."

Die weiteren Auswertungen der Testberichte und Datenprotokolle ergaben nichts Neues. Auch die Räume der Curafox AG und die Büros von Albert und Ben Gratz wurden durchsucht. Es ergaben sich keine Anhaltspunkte oder Indizien zu einem vorsätzlich herbeigeführten Unfall. Die Polizei bestätigte, dass Curafox ebenso geschädigt war, wie natürlich der Tote von Haasen. Einen Grund oder eine bessere Beweislage, wie es zu dem Unfall kam, fand die Polizei rund um Hauptkommissar Bremer nicht.

Da von Haasen selber auf dem Stapler gesessen hatte, der eigentlich autonom fahren sollte, ging Bremer zunächst davon aus, dass von Haasen selber die Befehle, die zum Unfall führten, gegeben hatte. Er saß ja selber am „Steuer", obwohl es ein Steuerknüppel oder Lenkrad so konkret nicht gab.

*****

Dr. Fehrenbach hatte sich etwas früher aus dem Büro verabschiedet, da er noch eine Runde Laufen gehen wollte. Er hatte ein paar schöne Laufrunden durch den Wald und an der Leine entlang. Am Fluss konnte er am besten abschalten und seine Gedanken sortieren. Danach plante er die restlichen E-Mails von zuhause aus abzuarbeiten. Gerade hatte er sich um- und seine Laufschuhe angezogen, als sein Handy klingelte.

„Hallo Doktor. Hier ist Sergey. Ich wollte mich nochmal in Erinnerung bringen. Ich habe noch keinen Geldeingang registriert. Auf der Beerdigung war ja keine Zeit."

Fehrenbach war irritiert. Der Ukrainer hatte ihm jetzt gerade noch gefehlt. Und Gott-sei-Dank hatte er ihn auf der Beerdigung nicht angesprochen. Fehrenbach war sowieso verärgert, ihn dort gesehen zu haben. Ein völlig unnötiges Risiko.

„Sergey. Wo hast du gesteckt? Was ist passiert?" Fehrenbach spielte den Unwissenden und Erstaunten.

„Auftrag ausgeführt."

„Na ja, so nicht. Es war ein Unfall."

„Ja, ich bin halt Experte für Notlagen und Unfälle. Also wann?"

„Da gibt es aber nur die Hälfte."

„Nix, Auftrag ist Auftrag. Das Resultat ist perfekt. Also wann? Oder soll ich vorbeikommen?"

„Zwanzig jetzt und die zehn, wenn wir mit der neuen Lieferung beginnen können."

„Wann soll das sein? Morgen? Doktor, ich bin wahnsinnig ungeduldig. Und die Fabrik in der Ukraine auch."

War das eine versteckte Drohung?

„Ok, lass gut sein. Wir sind Partner. Wir treffen uns am Sonntagnachmittag am alten Grenzerhäuschen. Komm aber alleine."

Fehrenbach musste durchatmen. So zuverlässig Sergey und seine Kumpanen waren, er wollte es sich mit denen nicht verscherzen. Und er hatte ja auch recht. Das Resultat war 1A.

*****

Die Polizei ermittelte nun auch noch im privaten Umfeld von von Haasen. Da er alleinstehend war, wurde seine Wohnung durchsucht. Die Polizei fand Reste von Kokain. Keine großen Mengen, aber fahrtüchtig wäre man damit nicht gewesen. Sein PC und Tablet mit den Inhalten und dem Browserverlauf wurden auch analysiert.

„Sieh mal einer an", sagte Hauptkommissar Bremer zu seinem Kollegen Hallstein, als er den Analysebericht in den Händen hielt. „So ganz unschuldig ist unser Opfer nicht. Kokain in der Wohnung und hier", er zeigte auf den Bericht, „unsere Techniker haben die Festplatte des Laptops wiederhergestellt. Auf dem gelöschten Teil der Festplatte gab es Videos und Fotos von einer Lagerhalle. Die Kollegen meinten, wir sollen uns das mal näher ansehen."

Er startete seinen PC und sah sich die Bilder und das Video an. Die Sprachnachricht mit einem Dialog von von Haasen mit sechs Lagerarbeitern zusammen mit den Bildern, die Zigarettenstangen zeigten, machten ihn misstrauisch.

„Was soll das heißen? Hat von Haasen Zigaretten schmuggeln lassen oder ist er InfoLogis auf die Schliche gekommen? Dann könnte er jemanden damit erpresst haben. Und derjenige hätte ein Motiv gehabt, ihn umzubringen. Immerhin kommen bei bandenmäßigem Schmuggel schnell einige Millionen zusammen. Ein einträgliches Geschäft. Jungs, diese neue Spur müssen wir auch verfolgen."

Nachdem Bremer vom Staatsanwalt die Freigabe hatte, konnte die Polizei auf die Bank zugehen und die Informationen zu den Konten bekommen. Dadurch stieß er auf diverse Aktiengeschäfte und den stark schwankenden Kontoverläufen von von Haasen. Das Konto war durch ausgelaufene Optionsverträge von Curafox laut Aussage der Bank prall gefüllt und im sechsstelligen Bereich.

„Sehr dubios. Oder besser, sehr abgeklärt. Von Haasen hat auf den Untergang von Curafox spekuliert", fasste Bremer die neuen Informationen zusammen.

Bremers Team ermittelte weiter in alle Richtungen. Im Team sprachen sie alle neuen Möglichkeiten durch, da der Unfall doch immer eigenartiger wurde.

„Erpressung? Aber wie passte das zum Unfallhergang? Kann es nicht auch Selbstmord gewesen sein? Die Lebensversicherung war auf von Haasen ausgestellt. Das macht keinen Sinn. Und als depressive Person wurde er von niemanden dargestellt."

„Oder zumindest Fahruntüchtigkeit wegen Drogenkonsum? Und auffällig waren auch die Frauenunterwäsche und die Sexspielzeuge in von Haasens Wohnung. Es hat sich aber keine Frau gemeldet. Die Nachbarn haben wohl den Damenbesuch mitbekommen, können aber keine ausreichend detaillierte Beschreibung machen. Wie oft in diesen anonymen, aber teuren Wohnanlagen."

„Vielleicht war es ja auch eine Edelprostituierte, die mit Kokain regelmäßig zu Besuch kam."

„Die Mobilnummern auf seinem Handy zeigen nur regelmäßige Anrufe an InfoLogis und Curafox Mitarbeiter. Nicht ungewöhnlich bei so einem Projekt und in der damaligen Projektphase."

Bremer und sein Team hatten die Situation noch nicht vollständig durchdrungen. Es blieben zu viele offene Enden. Der von den Zeugen geschilderte Unfall passte nicht zur Lebensweise des Opfers. Bisher jedenfalls nicht.

*****

„APTIL hat uns fast ruiniert", stellte Albert Gratz im engen Managementkreis fest. „Hoffentlich kann die Polizei uns nichts am Zeug flicken. Dann springt wenigstens unsere Produkthaftungsversicherung ein. Allerdings nur für einen Teilschaden."

Gratz sah sein ganzes Lebenswerk davonschwimmen. Sollte von Haasen dahinterstecken? Womöglich wollte er nur einen Unfall simulieren.

„Die Nachricht ist auf dem Markt raus. Die lokale Presse in Fulda hat den Vorfall sofort mitbekommen. Diese Reporterin hat sich ja richtig reingefuxt. Dann hat sich schnell ganz Deutschland bei dem Thema autonomes Fahren darum gerissen. Ich habe jede Presseanfrage bisher abgelehnt. Unser Aktienkurs ist um 40% an drei Tagen gefallen. Wir können von vorne anfangen." Er hielt kurz inne und musste sich die Nase säubern. Gratz wurde immer kurzatmiger und stand kurz auf um das Fenster zu öffnen. Die frische Luft tat ihm gut. So aufgelöst hatte Ben Gratz seinen Vater noch nie erlebt. Er wollte und musste nun Führung zeigen.

„Wir müssen versuchen, dass wir jede negative Nachricht zu ROSE-Co verhindern. Sonst können wir ganz einpacken. Lasst uns das immer als einen internen Unfall eines Kokainabhängigen darstellen. Immer und immer wieder. In allen Pressemeldungen und Interviews. Ist das allen klar?" Er wartete nicht auf eine Antwort bei dieser Suggestivfrage.

„Unser Rechtanwalt wird ein Wording an alle im Management verschicken. Daran hat sich jeder zu halten. Jetzt ist Krisenmanagement angesagt. Unsere Kunden vertrauen uns, und das ist unsere Währung. Also, wir sind zwar in den Staub gefallen. Aber aufstehen, Krönchen richten und weiterlaufen", machte Ben Gratz der Mannschaft und sich selber Mut.

*****

„Hi Albert, this is Tom from WhiteStone. How are you? What the hell ist los in Germany? Habt ihr das Projekt an die Wand gefahren? I can´t believe it."

„Hi Tom. Wir haben alles im Griff. Kein Grund zur Panik. Die Polizei untersucht den Unfall. Scheint ein kokainabhängiger Mitarbeiter von InfoLogis verursacht zu haben. Unser Produkt ROSE-Co ist top. Wir haben keine Schuld. Das hat uns die Polizei bestätigt."

„Alles möglich und ich glaube dir. Aber da bleibt was hängen. Wir sind in den letzten Monaten defensiv eingestiegen und der Kurs ist nun im Keller. Das besorgt uns sehr. Macht unser Investment noch Sinn? Wir überlegen eine totale Übernahme. Denk drüber nach. Wir sollten in zwei Wochen nochmal telefonieren. Ich komme in vier Wochen nach Deutschland. Wir besprechen dann alle Details. Bye and so long." Tom legte auf, ohne eine Antwort abzuwarten.

CEO Gratz war entsetzt. Wenn WhiteStone jetzt auch noch verkauft, dann geht der Kurs weiter runter und die Banken in Deutschland werden nervös, analysierte er beunruhigt. Diese Todesspirale machte dann auch bei den Mitarbeitern nicht halt. Shit, wir waren so gut unterwegs und nun all das.

Er verspürte ein leichtes Ziehen in der linken Brusthälfte.

*****

Mit der ausgegebenen Standardpressemeldung ließen sich die Nachrichtensender nicht abspeisen. In der Stellungnahme wurde das ältere Pressefoto von Albert Gratz mitgeschickt, auf denen er im modernen hellen Treppenhaus, die Arme vor der Brust verschränkt, als Top-Manager mit wissendem Lächeln stand. Seine Berater aus dem Marketing drängten ihn nun zu einer aktiven Vorwärtsstrategie. Wegducken würde in der Pressewelt nur negativ ausgeschlachtet. Gratz war dagegen, bis immer öfter die Reporter auf der Curafox gegenüberliegenden Straßenseite ihre kurzen Berichte einer Kamera mitteilten. Schließlich willigte er zu einem Interview vor der Kamera ein, nachdem ihm von N-TV der Fragenkatalog vorab zur Prüfung und Vorbereitung zugeschickt worden war.

„Mein Name ist Richter von der N-TV Börse and News. Vielen Dank Herr Dr. Gratz, dass sie sich dem kurzen Interview zur Situation von Curafox stellen. Nicht nur unsere Zuschauer, sondern das ganze Land haben großes Interesse an dem Fall und möchten einige Hintergrundinformationen aus erster Hand erfahren. Wenn sie bereit sind starten wir." Zu seinem Kollegen gewandt: „Ton ok? Licht ok?." Er schritt nochmal kurz mit einem Tupfer auf Gratz zu und puderte die kleinen Schweißperlen von der Stirn. „Gegen die glänzenden Reflexe," erklärte er. „Also erst komme ich in der Totalen, dann Schwenk auf Dr. Gratz. Nach meinem Zeichen zum Ende, geht die Kamera auf das Fenster und zeigt den Blick in den Odenwald. Na dann – Go."

Albert Gratz nickte, als ihm der Journalist das Mikro hinhielt und setzte sich entspannt aber aufrecht an den Konferenztisch.

„Also, starten wir. 3-2-1: Ich befinde mich hier in der Zentrale der Curafox AG im Süden von Frankfurt. Curafox ist einer der führenden Hersteller von Software der künstlichen Intelligenz für das autonome Fahren. Der CEO und Gründer

Dr. Gratz stellt sich unseren Fragen." Es folgte eine kurze Atempause mit dem Kameraschwenk. „Herr Dr. Gratz, ihr Unternehmen Curafox ist an einem tragischen Unfall in einer Logistikhalle beteiligt, über den wir schon berichtet hatten. Wie geht es ihnen persönlich?"

„Sie sagen es. Ein tragischer Unfall ist geschehen. Ich spreche der ganzen Familie des Herrn von Haasen von ganzem Herzen im Namen der Curafox AG unser Beileid aus. Noch sind die Umstände des Unfalls nicht ganz klar und die Polizei ermittelt. Danke der Nachfrage, aber mir persönlich geht es gut, obwohl wir alle noch schockiert sind."

„Inwieweit ist ihre KI-Software ROSE-Co an dem Vorfall beteiligt gewesen?"

„Wie ich schon sagte, zurzeit laufen die Ermittlungen. Wir gehen im Moment davon aus, dass uns keine Schuld trifft. Technisches Versagen des Staplers, der Steuersoftware oder auch andere Gründe im privaten Umfeld des Toten werden untersucht."

„Die Software ist in Indien entwickelt worden. Haben sie genug Vorkehrungen gegen solche Vorkommnisse und Qualitätsüberprüfungen vorgenommen?"

„Wir und die ganze IT-Industrie lassen Software in Indien entwickeln. Unsere eigenen Programmierer sind sehr erfahren und lassen sie mich hier betonen, dass unsere Tochter, die Curafox India, CMMI Level 5 zertifiziert ist. Dies ist ein sehr hoher Qualitätsstandard."

„Können sie Fehler in der Software ausschließen?"

„In jeder Software sind Fehler. Das liegt an der Komplexität der Materie. Ich kann aber ausschließen, dass Curafox und InfoLogis zu wenig getestet haben. Die über tausendfünfhundert Testfälle sind von beiden Parteien sorgfältig ausgeführt und dokumentiert worden. By the way, die Tests laufen nunmehr fast ein Jahr."

„Ist Software der künstlichen Intelligenz überhaupt beherrschbar. Kann sie sich nicht permanent selber weiterentwickeln? Man spricht auch von selbstmodifizierenden Programmen."

„Algorithmen werden von Menschen geschrieben. KI wird heute schon überall eingesetzt. Denken sie an unsere Wetterprognosen, den modernen Börsenhandel oder auch die intelligente Verkehrssteuerung. KI-Software muss dem Menschen dienen. Wichtig sind Transparenz, Datenschutz und Sicherheit. Wir haben dazu regelmäßige Audits durchgeführt."

„Curafox wurde als der neue Star im SDAX gefeiert und viele waren überzeugt, dass sie den Aufstieg in den MDAX schaffen. Wie können sie es sich erklären, dass ihr Aktienkurs so schnell abgestürzt ist?"

„Die ganze Welt schaut auf das Thema künstliche Intelligenz, was die Grundlage unseres neuen Produktes ist. Rückschläge bei innovativen Technologien wird es immer geben. An unserem Kursverlauf können sie sehen, wie stark das Interesse der Börsianer an dieser Technologie ist. Wenn sich der Unfall aufgeklärt hat, wird der Kurs wieder steigen. Wir sind ein gesundes Unternehmen."

„Curafox war ja führend auf dem Gebiet der KI. Warum ist das Interesse an der KI jetzt so groß?"

„Curafox ist führend. Sehen sie. KI gibt es schon seit den 60er Jahren. Aber heute erst ist die Rechenleistung erschwinglich. KI braucht eine enorme Rechenleistung für die schnelle Verarbeitung riesiger Datenmengen. Damals kostete ein Gigaflop[32] 145 Milliarden Dollar. Heute gibt es das für drei

---

[32] ein Gigflop sind eine Milliarde Rechenoperationen pro Sekunde (entspricht z.B. der Leistungsfähigkeit der Apple Watch 1)

Cent. Sie erkennen an diesem Beispiel den enormen Fortschritt. Unvorstellbar, nicht?"

„Haben sie Curafox nicht allzu einseitig in diese neue Technologie getrieben, ohne auch die Risiken zu bedenken?"

„Also von treiben kann keine Rede sein. Wir investieren dort, wo wir neue Märkte und Bedarfe sehen. Und dies sind für die Curafox AG heute zum einen KI und Logistik und zum anderen autonomes Fahren. Wir werden auf diesen Zukunftsfeldern weiterforschen und Anwendungen für den Markt entwickeln. Ich kann mir auch vorstellen, dass wir noch in Richtung Analyse von Röntgenbildern zur Entlastung der Radiologen forschen. Unser universeller KI-Kern ROSE gibt uns viele Freiheiten."

„Herr Dr. Gratz, aber vierzig Prozent Börsenkursabsturz in drei Tagen zeigt, wie nervös die Anleger reagieren. Hätten sie selber nicht viel früher in das Projekt eingreifen müssen, als sich das Desaster abzeichnete?"

„Die Nervosität wird nur kurzzeitig sein. Warten sie mal sechs Monate ab, da stehen wir wieder auf dem alten Level. Der Markt ist riesig und unser Potential diese Bedarfe mit unserem Produkt ROSE-Co zu befriedigen enorm. Wie schon gesagt: wir werden mit anderen Produktausprägungen auch noch in andere Märkte vordringen."

„Ist dies eventuell für sie ein guter Zeitpunkt zurückzutreten und ihrem Sohn oder einem Geschäftsführer von außen das Ruder zu übergeben? Übernehmen sie die Verantwortung für den Unfall?"

„Zur Nachfolgeregelung kann ich und werde ich keine Angaben machen. Wir werden die Presse informieren, wenn wir dies konkret planen sollten. Seien sie versichert, dass dies noch eine lange Zeit braucht."

„Vielen Dank Herr Dr. Gratz für dieses kurze Interview und ihre Stellungnahme zu dem Vorfall in Fulda. Wenn sie einverstanden sind, dann meldet sich N-TV in drei Monaten wieder bei ihnen." Er gab ein Zeichen des Endes und die Kamera schwenkte Richtung Fenster.

Dieser kleine miese Straßenköter. Erst schicken sie mir Fragen zur Interviewvorbereitung und dann kommt er mit anderen um die Ecke, dachte Gratz und lächelte sein Gegenüber an.

„Gerne."

*****

Hauptkommissar Bremer und sein Kollege Hallstein ließen nicht locker. Sie fuhren nach Rödermark und suchten Zven Bergmann nochmal in seinem Curafox Büro auf.

„Guten Tag Herr Bergmann. Wir haben noch ein paar Fragen. Wir sind auch gleich wieder weg."

Bergmann bot beiden einen Platz in seinem kleinen Büro an. Allerdings gab es an dem kleinen runden Tisch nur einen weiteren Stuhl, sodass sich keiner der Polizisten entscheiden konnte, sich zu setzen.

„Was gibt es denn noch?"

„Wir sind die ganzen Videoaufzeichnungen nochmal haarklein durchgegangen und haben sie zeitlich nebeneinandergelegt. Den Unfallhergang hatten sie uns ja schon geschildert. Ist ihnen sonst noch etwas aufgefallen? Irgendwas Eigenartiges? Was Überraschendes? Oder gab es fremde Personen in oder an der Halle, die sie gesehen haben?"

„Nein. Ich habe ihnen schon alles erzählt."

„Da ist noch was", schob Bremer ein. „Sie waren es doch, der den Notruf ausgelöst hat."

„Ja. Ich habe die 112 gewählt. Die Betriebsfeuerwahr kam dann sehr schnell. Die Batterie hatte sich auch entzündet."

„Wie kam es, dass sie so schnell reagiert haben? Wir haben uns auch nochmal die Aufzeichnung ihres Anrufes angehört. Ihre Stimme ist ruhig. Sie geben alle Informationen über den plötzlichen Unfall sehr sachlich weiter, obwohl sie gerade eben erst einen riesigen Crash mit einem Toten unmittelbar angesehen haben."

„Wenn sie das meinen. Ich bin halt so ein Typus. Vielleicht hat es damit zu tun, dass ich schon als Kind bei der Freiwilligen Feuerwehr angefangen habe. Ich bin da immer noch Mitglied. Wir trainieren so was ja und ärgern uns immer, wenn wir Anrufe bekommen, bei denen die Leute rumstottern und nicht alle wichtigen Dinge auf die Reihe bringen."

Bremer und Hallstein schauten sich an und gaben sich mit der Antwort zufrieden. Es schien plausibel.

„Dann haben wir ein Dokument gefunden mit Namen Claim Liste. Dort taucht ein Eintrag CR 24 mit Stichwort Sicherheitszertifizierung auf. Was hat es damit auf sich?"

„CR steht für Change Request, also Änderung zum Vertrag. 24 ist die laufende Nummer, die einfach hochgezählt wird. In der Ausschreibung hatte InfoLogis eine europäische Sicherheitszertifizierung des Systems gefordert. Aber wissen sie, wieviel so etwas kostet und wie lange das dauert? Das kostet locker hundertundfünfzigtausend Euro. Unser Vertrieb hat dies aus dem Angebot ausgespart und wir haben es nicht kalkuliert. Darauf haben wir auch hingewiesen. Von Haasen wollte dann aber darauf bestehen, dass wir die Zertifizierung durchführen. Ich hatte ihm gesagt, dass ich dafür ein separates Angebot als Change Request erstelle. InfoLogis müsste dies dann bestellen. Natürlich hätte das auch Einfluss auf den gesamten Zeitplan."

„Und haben sie bestellt?"

„Meines Wissens nicht. Es gab Streit darüber, wie es meist über Claims, sorry Änderungen, gibt. Ich habe an unser Management verwiesen."

„Hatte dann diese fehlende Zertifizierung irgendeinen negativen Effekt in Richtung Sicherheit?"

„Nein. Der Gabelstapler war als autonomes Fahrzeug konzipiert. Die Sicherheitszertifizierung wird dann notwendig, wenn eine Person, auf dem Stapler sitzend, diesen bedient. Wir hätten nur viele Dokumente zusammenstellen müssen und an eine Behörde oder an einen zertifizierten Gutachter schicken müssen. Die hätten dann aber nur die Dokumente geprüft. Eigene Tests sind nicht vorgesehen. Das ist so wie die Freigabe oder Zulassung eines neuen PKW durch das Kraftfahrtbundesamt. Die Zertifizierung wäre auch nur für das europäische Ausland notwendig gewesen. Daher meine ich mich zu erinnern, dass Curafox vorgeschlagen hatte, diesen ganzen Prozess erst nach der Abnahme nochmal zu diskutieren. Vielleicht kann ihnen Herr Mohring, Herr Gratz oder auch im Vertrieb Herr Kötter weiterhelfen."

„Vielen Dank für die Aufklärung. Das war es dann auch schon." Bremer und Hallstein reichten Zven Bergmann die Hand und drehten sich zur Tür.

„Auf Wiedersehen Herr Bergmann."

Bergmann verschloss die Bürotür, setzte sich an seinen Schreibtisch und öffnete das E-Mail-Programm. Er war innerlich ruhig und konzentriert. Die Fragen der Kommissare hatten ihm nicht zugesetzt.

*****

Am darauffolgenden Tag fuhren die Kommissare von Fulda nach Hannover. Sie wollten auch nochmal Christine Zielke sprechen. Sie hatten sich telefonisch angekündigt und fuhren um 10 Uhr 30 auf den InfoLogis Parkplatz. Christine Zielke sah die beiden aus ihrem Bürofenster und fuhr mit dem Aufzug zum Empfang hinunter. Sie wollte die Polizei möglichst weit von ihrer Privatsphäre halten.

„Guten Morgen die Herren. Kommen sie, wir gehen hier vorne in den kleinen Besprechungsraum. Nehmen sie sich einen Kaffee mit."

Bremer und Hallstein bedienten sich an dem kleinen Automaten mit Kaffee und folgten Christine Zielke in den nüchternen Raum im Empfangsbereich.

„Vielen Dank, dass sie so schnell Zeit für uns haben. Wir haben noch ein paar Fragen."

„Wie kann ich noch helfen? Wir alle versuchen hier wieder Normalität in den Alltag zu bekommen?" Chrissy musste sich sehr zusammennehmen. Immer wieder zuckten ihr die unvorstellbaren Bilder des Unfalls und der Höllenlärm durch den Kopf. Das ganze Spektakel erschien ihr immer noch gespenstisch. Die ersten zwei Wochen war an konzentrierte Arbeit nicht zu denken. Manchmal war sie nur anwesend, um nicht zu Hause alleine zu sein. Ganz InfoLogis stand immer noch unter einem Schock. Die kollektive Trauer mit ihren Kollegen half etwas, obwohl niemand von Niklas Tod so berührt war wie sie. Sie fühlte sich als geheime Witwe.

„Den Unfallhergang hatten sie ja schon geschildert. Ist ihnen noch irgendeine fremde Person in der Halle aufgefallen?" holte sie der Kommissar in die Gegenwart wieder zurück.

„Nein, nein, da war niemand."

„Wie gut kannten sie Herrn von Haasen?"

„Wir waren sehr gute Kollegen."

„Sie duzten sich?"

„Ja, aber das ist in der Softwarebranche normal. Wir sind alle international aufgestellt. Software wird global entwickelt. Für den Austausch braucht es nur eine Leitung. Kein Schiff oder Flugzeug."

„Sie waren vorher bei Curafox. Warum haben sie die Firma gewechselt?"

„Ich bekam ein sehr gutes Angebot von InfoLogis. Und da ich privat in Rödermark auch nicht gebunden war, habe ich schnell zugeschlagen."

„Sie kannten alle Beteiligten in der Halle?"

„Ja. Alles aktuelle oder ehemalige Kollegen. Wir fühlten uns als großes Team. Wir alle wollten das Projekt APTIL endlich zu Ende bringen. Wir waren schon ein ganzes Jahr hinter dem ursprünglichen Zeitplan."

„Woran lag das? Was waren die Gründe?"

„Wie das so ist. Andere Erwartungen, kritische Vorgaben, schlechte Qualität in der Lieferung. Schwieriger Vertrag. Das Projekt war aber auch für alle sehr ehrgeizig." Bremer hörte interessiert zu und hob seinen Kopf.

„Hätte deswegen jemand Interesse am Tod von von Haasen haben können?"

„Nein. Warum? Und erst recht nicht jetzt, kurz vor dem Ende des Projektes." Chrissy zog sich innerlich langsam vom Gespräch zurück. Die vielen Fragen zu ihren Erinnerungen behagten ihr nicht. Sie verschloss demonstrativ die Arme vor ihrem Körper.

„Sie waren die Einzige, die beim Zusehen des Geschehens laut geschrien hat."

„Ist das ungewöhnlich? Es war so schrecklich. Erst dachte ich, dass kann nicht wahr sein. Ich bilde mir das nur ein, was ich sehe und höre. Aber dann hörte das nicht auf und das Blut und ..? .. wie Niklas dalag." Chrissy musste schlucken und Tränen kullerten über ihre Wange. „T´schuldigung." Sie griff in die Jeanstasche und tupfte sich mit einem

Papiertaschentuch die Träne weg. „Ich glaube, nach dem Schreien war ich in Schockstarre und konnte mich nicht bewegen, obwohl ich sah, dass Stefan einen Feuerlöscher holte und Zven das Telefon zog. Aber ich habe nur dagestanden."

„Hatten sie ein besonderes Verhältnis zu von Haasen?"

„Wir waren Kollegen. Ja, sehr gute Kollegen. Er hat mir Hannover etwas gezeigt als ich hierhin gezogen bin. Wir sind öfters mal zusammen essen gegangen. Wir mochten uns. Mehr nicht." Als sie merkte, dass sie bei der Antwort mit dem Ohrring spielte, nahm sie die Hand sofort runter. Reichte die Antwort?

„Wussten sie, dass von Haasen Drogen nahm? Dass er am Aktienmarkt spekulierte und dass es Fotos von einem dubiosen Zigarettenhandel auf seinem Laptop gab?"

Chrissy war erstaunt, was die Polizei alles herausgefunden hatte und war nun auf der Hut. Warum nannte der Kommissar Niklas immer nur *von Haasen*? Er hieß Niklas.

„Nein. So nah standen wir uns nicht. Da kann ich ihnen nicht weiterhelfen. War das denn verboten?"

Bremer antwortet auf diese Frage nicht. „Ok, das war es auch schon. Wenn ihnen noch was einfällt dann rufen sie uns doch bitte an."

Damit verabschiedeten sich die Kommissare und tranken noch schnell ihren Kaffee aus, bevor sie sich auf den Rückweg nach Fulda machten.

Christine Zielke schaute den Kommissaren nach. Sie hatte Gewissensbisse, da sie sich nicht aktiv zur Beziehung zu Niklas bekannt hatte. Hatte sie ihn damit verraten? Sie brauchte erst einmal Abstand. Ihr gefiel auch nicht, was die Polizei aus seinem Privatleben so alles herausgefunden hatte. Sie wollte in den nächsten Monaten vorsichtig sein.

Der Besuch der Polizei hatte sie etwas verunsichert und aufgewühlt. Da sie sich nur noch schlecht konzentrieren konnte, beschloss sie früher Schluss zu machen und fuhr nach Hause. Sie freute sich auf ein heißes Entspannungsbad. Danach könnte sie noch die restlichen E-Mails bearbeiten. Vor dem Haus kläffte sie ein kleiner Köter an. Erschrocken suchte sie nach dem Hundehalter, der nach dem strafenden Blickkontakt seinen Hund vorwurfsvoll mit Namen rief. Nachdem sie die Wohnungstür aufgeschlossen und sich schnell der hellblauen Stiefeletten entledigt hatte, sah sie ihren Anrufbeantworter blinken. Sechs neue Nachrichten zeigte die rote Digitalanzeige. Sie stellte den Wasserkessel auf den Herd und suchte im großen Teevorrat nach einem marokkanischen Pfefferminztee. Bis der Wasserkocher gurgelte verschwand sie im Bad und erkannte dunkle Augenringe im Spiegelbild. Sie sah müde und abgespannt aus. Es war auch etwas viel gewesen, in letzter Zeit. Als sie das heiße Wasser über den Teebeutel goss, erinnerte sie die Bärentasse an den gemeinsam schon seit langem geplanten Urlaub in Kanada. Auf Socken schlich sie mit der Tasse in den Flur. Dann drückte sie auf die Abhörtaste des Anrufbeantworters.

„Sie haben sechs neue Nachrichten. Erste Nachricht, empfangen heute, 9Uhr 10," -

ertönte die mechanische Stimme.

Sie hörte nur ein kurzes schweres Atmen. Niemand meldete sich. Nach ein paar Sekunden hatte der Unbekannte aufgelegt. *Wer war das?*

„Zweite Nachricht, empfangen heute, 9 Uhr 14. -"

Wieder erstmal Stille. Dann eine Stimme.

„Chrissy? Bist du zu Hause? Bitte nimm ab. – Ich will mit dir sprechen. Bitte."

Stille.

„Dritte Nachricht, empfangen heute, 9 Uhr 52. -

Chrissy, bitte.- Ich brauche Dich. Ruf mich an. Komm zurück. Ich liebe dich. Wir hatten doch so viele Pläne. Weißt du noch unsere tolle Reise nach Mauritius? Die

Sonnenuntergänge mit dem Cocktail in der Hand. Ich will mit dir da wieder hin. – Oder auch nach …. ."

Stille. Angst.

„Vierte Nachricht, empfangen heute, 10 Uhr 2. -

Verdammt nochmal. Er ist tot. Ja, ich hätte ihn auch umbringen können. Aber ich war es nicht. Es war ein Unfall. Wir gehören wieder zusammen. Es tut mir alles so leid. Er wäre nicht gut für dich gewesen. Wir fangen nochmal neu an. Ich suche mir eine Arztstelle in Hannover. Alles kein Problem. Wir ziehen wieder zusammen. Wir heiraten."

Chrissy war geschockt. Rainers Stimme war teils total verzerrt und aufgelöst, teils normal analytisch. Man hörte direkt, dass er durcheinander war. Er hatte getrunken und redete teilweise wie im Wahn.

„Fünfte Nachricht, empfangen heute, 10 Uhr 15. -

Ich komm dich jetzt holen. Ich lass mir von dir nicht mein Leben versauen. Ich habe dir immer alles gegeben. Was war falsch? Was willst du noch? Ich kann dir alles bieten."

Sie hörte ein Schluchzen. Rainer zog hörbar seine Nase hoch.

„Sechste Nachricht, empfangen heute, 10 Uhr 34. -

Ich fahr jetzt los. Ich weiß alles. Ich habe dich in Hannover auch schon mit ihm zusammen beobachtet. Ich habe alles gefilmt. Und wehe, du machst nicht auf. Ich komme. Ich breche die Tür auf. Ja, ich habe was getrunken. Aber du bist schuld, dass es mir so dreckig geht. Ich weiß, wo du wohnst. Das war alles kein Problem rauszukriegen. – Wir sehen uns."

Chrissy schaute panisch auf ihre Uhr. Es war kurz nach drei. Die Nachricht war von halb elf. Plus vier Stunden macht halb drei. Also müsste er schon da sein. Sie bekam Angst und schaute aus dem Fenster. Bei den parkenden Autos fand sie Rainers Automarke nicht. Er konnte aber auch in der Nachbarstrasse geparkt haben und sich anschleichen. Was tun? Sie hatte Angst aus dem Haus zu gehen und diesen Psychopathen zu begegnen. Menschen konnten nach einer

Trennung wie Monster werden. Es war wie die dunkle Seite des Mondes. Völlig unbekannt und unberechenbar. Sie fühlten sich gedemütigt und waren zu allem in der Lage. Konnte Rainer auch hinter dem Tod von Niklas stecken? Als Arzt kam er an Medikamente ran. Vielleicht hatte er ihm im Hotel ein Mittel in den Kaffee getan, als Niklas noch alleine beim Frühstück saß. Die beiden kannten sich ja nicht. Und das Mittel wirkte so, dass Niklas später auf dem Stapler schlecht wurde. So konnte es gewesen sein. Sie dachte kurz nach und nahm ihr Handy. Erschrocken sah sie, dass Rainer ihr mehrere kleine Videos geschickt hatte, die sie mit Niklas in allen möglichen Situationen zeigte. Ihr wurde schlecht. Dann wählte sie die Nummer von Zven Bergmann.

„Zven? Hallo Zven. Hier ist Chrissy." Sie schluchzte kurz und atmete hörbar in das Telefon. „T´schuldigung. Ich brauche dringend deine Hilfe. Ich werde von Rainer bedroht. Das ist totaler Psychoterror. Er will kommen und mich holen. Er tritt die Tür ein, hat er gesagt. Ich habe solche Angst. Was soll ich machen?" Sie knetete mit der freien Hand ihren Ohrring und fasst sich immer sehr erschrocken und zitternd vor den Mund.

„Oh Gott, was ist denn in den gefahren. Dann ruf die Polizei an. Stalking ist ein Straftatbestand. Du musst eine Anzeige erstatten. Wo bist du jetzt?"

„Bei mir in der Wohnung. Den ganzen Anrufbeantworter hat er zugequatscht. Rainer ist unzurechnungsfähig."

Zven überlegte kurz. „Keine Panik. Bleib ganz ruhig. Verschließe die Tür und zeige dich auch nicht am Fenster. Ich fahre gleich mal zu seinem Haus und schaue, ob er noch da ist. Aber hier schüttet es aus Kübeln", analysierte er die Situation fast abgeklärt. „Oder besser, ich ruf ihn mal auf seinem Handy an und checke, wie er drauf ist. Ich melde mich danach wieder bei dir."

Zven Bergmann suchte unter seinen Kontakten die Nummer von Rainer und ließ sie automatisch wählen. Es klingelte mehrmals - *gleich kommt die Mailbox* - bis eine Stimme abhob.

„Hallo, hier spricht Polizeioberwachtmeister Jäger, Autobahnpolizei Kassel. Mit wem spreche ich?"

„Ähm, ja. Wieso? Ist das nicht die Nummer von Dr. Rainer Luchte?"

„Mit wem spreche ich denn?"

„Sorry, Zven Bergmann mein Name. Ich bin ein guter Freund. Was ist denn passiert?"

„Herr Dr. Luchte hatte einen schweren Unfall hier auf der A7 bei Cuxhagen. Er schwebt in Lebensgefahr. Der Hubschrauber fliegt jeden Moment ab. Wir suchen nach Angehörigen, die wir informieren müssen. Können sie helfen?

„Mann. Schrecklich. Ähm. Was ist geschehen?"

„Hier in den Kasseler Bergen haben wir leichtes Schneetreiben. Wahrscheinlich unangepasste Fahrweise. Wie stehen sie zu Herrn Dr. Luchte?"

„Wie gesagt. Ich bin ein Nachbar. Herr Luchte ist ein guter Freund. Er ist nicht verheiratet. Ich melde mich gleich nochmal."

Bergmann legte schnell auf, atmete kurz durch und rief Chrissy zurück.

„Hi, - Du, Entwarnung - der Rainer wird nicht kommen. Er liegt im Krankenhaus nach einem schweren Unfall. Ist noch nicht klar, ob er durchkommt, sagt die Polizei. Also, alles kein Problem mehr. Wenn du Hilfe brauchst melde dich nochmal."

„Danke dir. Was ist passiert?"

„Er hatte einen Unfall bei Schneetreiben auf der Autobahn, sagt die Polizei. Mehr weiß ich auch nicht."

In Chrissys Kopf drehten sich die Gedanken. Einerseits schien die nahende Bedrohung vorbei zu sein. Andererseits gab es nun noch einen tödlichen Unfall. Was war los mit der Welt? Was war los mit ihr? Brachte sie allen nur Unglück? Erst Zvens

Kollaps, dann Niklas Tod dann Rainers Unfall. Sie wusste nicht mehr, was sie glauben sollte. Wo war sie hier reingeraten?

*****

Zehn Monate nach dem Unfall stellte die Staatsanwaltschaft das Verfahren ein. Curafox und seine Mitarbeiter wurden nicht angeklagt. Die Polizei konnte nicht zweifelsfrei beweisen, ob die Software ROSE-Co für den Unfall beim autonomen Fahren verantwortlich war. In dem Abschlussbericht der polizeilichen Ermittlungen hieß es, dass alle Indizien für einen vorgetäuschten Unfall von von Haasen sprachen, um Curafox zu schädigen und Geld an der Börse zu verdienen. Weiterhin wurde regelmäßiger Kokaingenuss in den Haaren festgestellt. Es blieb aber unklar, ob zum Unfallzeitpunkt eine Fahruntüchtigkeit vorlag.

Einige Büros von InfoLogis waren auch durchsucht worden. In den Büchern fand die Polizei keine Unregelmäßigkeiten. Hauptkommissar Bremer ermittelte zusammen mit dem Zoll gegen den Verdacht auf Zigarettenschmuggel. Der Chef Fehrenbach gab sich kooperativ und ahnungslos. Zu den vorgelegten Bildern und Videos konnte er keine weiteren Angaben machen.

*****

„My name is Tom from New York. Can I talk to Dr. Fehrenbach, please." Dagmar, die Assistentin vom InfoLogis Vorstand nahm das Gespräch entgegen und stellte nach einigem Nachfragen durch.

"Dr. Fehrenbach, ein Tom aus New York will sie sprechen. Er sagt mir keine Nachnamen und kein Betreff. Darf ich trotzdem durchstellen?"

„Ja, machen sie. Gerne."

„Hallo, here is Dr. Fehrenbach from InfoLogis. How can I help you?"

„Dr. Fehrenbach. Nice to talk to you. Nennen sie mich Tom, aus den USA. Ich möchte ihnen einen Deal vorschlagen. Wenn sie Interesse haben, bekommen sie meine persönlichen Daten."

„Ok, schießen sie los."

„Wir halten bald über fünfzig Prozent der Curafox AG und wissen, dass ihre Anwälte eine Klage über eine hohe Schadensersatzzahlung vorbereiten, da das Projekt APTIL so desaströs in einem Unfall endete. Ich will ihnen einen Vorschlag unterbreiten." Er machte eine kurze Pause, um zu hören, ob es einen Widerspruch gab. Dann fuhr er fort.

„Sie lassen die Klage und ihre Ansprüche fallen. Das Zivilverfahren würde sicherlich über zwei bis fünf Jahre gehen und viel Geld auf allen Seiten verschlingen. Ich biete ihnen an, dass sie im Gegenzug zehn Prozent der Anteile von Curafox bekommen."

Fehrenbach war erstaunt. Sein Gehirn arbeitete, um die Situation richtig einzuschätzen. Nach einer kurzen Pause erwiderte er interessiert: „Ok, Tom. Geben sie uns eine Woche Zeit. Melden sie sich auf meinem Mobiltelefon wieder. Oder kann ich sie erreichen?"

„Machen wir so. Ich stelle ihnen bis dahin alle relevanten Informationen über Curafox in einem gesicherten Datenraum zusammen. Den Zugriff über das Internet nenne ich ihnen, wenn InfoLogis bereit für den Deal ist. Ok? So long."

InfoLogis hätte normalerweise auf die Erstattung der gesamten vertraglich geschuldeten Schadenssumme bestanden. Man wollte Curafox aber nicht so schädigen, dass sie Pleite gingen, da dann die Gewährleistung des Projektes APTIL gefährdet wäre. Den Fehler hatte Fehrenbach schon einmal begangen und InfoLogis hatte sich ins eigene Fleisch geschnitten. Damals wollte er bei einer anderen kleinen Firma zu viel Geld rauspressen. Die Firma machte die Grätsche und InfoLogis hatte den Schaden.

Dieser Deal von diesem Tom war definitiv besser und passte perfekt in seine langfristige Strategie.

*****

Tom von der Investmentfirma WhiteStone flog schneller nach Deutschland, als gedacht. Er musste nun den InfoLogis Einstieg vorbereiten und hatte sofort einen Flug von New York nach Frankfurt gebucht. Mit einer kurzen SMS meldete er sich beim Curafox CEO.

SMS Nachricht: Hi Albert. I am in Germany. Just arrived. I need to talk to you. CU in one hour in your office. Regards Tom.

Schnell hatte er sich einen Mietwagen mit Upgrade gemietet und traf nach dreißig Minuten fast unangemeldet bei Curafox in Rödermark ein. Die Sekretärin musste hektisch ein abendliches Treffen organisieren und andere Termine von Gratz Senior und Junior absagen.

„Hi Albert, hi Ben. Nice view to the mountains", stürmte Tom in das Büro von Gratz Senior und hielt beiden die Hand entgegen. Durch seinen intensiven stahlharten Blick ließ er keinen Zweifel aufkommen, wer hier das Regiment führte. „Es gibt schönere Anlässe sich zu treffen. Ich will ehrlich zu euch sein. Der Curafox Kurs ist letzten Oktober abgeschmiert, als das APTIL Desaster in die Presse kam. Es gab da draußen einige Zocker, die auf Short gegangen sind und damit den Kurs noch weiter nach unten geprügelt haben. Ich hatte meine Chefs von WhiteStone überzeugt, bei Euch einzusteigen. Wir hatten Geld am Markt eingesammelt. Und dann so was. Wir mussten sofort aufstocken und den Kurs stützen. Wir haben nun neunundvierzig Komma fünf Prozent der Curafox Anteile."

Albert Gratz wurde kalkweiß und musste sich setzen. Ihm schwante, was nun bevorstand. Wie kam WhiteStone auf diesen hohen Anteil? Da musste jemand aus seiner buckligen Verwandtschaft Aktien verkauft haben. Es war auf niemanden Verlass, wenn es darauf ankam.

„Albert, entweder du verkaufst uns noch zwanzig Prozent mit fünfzehn Prozent Kursabschlag, oder wir steigen aus."

„Ihr könnt mir doch nicht so die Pistole auf die Brust setzen. Wir kommen mit neuen Produkten von ROSE auf den Markt. Alles wird wieder gut. Wir brauchen nur ein wenig Zeit",, versuchte Gratz Tom zu überzeugen.

„Der Markt vergisst nicht. Es muss ein Zeichen gesetzt werden. Ihr seid doch so gute Fußballexperten. Wenn ein Verein längere Zeit immer verliert, dann steht ein Trainerwechsel an. Wir müssen einen neuen Reiz setzen. Und ehrlich, die Chinesen sitzen euch auch im Nacken."

„Du machst uns nicht fertig." Dabei zeigte Gratz mit aggressiv zuckendem Zeigefinger direkt auf Tom.

„Albert, wenn du mit einem Finger auf andere zeigst, dann zeigen drei Finger auf dich selber. You screw it up, all right?"

Gratz sackte in sich zusammen und konnte nicht mehr sprechen. Beim Geschäft konnten die Amerikaner skrupellos sein. Und Chinesen wären nicht besser.

„Und was passiert mit uns? Wir haben Curafox in vierzig Jahren aufgebaut", übernahm Ben die Situation, als er sah, dass sein Vater resignierte.

„Ihr beide seid dann raus. Wir kaufen euch die Anteile ab. Es kommt ein neuer CEO, den WIR einsetzen. Dann schauen wir uns die Firma genauer an."

„Wollt ihr Curafox zerlegen?"

„Nein, glaube ich nicht. Aber wir brauchen Transparenz. Also - einverstanden?" Tom wurde sehr energisch. Er wollte kein Gequatsche mehr. Heute und jetzt mussten die Weichen gestellt werden, sonst bekäme er mit den Anlegern in den USA Probleme.

Aber Gratz war scheinbar schon weichgekocht. Er hob schwach seine Hand. Es gab keinen Widerspruch.

„Ok, hier ist ein Vorvertrag zur Auflösung", sagte Tom, der auf alles vorbereitet war. „Lasst ihn von eurem Anwalt prüfen. Alles weitere dann nächste Woche."

Die Zeit der Patriarchate ist abgelaufen, stellte Tom fest und verließ das Büro. Er hatte noch einen wichtigen Termin in Hannover.

*****

WhiteStone übernahm die Mehrheit von Curafox und setzte ein neues Management ein. CEO Dr. Albert Gratz und sein Sohn Benjamin wurden mit einer großzügigen Abfindung aus der Firma gedrängt. Die Anteilsbewertung hatte man nach intensiven Verhandlungen der Rechtsanwälte zehn Prozent über dem realen Wert angesetzt. Albert Gratz hatte eine Herzattacke und war geradeso an einem schweren Herzinfarkt vorbeigeschrammt, weil ihn seine Frau Cordula im Wohnzimmer früh genug gefunden hatte. Nach zwei Wochen war er auf einem guten Weg der Besserung. Glück gehabt.

Dr. Fehrenbach hatte nun ein intensives Verhältnis zu WhiteStone und Tom aufgebaut. Beide arbeiteten mit ihren Visionen an der Zukunft. Dies geschah einvernehmlich und Curafox war ein wichtiger Bestandteil der Vision. Regelmäßig tauschten sie sich telefonisch aus. Die gemeinsame Gier nach mehr verband sie.

„Tom, ihr habt einen neuen Chef für Curafox gefunden?", fragte Fehrenbach.

„Yes, he starts next month and, äh, he will den ganzen Laden mal durchleuchten."

„Sehr gut. Mir schwebt auch eine etwas andere Ausrichtung der KI-Software ROSE vor. InfoLogis will, - nein muss weg von der Automobilindustrie. Wir wollen das beste innovativste Kaufhaus im Internet werden. Wir werden unsere Kunden intensiv durchleuchten. Sozialer Status, Wohnort, Zahlungsfähigkeit, Familienstand, Kauf-, Reise-, Lebensgewohnheiten, alles, einfach alles werden wir in einer riesigen Datenbank zusammentragen. ROSE-Store wird den Kunden analysieren und feststellen, was er heute nutzt und demnächst bestellt. InfoLogis revolutioniert das Geschäft. Wir checken Bilder und Berichte im Internet über Personen und kennen deren geheimste Wünsche. Wir generieren einen Markt, auf dem jeder mitspielen will. Wir erzeugen Verlangen und befriedigen sie. In unserem riesigen Serverfarmen generieren wir einen digitalen Zwilling unseres Kunden. "

„Wow, das ist ja mal ein großer Wurf. Think big! Great. Und ich dachte, sie denken schon an: Quit the rat race. Wonderful"

„Tom, ich drehe das Hamsterrad von außen. Ich lasse laufen." Dabei drehte er seine rechte Hand langsam im Kreis. „Zusammen mit WhiteStone können wir alles neu aufrollen. Und ROSE-Store von Curafox wird der Schlüssel für den Big Data Ansatz. Das autonome Fahren wird meiner Meinung nach überbewertet. Zuviel anfällige Technik ist notwendig und sehr hohe Haftungsrisiken, die teilweise noch ungeklärt sind. Das Geld mit KI kann besser woanders verdient werden."

„Wir müssen uns unbedingt treffen. Ich habe so viel Anlegergeld zum Investieren. Alle warten nur auf die richtige Story."

„Wir von InfoLogis würden dann auch unsere Beteiligung auf fünfundzwanzig Prozent aufstocken. Mir schwebt eine Neuorganisation von Curafox vor. Die sind schon so etabliert. Ein Familienunternehmen passt nicht mehr in diese IT-Welt."

„In which direction soll das gehen", fragte Tom in seinem Englisch-Deutsch Kauderwelsch mit starkem amerikanischem Akzent interessiert.

„Mehr Richtung Start Up. Wir trennen ROSE vom Rest ab. Offshore mit Indien ist ja ok. Aber die Inder können nur Vorgaben nach Prozessen implementieren. Die sind nicht kreativ und Curafox muss schneller, innovativer, jünger und hungriger werden. Stellen wir zusammen in Frankfurt, Hamburg oder Berlin ein internationales Team zusammen.

Agile Softwareentwicklung mit Scrum Master[33] und schnellen Produktzyklen. Nicht alles so traditionell und altbacken wie heute. Wir gestalten die Zukunft. Ich stell mir ein junges alternatives Expertenteam in einem roten Ziegelsteinbau vor, die auch mal den Mut haben, Regeln zu brechen. Ein alter Bahnhof wird beispielsweise zum High Tech Standort - mit Ruhe- und Sportzonen. Es wird unser Tech Inkubator. Die Arbeit kommt zum Entwickler, nicht andersherum. Die Leute sind frei von starren Organisationen und sind eher eine Familie mit sozialen Anknüpfungspunkten. Wir gründen mehrere Start Ups, die sich ergänzen können. Der Beste überlebt und kommt an die Börse. Wir geben Optionen und Anteile aus. Die Leute sollen reich werden. Hauptsache, sie sind hungrig. Gierig – you know?"

„Dr. Fehrenbach. I´m really impressed. Ein wirklich toller Ansatz. Der liegt sicherlich ganz auf der Linie unseres neuen CEOs. Geben sie ihm mal hundert Tage zur Einarbeitung. Dann hat er die ersten Schritte schon getan. Ich bin überzeugt davon, dass er der Richtige ist, für ihre Ideen."

„Ich werde schonmal einen Termin mit ihm ausmachen. Könnte mir sogar vorstellen, dass wir unsere IT mit einem Start Up ROSE-Store verschmelzen. Wie ist denn sein Name und woher kommt er?"

„Er heißt Graham Bouden, ist Amerikaner und kommt von einer großen internationalen Consulting Company. Sein Schwerpunkt war immer schon Change-Management. Ein guter Analytiker und Kommunikator. Sein fachlicher IT Background ist hervorragend. WhiteStone ist glücklich

---

[33] Scrum Master ist eine Rolle in dem agilen Softwareentwicklungsprozess und zeichnet sich durch eine hohe Dynamik und Interaktion mit dem Kunden aus.

darüber, dass wir ihn als CEO für Curafox gewinnen konnten. Sie werden staunen, Dr. Fehrenbach."

Tom und Dr. Fehrenbach hatten sich fast in einen Rausch geredet. Beide fühlten sich als Business Angel. Fehrenbach hatte endlich jemanden gefunden, der die Zukunft aktiv mit ihm gestalten wollte. *Scheiß drauf auf das Taschengeld mit den Zigaretten.*

*****

Ben Gratz hatte für seine Curafox Anteile gutes Geld gesehen und gründete eine kleine Unternehmensberatung mit Namen Give-me-FIVE deren Schwerpunkte Organisationsentwicklung und Prozessverbesserung war. Er konzentrierte sich auf die Digitalisierung im Mittelstand und warb bei Curafox einige loyale Mitarbeiter ab. Sein Ansatz bestand aus fünf wichtigen Umsetzungsaktivitäten, die sich im Namen der Firma widerspiegelten: *sourcing, organization, technique, market potential und decision*. Vielleicht würde er später nochmal direkt in die IT-Szene zurückkommen. *You'll never know.* Gratz konnte direkt auf Kunden und Kontakte aus Curafox-Zeiten zurückgreifen. Er sah die ausstehenden fünfundzwanzigtausend Euro von seinem Studienfreund Niklas nie wieder, war aber darauf auch nicht angewiesen und nur froh, dieses ganze unerfreuliche Kapitel hinter sich lassen zu können. APTIL hatte sie vernichtet und er gestand sich insgeheim ein, dass er seinen unrühmlichen Anteil dazu beigetragen hatte. Nun galt es nach vorne zu schauen. Denselben Fehler darf man nie zweimal machen.

Niklas von Haasen kleines Vermögen erbte sein Bruder Julian, da deren Eltern gestorben waren und kein anderer Erbe in direkter Linie existierte. Julian hatte Christine Zielke bei einem Abendessen zusammen mit Niklas kennengelernt. Sein Bruder Niklas hatte ihm sogar eröffnet, dass sie erste Heiratspläne hätten. Julian konnte nicht überprüfen, ob dies nur die Idee von Niklas war. Aber damals erschien ihm Niklas wie ausgewechselt.

Julian beschloss, einen sechs-stelligen Betrag an Chrissy zu überweisen.

Christine Zielke plagten einige Gewissensbisse. Sie hatte sich nochmal Gedanken gemacht, ob sie ihre polizeilichen Aussagen ergänzen, oder präzisieren sollte. Immerhin war nicht nur

Niklas, sondern dann auch noch Rainer gestorben. Sie hatte zwar den ganzen Unfall mit dem Staplerungetüm detailliert beschrieben, aber von ihrer intimen Beziehung nichts gesagt. Hätte die Polizei noch konkreter nachgebohrt, hätte sie auch ein gewisses Verhältnis zugegeben. Aber so war es schon besser, da ihr der Drogenfund und das Sexspielzeug in der Wohnung von Niklas sehr unangenehm waren. Sie wollte in Nichts reingezogen werden, was ihre weitere Karriere mal belasten könnte. Sie konnte sich genau vorstellen, was Fehrenbach davon hielt, wenn er von ihrer Beziehung zu einem Kollegen erfahren würde.

Die Informationen und Bilder zu dem Zigarettenschmuggel, die ihr Niklas anvertraut hatte, behielt sie für sich. Wenn die Zeit kam, würde sie sich damit nochmal intensiver auseinandersetzen. Interessehalber hatte sie mal eine Woche lang jeden Abend ab 22 Uhr die Einfahrt zur Halle B12 überprüft. Aber es kam kein LKW und das Hallentor blieb verschlossen. Dann kamen ihr auch mal Zweifel. Oder hatte Niklas ihr gegenüber nur vorgegeben, dass Fehrenbach dahinterstecken könnte? Was, wenn Niklas von Haasen den Zigarettenschmuggel betrieb und mit dem Namen Fehrenbach davon ablenken wollte? Wollte er sie antesten oder anlernen? Sie musste zugeben, dass ihr einige negative Gedanken durch ihren Kopf schossen, da exakt mit seinem Tod die LKWs nicht mehr auftauchten. Und woher kam das ganze Geld, wenn nicht durch die Zigaretten? Hatte er Fehrenbach unter Druck gesetzt und erpresst? Vielleicht sogar zusammen mit seinem Bruder Julian? Steckte Fehrenbach hinter dem Tod von Niklas? Nein, sie hatte doch den Unfall selber mitansehen müssen. Und Julian behauptete jetzt, das Geld käme von Aktienspekulationen. Vielleicht wollte er sie mit der Überweisung nun auch mundtot machen. Sollte sie sich in den beiden so getäuscht haben? Es passte einfach nicht zusammen.

Sie übernahm nach einigen Wochen bei InfoLogis Niklas Position und durfte das nächste große Innovationsprojekt, die Blockchain für die Lieferkette, managen. Damit hatte sie die Möglichkeit, sich und ihre Kompetenz beim Vorstand zu zeigen und weiter hochzuarbeiten.

Mal sehen, ob der Fehrenbach auch zu knacken ist, überlegte sie.

Und Fehrenbach hatte schon Ideen im Hinterkopf, was Christine Zielke in Zukunft im Joint Venture mit Curafox übernehmen sollte. Er brauchte eine kompetente Managerin im geplanten Inkubator.

*****

Der neue Chef von Curafox Graham Bouden machte sich sofort an die Arbeit. Er hatte schon grau melierte Haare, obwohl er erst Anfang vierzig war. Sein Schritt war flott und bestimmend. Er war früher viel gerudert, hatte nun aber einen leichten Bauchansatz. Der Scheitel war immer äußerst korrekt auf der rechten Seite gekämmt. Glatt rasiert mit breiter Oberlippe und mit meist aufgekrempelten Hemdsärmeln startete er eine sogenannte Due Diligence, eine komplette Analyse des Softwarehauses. Organisation, Mitarbeiterstruktur, Kosten, Kundenverträge und Produkt- mit Serviceausrichtung wurden unter die Lupe genommen. Ein ganzes Team aus den USA nahm die Firma in einem Deep Dive eine Woche lang auseinander. Der Kauf oder die Übernahme von Softwarehäusern war immer ein Risiko, da der Firmenwert das Wissen der Mitarbeiter darstellte. Meist gab es wenige Assets[34], wie Gebäude oder Hardware, die wirklich wertvoll waren. Patente waren dagegen höchst interessant. Verschreckte man die Experten zu sehr, dass sie kündigten, dann bestand die Gefahr, dass man nur eine leere Hülle in den Händen hielt. Auch der Kundenstamm oder die Produkte waren immer von den Köpfen abhängig. Und die waren flüchtig wie Kapital.

Nach zwei Monaten stand ein zehn Punkte Plan für einen großen Change-Management Prozess fest. Der neue Chef ging wie ein Chirurg vor: nach dem Befund, ein klarer schneller Schnitt, die Operation durchführen und dann die Heilung einleiten. Einige Kundenverträge wurden gekündigt, da sie zu wenig Profit abwarfen. Er startete eine komplette Reorganisation und musste zweihundert Mitarbeiter entlassen.

---

[34] Assets: Vermögenswerte eines Unternehmens

Betroffen war unter anderem das mittlere Management, also die Teamleiter. Darunter auch Ulla Schmidt. Es hieß, dass der unproduktive Overhead schnellstens reduziert werden müsse. Die Büros wurden teilweise abgemietet und Abteilungen zusammengelegt. Nur am Standort Rödermark gab es einen Mietvertrag mit einer Curafox ImmoServ GmbH, der absolut unverhandelbar war. Bouden war außer sich, wie die Familie Gratz hier Geld mit total überhöhten Mietpreisen aus dem Unternehmen abzog. Einige Konferenzräume wurden zu Büros umgewidmet, die verbliebenen konnten nur noch über ein System im Intranet gebucht werden. Graham Bouden war der Ansicht, dass es zu viele unproduktive Meetings gab. Um seine Neuausrichtung und seinen Expansionsdrang zu unterstreichen, bekamen die verbliebenen Konferenzräume Namen wie: *Indien, Amerika, China und Brasilien*. Die Führungsetage wurde zu einem Großraumbüro umgebaut, Wände herausgetrennt und ein neuer Boden verlegt. Bouden wollte alle wichtigen Mitarbeiter direkt in einem Raum versammelt haben, da so die interne Kommunikation schneller und einfacher wäre. Sein Schreibtisch stand in einer Ecke des Raumes, umrahmt von zwei Fensterseiten. Ihm standen jeweils drei Fensterraster zur Verfügung. Alle anderen Schreibtische waren symmetrisch vor ihm aufgestellt. Die Mitarbeiter witzelten über „die Galeere im Fünften." Für ungestörte Besprechungen gab es einen kleinen angrenzenden Raum, der früher die Bezeichnung 5.012 hatte, nun aber mit dem Namen *Orwisch* getauft wurde. Der Name wies auf den Rödermärker Stadtteil Urberach hin, dem Standort von Curafox. Die Einheimischen bezeichneten sich selber als Orwischer. Das Bodenständige wurde mit den Weltambitionen verknüpft. Nach und nach zogen die Verantwortlichen für Finanzen, Personal, Recht, Strategie und Vertrieb - mehr oder weniger freiwillig – in das Großraumbüro ein. War diese Art der Arbeitsorganisation eine Ehre oder war es Kontrolle? Die

Beteiligten waren sich nicht einig. Boudens Assistentin hatte den Auftrag, immer eine Stunde vor seinem Erscheinen eine Kanne Tee auf seinen Schreibtisch zu positionieren. So wurde es für alle sichtbar, wann und ob der Chef eintreffen würde.

Den Mitarbeitern, die sich nicht weiterbilden wollten oder die in die neue Ausrichtung nicht passten, wurden Auflösungsverträge angeboten. Zven Bergmann war davon nicht betroffen. Er arbeitete sich immer weiter in das Gebiet der künstlichen Intelligenz ein und wollte eher Berater als Projektleiter sein. Natürlich wurde seitens des Managements genau darauf geachtet, wie viele abrechenbare Stunden er pro Monat darstellen konnte und wie hoch sein Beraterstundensatz war. Dazu gab es neue Vorgaben, auf die während der Umstrukturierung noch nicht so genau geachtet wurde. Bergmann segelte noch unter dem Radar. Curafox stellte sich innerhalb eines halben Jahres neu auf. Aber es war erst der Anfang. Fehrenbachs Ideen fielen bei WhiteStone und seinen Anlegern auf fruchtbaren Boden.

Obwohl sein Englisch nicht so perfekt war, hatte Dr. Frank Lürsen sehr schnell einen guten Draht zum neuen CEO Graham Bouden aufgebaut. Lürsen war immer auskunftsfreudig, immer zur Stelle und immer freundlich. Er wusste, wie Amerikaner im Management tickten und versprach das Produkt ROSE-Co in kürzester Zeit weiterzuentwickeln, damit der Markt des autonomen Fahrens angegangen werden könnte. Der Kern der Software ROSE sollte aber auch beim Militär und im Gesundheitswesen einsetzbar werden.

Lürsens Ideen und sein Hintergrundwissen kamen beim neuen CEO scheinbar gut an. So sagte der es jedenfalls immer dann, wenn sie vor seinem Schreibtisch zusammengesessen hatten. Er lud Lürsen nicht zum Umzug in das Großraumbüro ein, was diesen einerseits irritierte, er es aber auch wieder gut fand. So entzog er sich der direkten unbequemen Kontrolle. Im

Hintergrund wurde schon ein ganz anderes Rad gedreht und Lürsen merkte bald, dass er nicht mehr den richtigen Zugang zum CEO bekam. Seine Zeit schien abzulaufen. Seine Denkweisen waren nicht modern genug und das detaillierte Wissen über die internen Curafox Zusammenhänge erwiesen sich nur kurzfristig als hilfreich, bis es abgesaugt war. Lürsens Name tauchte bald nicht mehr in allen E-Mails auf und es gab diverse Telefonkonferenzen, zu denen er nicht mehr eingeladen war. Man unterstellte ihm, er könne dem schnellen technischen Fortschritt in der Computer Science Szene nicht mehr folgen. Er merkte, dass er zumindest den neuen Slang und die Buzzwords nicht mehr beherrschte, die bei Curafox Einzug hielten. Mit neuen Begriffserfindungen war die IT-Industrie immer sehr kreativ, obwohl sich meist nichts wirklich Neues dahinter verbarg. Bald wurde ein junger ehrgeiziger Koreaner von einer amerikanischen IT-Firma abgeworben und als CPO, Chief Product Officer, für die ROSE Produktentwicklung eingesetzt. Er bezog direkt den letzten verbliebenen Platz im Großraumbüro.

Als Frank Lürsens Telefon klingelte und er in den kleinen Besprechungsraum *Orwisch* eingeladen wurde, hatte er ein diffuses Gefühl in der Magengegend. Er schritt aufrecht durch das Großraumbüro und wollte Selbstbewusstsein zeigen. Alle Augen folgten ihm und registrierten, wer mit Lürsen den kleinen Raum betreten hatte. Eigenartigerweise erinnerte er sich nun gerade vor der Tür stehend an diesen kleinen Artikel über das Strom- und Energienetz in Deutschland, den er in der WirtschaftsWoche gelesen hatte. In dem Artikel war unten rechts eine ganz kleine Deutschlandkarte abgebildet. Einige Großstädte waren verzeichnet, aber mitten im Bild stand Urberach. Der Standort wäre enorm wichtig für ganz Europa. Lürsen drückte die Tür auf, trat ein und setzte sich zu Graham Bouden und seiner alten Kollegin Nadine aus der Personalabteilung an den Besprechungstisch.

„Vielen Dank Frank, dass du so schnell Zeit für uns hast“, startete Bouden das Gespräch. „Du hast sicherlich bemerkt, dass wir hier was ganz Neues aufziehen. Wir werden Curafox neu aufstellen. Wir wollen mit Produkten auf den Weltmarkt. Du hast großartige Arbeit geleistet. Wie lange bist du schon bei Curafox?“

„Ich habe als Werkstudent bei Gratz Senior angefangen und bin nun sechsundzwanzig Jahre dabei.“ Lürsen setzte sich aufrecht auf die vordere Stuhlkante und wippte nervös mit dem rechten Fuß. „Ich habe viele Projekte geleitet und bin …..“

„Ja, ok. Sehr beeindruckend. Frank, es tut mir wirklich leid, dir sagen zu müssen, dass wir diese Neuausrichtung mit jungen hungrigen Menschen vornehmen wollen. Wir haben nur diese eine Chance und die Jungen sollen ihre Möglichkeiten bekommen. Wir brauchen kleine selbständige Einheiten. Diese Speedboats bearbeiten ein marktreifes Thema über den ganzen Prozess. Die Geschäftsführung liefert nur noch Services und koordiniert. Wir bekommen eine Start Up Mentalität und die Verantwortung wird nach unten delegiert.“

„Ich verstehe nicht ganz. Und was ist meine Aufgabe dabei?“

„Du bekommst eine gute Abfindung. Wir holen dich als externer Berater für bestimmte Aufgaben weiterhin dazu. Und wir suchen dir eine Beratungsfirma, die dich auf deinem weiteren Berufsweg begleitet.“

„Heißt das, ich bin gefeuert?“ Lürsen schaute erst Bouden und dann Nadine verstört an und versuchte seine Gedanken zu sortieren. Er wusste, wie amerikanisches Management funktioniert.

„Wir wollen nur die Zusammenarbeit mit dir auf andere Füße stellen. Du bist dann auch viel freier für andere Aufgaben. Pass auf: Nadine arbeitet einen Auflösungsvertrag aus. Die einzelnen Konditionen besprechen wir nächste Woche. Das ist auch eine große Chance für dich.“

Lürsen schoss das Blut in den Kopf. Er konnte nichts sagen und nickte nur kurz. Dann standen Nadine und Bouden auch schon auf, gaben ihm die Hand und verließen den kleinen engen Raum *Orwisch*, nicht ohne das Bouden dabei kurz seine Schulter drückte. Betreten durchschritt er nach einer Weile das Großraumbüro. Er empfand es als Spießrutenlaufen, als ihn alle Augen taxierten.

Lürsens Fall wurde an einen Outplacement-Berater übergeben. Er bekam per Post eine erste Version eines Aufhebungsvertrages. Man bot ihm ein Monatsgehalt pro Anstellungsjahr an. Er wurde für die sechsmonatige Kündigungszeit sofort freigestellt. Viele Kollegen waren geschockt und versicherten ihm, wie großartig sein Einsatz gewesen war. Es ging allerdings nun in eine andere Richtung mit anderen Schwerpunkten. Dazu wehte spürbar auf einmal ein ganz anderer Wind, als im Familienunternehmen Curafox unter Albert Gratz.

*****

Der ganze Unglücksfall aus dem Bereich autonomen Fahren wurde europaweit genau verfolgt und analysiert. Was konnte die Gesellschaft aus diesem Ereignis lernen? In einer kurzen HR-3 Reportage des Hessischen Rundfunks wurde im Folgejahr der Fall nochmal aufgerollt. Hintergrund waren die neuen Herausforderungen an das Recht in der Informationstechnologie. Ein am Verfahren beteiligter Rechtsanwalt hatte sich auf IT und Recht spezialisiert und dozierte im Fernsehinterview:

„Das autonome Fahren stellt nach wie vor unser Rechtssystem vor völlig neue Anforderungen. Generell gilt: wer Technik nutzt nimmt Risiken in Kauf. Dies gilt insbesondere bei diesen völlig neuen Systemen der Künstlichen Intelligenz. Sie entscheidet schnell und hoffentlich zuverlässig. Allerdings ist rückwirkend nicht nachzuvollziehen, wie das System zu einer Entscheidung kam. Die Menschen entlang der verzweigten und arbeitsteiligen Lieferkette der Hard- und Software können bei einem Desaster nicht belangt werden, solange man ihnen nicht Fahrlässigkeit nachweisen kann. Dafür müsste aber eine konkrete Person identifiziert werden. In Deutschland können keine Firmen, sondern nur juristische Personen strafrechtlich verfolgt werden."

Der Reporter fragte nach möglichen Lösungen, die der Rechtsanwalt gerne darbot.

„In Europa wird der Vorschlag der *e-Person*, das heißt elektrische Person, stark in der Rechtswissenschaft diskutiert, um dem Roboter eine Rechtspersönlichkeit zuzuordnen. Damit können bei fortschreitender Autonomisierung Verantwortungslücken geschlossen werden. Diese e-Person kann dann gegen verursachte Schäden versichert werden. Dies wird beim Einsatz von Pflegerobotern oder anderen KI-Systemen immer notwendiger."

Kapitel 10. Das Projektende

Seit seiner Entdeckung, mit einem Lichtstrahl einen Roboter ausgetrickst zu haben, war Zven Bergmann wie aufgekratzt. Er zog sich im Arbeitsleben immer weiter zurück und brütete darüber nach, was er mit dieser Information tun könnte. Er widmete sich immer mehr dem KI-System von ROSE-Co zu. In seinem Innersten merkte er, dass es phantastisch war, so ein System doch zu beherrschen. Seit seinem Erschöpfungsvorfall war nichts mehr so wie früher. Auch familiär gab es mehr und mehr Probleme. Einmal schrie er die Kinder bei den kleinsten Fehlern an, da sie nicht sofort das taten, was er befahl. Was war mit ihm los? Sein Kopf durchlebte immer wieder Hochs und Tiefs. Er war mal sehr sensibel, dann wieder sehr roh. Er kannte sich nicht mehr wieder und er erschien sich selber wie eine andere Person in seinem Körper.

Die smarten Geräte seines Haushalts kamen ihm vor, wie kleine Tamagotchi, die seine beiden Kinder früher mal regelmäßig gepflegt und gefüttert hatten. Ständig zeterten diese Geräte rum. Mal hatten sie keinen Saft, mal wollten sie geleert oder gefüllt werden und dann funkten sie ein letztes Lebenszeichen, bevor ihre Netzverbindung abbrach. *Ihr seid nichts ohne mich.*

Nach dem Anschlag am 3. Oktober ging es ihm zunächst viel besser. Es war wie ein geöffnetes Ventil, über das er den inneren Druck abgelassen hatte. Für ihn war es ein Unfall, kein Anschlag und erst recht kein Mord. Warum hatte von Haasen auch so wie ein Gockel auf dem Gabelstapler gesessen? Es war eine Provokation für das gesamte Curafox Team. Ihr System ROSE-Co arbeitete in diesem Gabelstapler zuverlässig. Der Roboter war zum Arbeiten und nicht als Karussell da. Das war ja damals wie im Zirkus. Von Haasen hatte selber Schuld und den Unfall selber herbeigeführt. Die Polizei und später das Gericht hatten dies so bestätigt. Von Haasen dieser Hänfling, war ein Süchtiger, ein Aufschneider, ein Betrüger.

Mit diesen Gedankengängen hatte er für zwei bis drei weitere Tage wieder seinen inneren Frieden bekommen.

*****

Die Reporterin Lavin Judy hatte nach dem Unfall schnell einen Termin mit Bergmann verabredet.

„Kommen Sie am besten ins Cafè Blaustein in Hanau. Da wird uns keiner kennen und wir können ein ungezwungenes Gespräch führen", lud sie Bergmann ein. Er hatte sich bei ihr gemeldet, als er die Visitenkarte in seinem Sakko wiederfand. Er wusste nicht, was genau Frau Judy von ihm wollte.

Vielleicht bekomme ich ein bisschen Geld und kann ein paar Infos verkaufen. Mein Name darf aber nicht genannt werden. Ich erkläre der mal, was so ein KI-System kann. Da wird ja immer so viel Mist geschrieben, sinnierte er.

In Lavin Judy fand er eine charmante und äußerst interessierte Journalistin, die Bergmann mit ihren schwarzen Augen offen ansah. Sie wollte einige Hintergrundinfos über den Unfall. Schnell merkte sie, dass hier eine große Story für sie drin war. Es ging ja nicht mehr primär um den Unfall. Das Thema Roboter und Künstliche Intelligenz war ein heißes Eisen. Sie müsste jetzt nur vorsichtig und behutsam vorgehen, dann könnte sie die Welle richtig reiten.

„Frau Lavin Judy?" fragte Bergmann, als eine zierliche Dame mit einem Laptop das Caffè Blaustein betrat. Sie nickte, als sie Bergmann anlächelte.

„Mein Name ist Zven Bergmann. Ich hatte mich bei ihnen gemeldet. Schön, dass der Termin klappt. Sollen wir uns da hinten hinsetzen?" Nach dieser Begrüßung bestellten sie beide einen Latte Macchiato und setzten sich in eine ruhige Ecke des Cafés, dass im hinteren Teil eine moderne Lounge Atmosphäre mit vielen kleinen Lampen und Sofas geschaffen hatte.

„Herr Bergmann, vielen Dank für ihre Zeit. Ich bin Reporterin bei der Fulda Post und habe über den Unfall bei InfoLogis berichtet. Die Polizei ist sehr zugknöpft. Können sie mir ein paar Hintergrundinfos geben? Wie kam es zu dem Unfall und was genau ist passiert?"

„Gerne. Vorab, mein Name darf aber nirgendwo erscheinen. Und zweitens: was springt für mich dabei raus?", fragte Bergmann offen und direkt.

„Ok, alles klar. Also je nach Tiefe der Infos und den Möglichkeiten, die ich bekomme, um daraus eine richtige Story zu machen, können sie ein bis fünftausend Euro bekommen. Ich stelle mal ein Mikro auf, und sie erzählen erstmal. Ich schreibe daraus eine Geschichte und sie bekommen die zum Gegenlesen, bevor irgendwas rausgeht."

„Gut, abgemacht." Dabei rekelte er sich in das Sofa.

„Und noch was, damit sie wissen mit wem sie es tun haben. Ich bin zwar nur eine Lokalreporterin in Fulda, aber mein Steckenpferd ist technischer Journalismus. Ich habe selber Physik studiert, aber damals keinen Job bekommen. So habe ich angefangen für die Zeitung Fachartikel zu schreiben. Ich interessiere mich sehr für IT. Spannendes Thema, wenn man bedenkt, dass der IBM Gründer Watson 1943 prophezeite, dass der Bedarf von Computern bei fünf Geräten läge. Und heute sind vier Milliarden Menschen mit dem Internet verbunden."

Bergmann nickte. Als Informatiker waren ihm die Geschichten und Falscheinschätzungen der letzten achtzig Jahre bekannt.

„So, Herr Bergmann. Jetzt bin ich ganz Ohr. Was ist passiert?"

Zven Bergmann begann über Curafox, das Projekt APTIL, InfoLogis und dem KI-Produkt ROSE-Co zu erzählen. Lavin saß interessiert dabei und machte sich Notizen. Den *Unfall* mit Todesfolge stellte er als vorsätzlichen Fahrfehler von von Haasen dar.

„Mit einem KI-Programm werden aus nackten Daten nicht nur aufbereitete Informationen, sondern Erkenntnisse." Das letzte Wort sprach er sehr andächtig aus. „Das ist ein enormer Unterschied zu früher. In den 80er Jahren ist mal ein Satellit am Mars vorbeigeflogen, weil der Programmierer einen logischen Vergleichsbefehl nutzte. Er programmierte an einer Stelle den *Kleiner Gleich Befehl* statt des *Kleiner Befehl*. Kleiner Fehler mit großen Auswirkungen", erklärte Bergmann stolz.

„Super, vielen Dank. Das reicht mir zum Einstieg und zum Hintergrund erstmal. – Sagen sie? - Wenn sie so ein Experte im Thema künstliche Intelligenz sind: was ist ihre Erwartung an diese Maschinen? Werden sie uns gefährlich werden und eines Tages ersetzen?"

Bergmann überlegte. Es tat gut, dass ihm endlich jemand mal richtig zuhörte und ihn als Experte ansah. Er hatte sich in den vergangenen Monaten auch viel intensiver mit der KI auseinandergesetzt.

„Dazu muss ich etwas ausholen. Darf ich?" Lavin nickte interessiert, beugte sich etwas vor und sah ihn direkt an, als er seinem kleinen Fachvortrag startete.

„Die menschliche Evolution hat sich vor ca. sechzig Millionen Jahren vom Affen abgespalten. Das menschliche Gehirn wurde immer darauf getrimmt, sehr schnell Sprache, Geräusche und Bilder zu verarbeiten, um auf einen Angriff eines Säbelzahntigers vorbereitet zu sein. Es ging im Kopf immer um Mustererkennung. So entstanden circa hundert Milliarden Nervenzellen, die über acht verschiedene Synapsenarten verbunden sind. Es gibt im Gehirn eines Erwachsenen circa hundert Billionen Synapsen. Diese Neuronen kommunizieren über elektrische oder chemische Signale und leiten Reize über zwanzig unterschiedliche Neurotransmitter weiter. Das Gehirn hat dabei einen Leistungsverbrauch von ungefähr zwanzig Watt und eine Taktfrequenz von zweihundert Herz. Das entspricht zehn bis hundert Millionen MIPS. MIPS sind Millionen Instruktionen pro Sekunde. Ein moderner Chip liegt in der gleichen Größenordnung, verbraucht heute aber dafür hundertfünfundsechzig Watt."

Judy schaute Bergmann mit großen Augen an. Wow. Sie war auf den richtigen Experten gestoßen.

„Ich habe gelesen, dass sich erst Gedanken formieren und sich dann erst das Bewusstsein bildet", wollte sie beisteuern, aber Bergmann war in seinem Element und ließ sich nicht ablenken. Der einseitige Vortrag war für sie hochinteressant und sie hörte gespannt weiter zu.

„Der Mensch nimmt pro Augenblick elf Millionen Reize über seine Sinne auf. Er schaltet dann einen oder mehrere Filter ein und nur zweihundert der Reize werden durchgeleitet und weiterverarbeitet. Das sind weniger als null Komma null null zwei Prozent!" Bergmann ließ die Zahl durch eine Pause wirken und öffnete beide Arme, um dies zu unterstreichen.

„Das ist wie bei einer Chefsekretärin, die nicht alles zu ihrem Chef dem Großhirn durchlässt. Ein Bild, was der Mensch in seinem Gehirn abgelegt hat, erzeugt bei der Wiedererkennung entsprechende Impulse. Das menschliche Denken ist zu einem erheblichen Teil Erkennung und Verarbeitung von Mustern. Genau dies hat man bei der KI auf den Computer übertragen. Die Maschinen werden in Zukunft immer schneller und immer mächtiger, wobei die menschliche natürliche Intelligenz nur leicht steigt. Anscheinend haben wir das Beste schon hinter uns. Die KI wird uns bald überholen. In vielen Dingen sind sie uns Menschen jetzt schon überlegen. Ein spannendes Forschungsgebiet. Die ethischen Hintergründe darf man aber dabei nicht vernachlässigen."

Lavin Judy hörte intensiv zu und saugte jedes Wort auf, während sie ihn bewundernd ansah. Hier dachte einer wie sie. Sie spürte dieses intensive Wissen bei Bergmann, aus dem es mit viel Selbstverständlichkeit heraussprudelte.

„Vielen Dank, Herr Bergmann. Absolut super. Ich bin begeistert. Sie sind mit ihrem Wissen ein Genie. Helfen sie mir, eine richtig große Story daraus zu machen? Ich brauche sie." Lavin Judy schaute Bergmann erwartungsvoll an. Bergmann nickte und träumte davon etwas reicher und später vielleicht auch bekannt zu werden.

„Übrigens - ich heiße Lavin. Wann können wir uns wiedertreffen?"

„Zven. Immer gerne."

Sie verabredeten weitere Telefonate und ein Treffen in vier Wochen.

*****

„Was ist eigentlich mit dir los? Ich verstehe dich nicht mehr. Wir leben aneinander vorbei." Sylvia Bergmann stellte ihren Mann zur Rede, der wie immer in letzter Zeit entweder gereizt und aufbrausend oder in sich gekehrt war.

„Seit deinem Zusammenbruch hat sich alles geändert. Du konntest fast nicht aufstehen und deinen Tag planen und ich musste dich pflegen. Ich habe das gerne getan. Aber nun lässt du mich sitzen. Rede doch mit mir."

Aber Bergmann wollte nicht reden. Er fühlte sich verfolgt von alten Gedanken. Er kam nach Hause, sagte kaum guten Abend und verschwand in sein Zimmer. Wehe die Kinder waren zu laut. Dann konnte er aus der Haut fahren. Er saß am Computer und las viele Artikel im Internet. Er wollte bei seinen Studien nicht gestört werden.

Manchmal beschlich ihn ein ungutes Gefühl. Dann grübelte über den Unfall. Oder war es doch Mord gewesen? Ich wollte ja von Haasen, diesen Wichser, umbringen. Oder habe ich einen Unfall zumindest billigend in Kauf genommen oder provoziert? Bin ich ein Mörder? Nein, ich habe jemanden bestraft. Ich habe niemanden ermordet. Es war höchstens fahrlässige Tötung, Herr Richter. Ein Mord geschieht über eine Waffe, ein Stoß oder Gift. Ja, es war Rache. Es war mein Mittel zur Durchsetzung des Rechts und zur Wiederherstellung meines sozialen Friedens. Rache verstößt nicht gegen die Rechtsordnung. Jetzt ist es auch mal gut. Warum und vor wem muss ich mich rechtfertigen? Wo kein Kläger, da gibt es auch keinen Richter. Basta!

Die Rache diente zur Wiederherstellung seiner verletzten Ehre, da diese anders nicht Genugtuung fand. Er hatte endlich mal Macht ausüben können. Sie steigerte sein Ansehen und seine Autorität. Diese Macht hatte einen grünen Lichtstrahl und war wie eine Waffe, die keiner kannte. Er war der König der Roboter, die sich seinem Machtanspruch unterwerfen mussten. Er konnte die KI stoppen. Aber er wollte auch die KI im Innersten besser verstehen.

Zwischen diesen ganzen Gefühlen schwankte er immer hin und her. Das kostete immense Kraft. Kraft, die ihm bei Curafox und zu Hause fehlte. Es war wie es ist. Nur Lavin hatte scheinbar Verständnis für ihn. Sie erkannte seine Größe. Sie bewunderte ihn.

„Zven. Zveenn. So geht das nicht mehr weiter. Ich habe beschlossen jetzt zum Anfang der Sommerferien mit Agnes und Ludwig zu meinen Eltern nach Aachen zu fahren. Du kannst uns dort ja besuchen kommen oder es auch sein lassen. Ist mir egal. Vielleicht helfen dir die vier Wochen, mal über unsere Beziehung nachzudenken", sagte Sylvia im harten Ton, drehte sich um und ging ins Schlafzimmer. Nicht ohne die Tür laut hinter sich zuzuschlagen.

Am Morgen entschuldigte sich Bergmann mehrmals bei seiner Frau, die das Auto schon gepackt hatte. Es tat ihm aufrichtig leid. Er hatte im Wohnzimmer geschlafen und stank immer noch nach Alkohol. Sylvia sagte dazu nichts. Sie wusste nicht mehr weiter. Sie verabschiedete sich, ohne einen Kuss von Zven und stupste die Kinder auf die Rückbank des Autos. Der Motor heulte auf, als sie mit vielen Emotionen unkontrolliert davonfuhr.

*****

Die Maschinen bekamen die Oberhand in seinem Kopf. Er kämpfte nachts im Traum gegen Roboter, die auf ihn zukamen, ihn ansprachen und sogar erst freundlich zu ihm waren. Dann wollten sie seine Sinne rauben. Er redete im Schlaf und drohte ihnen. Er wälzte sich hin und her. Er kämpfte und konnte dieses verlogene Gequatsche der Maschinen nicht mehr hören. Sie biederten sich an. Stopp! Dann zog er seine Lichtpistole mit dem grünen Strahl und wachte schweißgebadet auf.

Morgens war er wie gerädert und meldete sich bei Curafox krank. Er versank nach dem Kaffee vor seinem Bildschirm wieder in seinen Gedanken, die ihn nicht losließen. Diesen fahrenden und laufenden Roboter, die fast alles besser und perfekter als der Mensch könnten, dürften nicht die Macht übernehmen. Roboter konnten hören, sprechen, sehen, rennen, schießen. Nur Gefühle zeigten sie nicht. Kein Schreien, kein Freudenjubel, keine Liebe. Wenn, dann nur vorgespielte Emotionen. Die Maschinen bauten heute sogar ein eigenes Internet auf. Das *Internet der Dinge*. Dort vernetzten sich die Maschinen in einer globalen Infrastruktur. Früher hatten Roboter die Arbeiter abgelöst, aber zusammen mit der KI würden auch bald die Gebildeten, die Akademiker ersetzt werden. Gut, dass ER wenigstens die Kontrolle behielt.

Er schob eine DVD mit Musik in den Computer und ließ die Titel nacheinander abspielen. Er kannte die Reihenfolge der Playlist auswendig. Er mochte Blues, Jazz und Rock. Er mochte es auch, wenn er die Musik spüren konnte. Der Lautstärkeregler war sein Steuerknüppel – und er gab Gas. Bei *Smoke on the Water* ließ er sich zurückfallen und hörte intensiv zu. Danach ertönte laut J.J. Cales *Cocain*. Er wurde wehmütig, da er bei diesem Song Sylvia in einer Diskothek angesprochen hatte. Es war ihr erster gemeinsamer Tanz - eng umschlungen. Ihm kamen die Tränen und er rief laut nach ihr.

„Sylvia! Sylvia, wo bist du?"

Er fühlte sich auf einmal einsam. Bei *Hotel California* von den Eagels träumte er vom *Highway Number One*, den er mit Sylvia zusammen vor Jahren im Cabrio gefahren war.

Als das Drummer Solo von *Radar Love* aus dem Lautsprecher dröhnte, tanzte er mit ausschweifenden Armbewegungen. Er schwitzte. Er grölte laut - den Trucker Song mit der Radarwellenliebe. Zum Ende des E-Gitarre Sound ließ er sich total erschöpft auf den Teppich fallen. Die Schweißperlen liefen ihm den Kopf herab und er starrte an die Decke. Seine Gedanken machten sich wieder auf den Weg der Phantasie. Er empfand seine Schweißperlen als soft, als flüssig als flüchtig. Genau wie Software? *Software der Schweiß des Gehirns.* Was war das überhaupt? Dieses immaterielle Gut, was man nicht riechen, schmecken, hören oder anfassen konnte. Früher konnte der Mensch über eine Programmiersprache Befehle geben. Programmieren war wie das Komponieren eines Musikstücks. Es war Kunst. Viele Lösungen konnten zu einem Ziel führen. Genauso, wie es viele Rezepte für einen Apfelkuchen gab. Er begann, mit sich selber laut zu reden und fuchtelte mit seinen Armen umher. *Wir Menschen haben keine Sinne für Software. Wir müssen alles in Bilder und Datenflussdiagramme packen. Der Computer macht es sich einfach und fordert immer eine fast endlose Schlange von Nullen und Einsen. Dahinter kann er sich verstecken. Wir Menschen sollen ihm alles vorkauen und müssen ihn füttern. Na, wie schmeckt´s? - Nein, es hat geschmeckt. Teile und herrsche war unser Prinzip in der Programmierung. Große Probleme werden in viele kleine zerlegt. Und nun beginnt der Computer mit der künstlichen Intelligenz zurückzuschlagen. Ihr werdet schon sehen, wenn die Maschinen den Saugroboter und das Smart Home, die Heizung, die Rollläden, Musik, Licht und sogar unseren Einkauf steuern. Wir Menschen sind denen ausgeliefert. Wir haben bald keine Macht mehr über unser Leben. Wir haben definitiv zu lange gewartet,* zog Bergmann, dem Wahn nahe, ein Fazit und warf eine rosa Tablette ein, bevor ihn eine Panikattacke übermannte und in ein menschliches Wrack verwandeln konnte.

Er verwahrloste zunehmend. Er meldete sich auch nicht bei seiner Familie in Aachen. Essen, Trinken und Waschen wurden auf das Minimum heruntergeschraubt. In der Wohnung lagen überall Flaschen und Pizzakartons. In der Spüle stapelte sich das Geschirr und Wäsche lag in allen Räumen rum. *Sollen doch die Roboter aufräumen. Aber die trauen sich nicht mehr hier rein. Sie haben Angst vor mir. Ich bin ihr Chef und Gebieter.* Sein Zustand schwang unkontrolliert permanent zwischen innerer Beklemmung, Angst und Euphorie hin und her.

Dann wieder fühlte er sich von Robotern verfolgt. *Scheiße, scheiße, scheiße.* Sein Kopf pochte. Er sah verwirrt durch das Küchenfenster nach draußen. Dort fuhr ein Auto ohne Fahrer vorbei. Er erkannte beim Hinterhersehen mit weit aufgerissenen Augen noch ein gelbes Nummernschild. Aber sein Gehirn konnte die Zusatzinformation nicht mehr verarbeiten. Und auch der smarte Staubsauger schaltete sich alleine ein. Oder träumte er schon wieder?

Er hatte, fast erschöpft, eine längere Zeit auf dem Boden gelegen. Jetzt ging es wieder etwas besser. Er stand auf und trank einen Kaffee, als das Mobiltelefon sang. Dem Klingelton nach, müsste das Lavin sein. Seine Gesichtszüge verbreiterten sich und seine Stimmung hellte sich sofort auf. Nach einem Husten und starkem Räuspern meldete er sich.

„Hi, wie geht es dir? Lange nichts mehr gehört von Dir. Was macht die Story?"

„Hallo Zven. Alles top. Wir sind groß rausgekommen mit der Geschichte. Ich habe das in vier Teile eingeteilt. Die Auflage ist dadurch enorm gestiegen. Die wollen jetzt noch ein bis zwei Artikel veröffentlichen. Hast Du Zeit? Ich habe noch ein paar Fragen."

„Klar, wir können uns treffen. Du kannst auch zu mir nach Hause kommen." Er sah sich kurz im Wohnzimmer um. Durch den Anruf war er schlagartig klar im Kopf geworden und konzentrierte sich. „Ach nee, geht ja nicht. Die Kinder haben ihre Freunde da", log er.

Sie wollten sich am frühen Abend wieder im Cafè Blaustein in Hanau treffen. Den Nachmittag brauchte Zven Bergmann, um sich wieder in den Griff zu bekommen. Dabei half ihm erneut eine rosa Pille. Aber die Vorfreude auf Lavin war riesengroß. Sie war ihm sehr wesensnah.

*****

Sylvia war nun schon zwei Wochen bei ihren Eltern in Aachen. Die Kinder genossen es immer Oma und Opa zu besuchen. Sie durften hier viel mehr als zuhause. Es gab oft Apfelkuchen und Opa ging mit beiden zum nahegelegenen riesigen Abenteuerspielplatz, der in einem ehemaligen Steinbruch gelegen war. Hier konnten sie richtig was erleben. Und einmal morgens hatten sie sogar zwei Rehe aus der Ferne gesehen. Abends fielen sie todmüde ins Bett. Sylvia hatte von Zven auch etwas Abstand gewonnen. Sie hatte ihren Eltern von dessen Wesensveränderung nichts erzählt. Sie sollten sich keine Sorgen machen. In der ersten Woche hatte sich Zven bei ihr noch gemeldet. Er hörte sich am Telefon natürlich an und war interessiert an ihren Ausflügen nach Monschau und in die Eifel. Er sprach auch längere Zeit mit den Kindern, die von den Erlebnissen mit den Großeltern erzählten. Dann war eine Woche Funkstille. Sylvia versuchte mehrmals Zven telefonisch zu erreichen. Es nahm niemand ab. Sie versuchte es tagsüber in der Firma. Dort sagte man ihr, er habe sich krankgemeldet. Durch einen Anruf bei der Nachbarin erfuhr sie, dass Zven manchmal im Garten gesehen worden war und auch die Rollläden bewegt würden. Das diese auch manchmal tagsüber unten blieben verschwieg die Nachbarin allerdings. Schließlich beschloss Sylvia nach Rödermark zurückzufahren und nach Zven zu sehen. Sie machte sich Sorgen, wollte aber durch eine sofortige Abreise keine Panik verbreiten und unliebsame Nachfragen ihrer Eltern vermeiden.

„Paps, ich muss übermorgen mal kurz nach Rödermark zurück. Wir haben einen gemeinsamen wichtigen Termin bei der Bank. Es geht um die Anschlussfinanzierung der Hypothek. Den hatte ich ganz vergessen und Zven hat mich darauf aufmerksam gemacht. Können die Kinder noch hierbleiben?"

„Klar, wir freuen uns immer, wenn die beiden da sind. Und vergleicht ruhig mal Finanzierungsangebote von anderen Banken. Da könnt ihr viel Geld sparen."

„Ja, das hatten wir auch vor. Danke. Ich komme zum Wochenende wieder und bleibe dann noch ein paar Tage. Vielen Dank schonmal."

Sie hatte ein sehr flaues unheilvolles Gefühl, was sich bestätigen sollte.

*****

Zven Bergmann und Lavin Judy begrüßten sich mit Wangenküsschen. Vermutlich hätten beide gegen eine intimere Begrüßungsform nichts gehabt.

Lavin fasste nochmal ihre Erfolgsgeschichte zusammen. Zven Bergmann schmunzelte anerkennend.

„Ich habe dir auch das versprochene Geld mitgebracht" und übergab Bergmann einen Umschlag. Bergmann schaute kurz rein. „Das müssen wir feiern. Ich bestelle eine Flasche Schampus."

„Gerne, geht es Dir gut?" fragte Lavin, obwohl sie sah, dass sich Zven irgendwie verändert hatte. Die Haut weiß und faltiger, die Haare lang und das Hemd falsch zugeknöpft. Seine Fingernägel abgekaut und die Nagelhaut blutig. Sie behielt diese Kleinigkeiten für sich. *Ich muss ja meine Quelle schützen, von der ich was bekommen will*, beschloss sie.

Die Bedienung stellte zwei Gläser Champagner auf den Tisch und Zven schaute zunächst abwesend auf die aufsteigenden Perlen, als ob er sie zählen wollte. Sie stießen an und schnell waren die Gläser ausgetrunken. Zven fing an zu philosophieren, da er unterstellte, dass Lavin dies von ihm erwartete.

„Ich bin in letzter Zeit immer tiefer in die künstliche Intelligenz eingestiegen. Lavin, hast du schon von den Transhumanisten[35] in der Welt was gehört?" fragte er ohne auf eine Antwort zur warten. „Die verpflichten sich alle, auch radikale Änderungen in der Natur und beim Menschen durch wissenschaftliche und technologische Disziplinen umzusetzen. Alles was uns Menschen besser macht und länger leben lässt wird erforscht und aktiv umgesetzt. Prothesen, Gen-Editing, das Züchten und die Konservierung von Organen, um sie wiederzubeleben, und Nanoroboter, die in unserem Körper

---

[35] Transhumanismus ist eine philosophische Denkrichtung

Analysen durchführen, erforschen und unterstützen sie. Natürlich auch die Förderung der künstlichen Intelligenz. Alle Maschinen vernetzen sich miteinander. Das Internet wimmelt nur so von Bots, die menschliches Verhalten simulieren und Informationen über uns sammeln. In diesem neuen *Internet der Dinge* gibt es sogar eine eigene Währung, den *IOTA*[36]. Die Maschinen melden ihre jeweiligen Ergebnisse an einen großen Server. Und jeder, der diese Daten haben will, muss in *IOTA* bezahlen. Wir haben keine Kontrolle mehr über unsere Daten," stellte er frustrierend fest. „Große Firmen oder auch Regierungen nutzen unsere eigenen Daten gegen uns aus. Unsere Gehirne werden bald von Quantencomputern mit einem Upload, also einem Hochladen ausgelesen werden. Lavin – weißt du was das heißt? Durch die KI übernehmen Roboter irgendwann die Welt. Wir Menschen können nicht mehr unterscheiden, ob wir es mit einem Menschen oder einer Maschine zu tun haben." Bergmann hatte das Zukunftsszenario beängstigend dargestellt und sich immer weiter in seinen Vortrag reingesteigert.

Lavin hörte interessiert aber nüchtern zu und spitzte ihren roten Mund. Sie ließ sich nicht anstecken und fragte kühl: „Wer sind denn die Transhumanisten?"

„Das ist wie eine Sekte. Eine weltweite Glaubensgemeinschaft von einer Gruppe von Wissenschaftlern. Sie sind die Förderer der Roboter. Sie haben keine Skrupel. Sie kennen keine Ethik. Gott oder Religion ist denen fremd", antwortete Bergmann scharf und trommelte mit einem Löffel auf dem Tisch. Er musste sich auch immer wieder durch die Haare fahren. Vor lauter Eifer fing er an zu schwitzen und manchmal bildeten sich kleine Spuckbläschen vor seinem

---

[36] IOTA ist eine digitale Kryptowährung, die es seit 2016 gibt

Mund. „Sie wollen uns mit Hilfe ihrer Maschinen missionieren."

„Zven, das Szenario hört sich beängstigend an. Wir wollen die Zukunft doch selber bestimmen Ich dachte immer, es wäre Fortschritt. Aber so? Wenn wir das alles nicht wollen, was machen wir dann? Wer kann uns retten?"

Bergmann setzte sich aufrecht hin und wurde ganz ruhig. Er sah Lavin direkt in die Augen und wartete. Er faltete seine Hände und befeuchtete mit seiner Zunge den Mund.

„Ich. Ich kann alle retten. Ich stemme mich gegen deren Vordringen in unser Leben. Ich habe eine Laserwaffe, mit der ich die Roboter aufhalten kann."

Lavin lächelte ungläubig. Irgendwie machte Zven Bergmann einen verwirrten Eindruck auf sie. Konnte sie ihn ernst nehmen? Aber das Szenario, was er beschrieb, machte auch ihr etwas Angst. Nichts war für einen Reporter wichtiger, als ein redender Informant.

„Hört sich an, wie das Lichtschwert der Jedi bei Star Wars. Wie soll das gehen? Hast du das denn schonmal ausprobiert", sagte sie verständnisvoll. Sie kam sich nun vor, wie ein Therapeut.

Wieder brauchte Bergmann einige Zeit, um sich zu konzentrieren und rutsche auf dem Stuhl hin- und her.

„JA. - JA klar. - Damals in der InfoLogis Halle. Ich habe den Gabelstapler, diesen irren Roboter mit von Haasen, gestoppt."

Lavin schaute überrascht. „Dann wusstest du, was passiert?"

„Na sicher, ich hatte das vorher getestet. Ich musste die Maschine aufhalten. Und ich kann jetzt auch die Maschinen aufhalten."

Lavin war erschüttert und verwirrt zugleich. Sie zeigte nach außen aber großes Verständnis und zollte Bergmanns Wissen Hochachtung.

„Ich helfe Dir dabei, ok?" Oder war es kein Geständnis?

„Ok, sehr gut. Wir müssen uns organisieren." Bergmann wirkte nun erschöpft. Er schöpfte aber Mut, da er nun in Lavin eine Mitkämpferin verspürte. Zusammengesunken saß er nun am Tisch und riss sich abstehende Nagelhaut vom linken Daumen bis es blutete.

Lavin beruhigte ihn weiter und änderte das Gesprächsthema. Sie erwähnte die letzten Meldungen aus den Nachrichten, der Bundesliga und schließlich das Wetter. Nach einiger Zeit war sie sich sicher sich verabschieden zu können, um nach Fulda zurückzufahren. Sie hatte von Zvens Bericht und seinem Zustand richtig Angst bekommen. Was sollte sie tun? Für sich und für Zven? Er brauchte Hilfe. Und sie eine Story. Noch während der Autofahrt beschloss sie die Polizei zu benachrichtigen und machte einen Termin mit Kommissar Markus Bremer für den nächsten Morgen ab.

Das konnte nicht nur eine große, sondern das würde eine ganz große Mega-Story werden.

*****

Die Polizei fuhr am folgenden Tag in Rödermark vor dem Haus von Bergmann vor und klingelte. Bergmann schlurfte zur Tür und war erstaunt, dass Markus Bremer auf der Eingangstreppe stand. Bremer hatte noch Kollegen mitgebracht. Er musterte kurz das Erscheinen von Bergmann und gestand sich ein, dass der Satz von Karl Lagerfeld stimmte: wer Jogginghose trägt, hat die Kontrolle über sein Leben verloren. Bergmann ließ alle eintreten und fragte freundlich nach dem Grund.

„Herr Bergmann, sie hatten gestern ein Treffen mit Frau Lavin Judy in Hanau – richtig?"

„Ja, die Journalistin."

„Sie haben ihr einen Vortrag über künstliche Intelligenz gehalten und ihr gegenüber zugegeben, dass sie an dem Tod von Niklas von Haasen beteiligt waren."

Bergmann fuhr sich durch die Haare und schaute Bremer etwas ungläubig an, als wenn er zweifelte, ob diesem zu trauen sei. Etwas verzögert antwortete er.

„Ja, ich bin der König der Maschinen und von Haasen war ein Frevler. Er hat meine Frau vergewaltigt und uns beschimpft. Er wollte Macht über die Maschinen bekommen. Aber ich habe ihm gezeigt, dass ich nicht sein Werkzeug bin."

„Herr Bergmann, ich muss sie bitten mit uns zu kommen. Wir brauchen ihre Aussage. Natürlich sind wir auch interessiert an ihrem Expertenwissen", sagte Bremer nun merklich ruhiger und weicher im Tonfall. „Ähm, dies ist nur ein Angebot."

Bergmann erschien total verwirrt und fühlte sich sogar geehrt, dass Markus Bremer so viel Interesse an ihm hatte.

„Natürlich."

„Sind sie alleine und können wir uns im Haus mal umsehen, Herr Bergmann?"

„Ja, Nein, doch. Ich habe hier alles unter Kontrolle. Alles ist sicher. Kommen sie Herr Bremer. Die wissen längst Bescheid."

„In Ordnung. Vielen Dank. Dürfen meine Kollegen mitkommen?"

„Kommen sie ruhig alle rein. Keine Angst."

Bereitwillig zeigte er ihm das verwahrloste Wohnzimmer und auch seine Laserwaffe, mit der er die Welt retten wollte. Die Polizisten schauten auch in die anderen Räume und fanden im ganzen Haus verteilt Laser-Lichtlampen. In einer Kiste im Schafzimmer wurden sogar fünfhundert solcher Laserstrahler mit grünem Laserpunkt sichergestellt, die es nun auch schon in einer stärkeren Version mit sehr hoher Strahlenintensität gab.

Bremer verhaftete Bergmann förmlich und verwies auf seine Rechte, verzichtete aber auf Handschellen. Er hatte irgendwie Mitleid. Da wollte einer die Welt retten, hatte sich aber selbst dabei aufgegeben. Mit schwerem Gang und leicht breitbeinig ging Bergmann zum Polizeiauto.

Die weitere Vernehmung auf dem Polizeirevier erbrachte keine neuen Erkenntnisse. Die Aussagen von Judy Lavin wurden von Bergmann bestätigt. Er zeigte keine Reue, da er gegen das Böse kämpfen wollte. Dazu war er immer noch bereit. Bergmann schilderte der Polizei, wie er von Haasen, den Gockel, auf dem Stapler mit seiner Laserkanone abgeschossen hatte. Nicht von Haasen, sondern er – Bergmann – hatte die Macht über die Maschinen.

Hauptkommissar Bremer schaltete das Mikrophon und die Kamera ab.

„Vielen Dank Herr Bergmann. Das haben sie gut gemacht. Wir sind nun fertig. Ich stelle sie noch einem Kollegen vor, der noch einige Fragen an sie hat."

Bergmann rutschte auf dem Stuhl bis zur Sitzkante nach vorne, als könne er sich dadurch besser konzentrieren.

„Gut, okay."

Der Psychologe und polizeiliche Gutachter Dr. Maurer stellte nach einigen Gesprächen eine Diagnose von Schizophrenie und

Größenwahn fest. Der Staatsanwalt hielt aufgrund des ärztlichen Gutachtens von Dr. Maurer eine Einweisung in eine psychiatrische Klinik für notwendig, da von Bergmann eine gewisse Gefahr für sich und andere ausgehen konnte. Es sollte später im Hauptverfahren eines Gerichtes festgestellt werden, ob ein Maßregelvollzug in einer Forensischen Klinik nach §63 des Strafgesetzbuches notwendig sei, da Bergmann nach Meinung von Dr. Maurer vermindert schuldfähig sei. Im Rahmen einer Therapie sollte er sich psychisch stabilisieren.

Er wurde mit einem neutralen PKW vom Untersuchungsgefängnis in das Klinikum Frankfurt gefahren und auf die Station 93-10 eingewiesen. Bergmann genoss die Fahrt durch Frankfurt und die vielen Hochhäuser. Sie machten ihm keine Angst. Er fühlte sich als wichtige Person, die zu einem weiteren Interviewtermin chauffiert wurde. Alle Menschen waren sehr aufmerksam und nett zu ihm. Sie schauten ihn an, als wäre er der kommende Technikstar. Der Steve Jobs[37] der Maschinenwelt.

*****

---

[37] Gründer und langjähriger CEO von Apple ist 2011 an Krebs gestorben

Als Sylvia in Rödermark ankam, war das Haus leer. Sie wunderte sich, wie unaufgeräumt und dreckig alles war. Flaschen, Pizzakartons und jede Menge Abwasch standen herum. Die Luft roch muffig und sie öffnete die Fenster zum Lüften. Sie lief im Haus umher und rief nach Zven. Aber alles blieb still. Im Carport stand sein Auto und sein Mobiltelefon lag auf der Ablage. Jetzt musste sie erstmal ihre Gedanken sortieren. Dabei befüllte sie die Spülmaschine und sammelte die Kartons und Flaschen ein. Während sie den Staubsauger hervorholte beschloss sie, nochmal in der Firma bei Stefan Mohring anzurufen.

„Hallo Stefan, hier ist Sylvia. Sorry für die Störung. Hast du Zven gesehen?"

„Gude Sylvia. Nein, der hatte sich vor ein paar Tagen krankgemeldet. Er hätte Kopfschmerzen und eine Grippe habe ihn angeflogen. Ist er denn nicht zuhause?"

„Ähm, nein. Beziehungsweise, ich bin in Aachen bei meinen Eltern und erreiche ihn nicht."

„Soll ich bei euch mal vorbeifahren und nach ihm schauen?"

„Nein, vielen Dank. Ich versuche es später nochmal. Ich frage mal bei unserer Nachbarin nach. Vielleicht hat er sich ja auch nur hingelegt. Danke. Tschüss."

Ich hätte ihn nicht alleine lassen dürfen. Nicht nach dem Zusammenbruch. Was mach ich jetzt?

Ihre Sorgen wurden immer größer und sie beschloss nicht mehr zu warten und rief die Polizei an.

Erst konnte oder wollte man ihr keine Auskunft am Telefon geben und eine Polizistin beruhigte sie, dass Ehemänner fast immer wiederkämen. Sie könne jederzeit in der Wache eine Vermisstenanzeige aufgeben. Nach einer Stunde klingelte das Telefon und Kommissar Markus Bremer aus Fulda meldete sich bei ihr mit einer unheilvollen Nachricht.

*****

Das Zimmer war hübsch und modern eingerichtet. Es sah gar nicht nach einem Krankenhaus aus. Der blaue Linoleumboden glänzte und es roch nach Reinigungs- und Desinfektionsmittel. Ein Bett, ein Schreibtisch, zwei Sessel mit einem Couchtisch und ein Schrank waren funktional im Zimmer verteilt. Der Blick in den Garten wurde durch ein Gitter gestört.

Bergmann hatte es wohlwollend zur Kenntnis genommen, dass Dr. Maurer ihm eine Laserstrahllampe überlassen hatte, wenn auch eine ältere der ersten Generation. Bergmann fühlte sich immer noch von Maschinen umzingelt. Sie kamen ihm immer näher. In seinem Kopf übernahmen zunehmend Avatare die Macht. Sie waren die Inkarnation von Personen, die aus dem Internet kamen.

Die Avatare kamen, um ein neues Zeitalter einzuleiten und den Idealtypus dieses Zeitalters zu verkörpern. Bergmann lief unruhig im Zimmer auf und ab. Dabei murmelte er unverständliche Sätze vor sich hin.

Es klopfte an der Tür und einer dieser Avatare und Pflegeroboter schritt herein.

„Guten Tag Herr Bergmann. Ich bin ihr persönlicher Assistent", sagte der junge Pfleger und sah Bergmann direkt an. „Ich habe etwas zur Entspannung für sie. Dann können sie sich erstmal ausruhen. Ihre Gedankengänge beruhigen sich. Sie werden sehen, wie gut es ihnen tut", sagte der Pfleger aufmunternd lächelnd.

Den tanzenden grünen Punkt auf seinem weißen Kittel übersah er großzügig.

Der Pfleger nahm eine Spritze von seinem Rollwagen und zog ein Medikament auf. Die Packung lag auf der Ablage mit der Schrift nach oben. Bergmann kniff die Augen zusammen und entzifferte langsam den Namen, der für ihn auf dem Kopf liegenden Medikamentenpackung.

Er buchstabierte fassungslos und laut: „A - P - T - I - L 3.0!"

Hauptpersonen

Zven Bergmann	Curafox Projektleiter für APTIL
Niklas von Haasen	InfoLogis Projektleiter für APTIL
Dr. Albert Gratz	CEO, Gründer von Curafox
Ben(jamin) Gratz	COO, Sohn von Albert Gratz
Dr. Frank Lürsen	Abteilungsleiter bei Curafox
Stefan Mohring	(Teil-) Projektleiter Curafox
Christine Zielke	(gen. Chrissy) IT Consultant
Moritz Bremer	Hauptkommissar in Fulda
Lavin Judy	Journalistin von der Fulda Post
Sylvia Bergmann	Ehefrau von Zven Bergmann
Dr. Manfred Fehrenbach	Chef von InfoLogis

Nebenpersonen:

Mark Kötter	Vertriebs- und Angebotsleiter Curafox
Ulla Schmidt	Teamleiterin bei Curafox
Nadja Schulte	Mitarbeiterin im Controlling bei Curafox
Lydia	Projektbüro Curafox
Koletta Storm	reiche Cousine von Albert Gratz
Sanjay	indischer Entwicklungsleiter bei Curafox
Tom	Investor WhiteStone
Martin	ehemaliger Kollege von Zven Bergmann
Dr. Wendel	private Psychologin
Cordula	Frau von Albert Gratz
Dagmar	Chefsekretärin von Dr. Fehrenbach
Julian	Bruder von Niklas von Haasen
Kiril	Schreiber für Testkonzept
Herr Winter	Verhandlungsführer Einkauf InfoLogis
Martina & Gerhard	Schwiegereltern von Bergmann
Jürgen	Schwager von Bergmann
Dr. Rainer Luchte	ehemaliger Freund von Chrissy Zielke
Piotr, Sergey	Komplizen
Dr. Maurer	Psychologe Uni Frankfurt
Till Hallstein	Kommissaranwärter Polizei Fulda
Jäger	Polizeioberwachtmeister Kassel
Graham Bouden	Amerikaner und neuer CEO von Curafox
Nadine	Curafox Personalabteilung

Epilog

Die Geschichte um das Softwareprojekt APTIL ist zwar erfunden, aber viele Szenen sind dem Alltag der Softwareindustrie entlehnt. Sowohl die großen Roboter-Gabelstapler existieren als auch die softwaretechnische Falschinterpretation einer Lichtspiegelung ist möglich. Auch eine Steuerung durch Gesten mit einem Handschuh inklusive der Virtual Reality Brille sind in der Mensch-Maschine-Kommunikation schon seit 2012 auf dem Markt. Die Spieleindustrie war in deren Verbreitung ein Vorreiter. Der Zigarettenschmuggel aus Polen ist ein Problem, das intensiv durch den Zoll und die Steuerfahndung immer noch bekämpft wird. Mit Optionen auf kurzfristig fallende Börsenkurse wird tagtäglich spekuliert. Auch eine e-Person (elektrische Person) als Abbild der Maschine wurde im IT-Recht vorgeschlagen und stände damit neben einer juristischen und einer natürlichen Person, um die Haftung zu gewährleisten. Dies wird seit 2017 im Europäischen Parlament kontrovers diskutiert. Die Kryptowährung IOTA zur Bezahlung zwischen Maschinen gibt es schon seit 2016. Und der Transhumanismus als philosophische Denkrichtung hat unter Wissenschaftlern viele Anhänger. Die Geschichte ist keine Science-Fiction.

Die wirtschaftlichen und persönlichen Erwartungen in so einem Softwarevorhaben sind oft sehr unterschiedlich, bis zu einem Punkt, dass sich die Partner und Personen möglicherweise unversöhnlich gegenüberstehen. Die Branchen, für die Software entwickelt wird, sind unterschiedlich und damit auch der tägliche Kampf um Vorteile. Es wird jeweils mit anderen Mitteln gestritten. Ist beispielsweise in der Automobilindustrie der zentrale Einkauf stark ausgeprägt, so kann im öffentlichen Bereich schnell die Presse als Druckmittel zum Einsatz kommen. Viele gute Projektleiter stellen sich tagtäglich diesem immensen Stress und nicht wenige verfehlen ihr selbstgestecktes Ziel. Einige leiden später unter Burn Out, wie im Fall von Zven Bergmann. Die Softwarebranche ist anfällig für solche Szenarien, wie auch neuere Studien ergaben. Individuelle Software wird für einen Auftraggeber zu einem Festpreis entwickelt, obwohl die Anforderungen unklar oder gar widersprüchlich sind. (Oft auch vom Auftraggeber wissentlich im Unklaren gehalten.) Zum Ende eines Projektes gibt es dann Streit, wenn der Auftraggeber seine Anforderungen nicht umgesetzt sieht. Es ist immer ein großes Spiel. Wer erkennt Defizite zuerst und kann darauf reagieren oder neue Finten legen?

Neue Vorgehensmodelle zur Softwareentwicklung, wie Prototyping und agile Vorgehensweisen, versuchen eine permanente, iterative Kommunikation zwischen den Parteien herbeizuführen, damit unterschiedliche Anforderungen schnellstmöglich erkannt werden. Wie dies dann kommerziell in einen Festpreis abgebildet wird, bleibt aber meist offen. Jeder Zyklus (auch Sprint genannt) kostet Geld. Auch mit grafischen Sprachen wird versucht, dass der unkundige Auftraggeber früh im Softwareentwicklungsprozess seine Vorstellungen wiedererkennt. Man versucht damit Software zum Sehen und Anfassen zu gestalten und eine dem Menschen angenehme Abstraktionsebene von Software zu geben. Aus dieser Ebene heraus wird dann Software für den Computer generiert. Diverse Methoden des Software Engineering gibt es auch schon seit den 70er Jahren. Aber die große Revolution ist in den fünfzig Jahren ausgebeblieben, obwohl es diverse neue Programmiersprachen gibt. Verglichen mit dem Hausbau ist die Softwaretechnik eine sehr junge Disziplin.

Auf der anderen Seite verblüfft die Softewarebranche insbesondere aus den USA, China und Indien mit Ergebnissen zur künstlichen Intelligenz, schnellen Analysealgorithmen von sehr großen Datenmengen (Big Data) und der Vernetzung der Welt. Die Digitalisierung unseres Lebens schreitet unaufhaltsam voran. Diese hervorragenden Resultate sind einerseits der enormen Potentialsteigerung der Hardware geschuldet, andererseits spielen sie sich aber wenig im etablierten kommerziellen Softwarebereich ab. Erst nachdem aus der Auftragsforschung Ergebnisse sichtbar wurden, wurden diese zur Markt- und Produktreife weiterentwickelt. Das Gebiet der künstlichen Intelligenz steht erst ganz am Anfang und gliedert sich heute noch in viele Einzelbereiche auf, die unser Gehirn im Ganzen leistet. Aber diese Bereiche werden mehr und mehr zusammengeführt. Die Nachbildung eines digitalen Gehirns scheint in den nächsten zwanzig bis dreißig Jahren möglich. Fachleute sehen in der KI enorme Chancen z.B. in der Medizin und der Mobilität, aber es gibt auch gehörige Bedrohungen durch intelligente Waffen, Hass im Netz oder Unterdrückung von Menschen durch Diktaturen. Sicherlich ist diese Technik, wie jede andere auch, immer wertneutral. Der ethisch moralisch denkende Mensch ist gefordert, die Einsatzgebiete zu definieren und einzuschränken.

Leider konnten in diesem Roman zwei wichtige Themen nicht genauer beleuchtet und nur am Rande angeschnitten werden. Zum einen gilt dies dem Umgang und der Stellung der Frauen in Indien. In der größten Demokratie der Welt werden Mädchen abgetrieben, Frauen oft vergewaltigt, missbraucht oder ermordet. Das ist ungeheuerlich. Zum anderen ist auch in

Deutschland die Situation in den Forensischen Kliniken teilweise katastrophal. Wer nach §63STGB zwangseingewiesen wurde, dem blühen Missbrauch, eine zwanghafte Drogenbehandlung und Drohung mit latenter Gewalt.

In diesem Buch habe ich bewusst das Projekt APTIL in den Vordergrund gestellt, da es in der Sache wertneutral und unparteiisch ist. Erst die beteiligten Parteien haben das Desaster herbeigeführt. Geld, Neid, Ruhm, Gier und Zeitdruck waren die Antreiber. Der Respekt im Umgang miteinander wurde geopfert. APTIL hätte auch ganz anders entwickelt werden können. Ein fairer Vertrag, ein angemessener Preis, ein gutes (Halbfertig-) Produkt, ein guter Umgang mit offener Kommunikation, ein gutes Expertenteam mit auch einem fachlich interessierten Management – mehr braucht es nicht. Vermutlich wäre das Projekt zeitlich früher, in der Summe billiger und ohne Todesfall und Krankheiten erfolgreich beendet worden. Durch das permanente Ringen um Vorteile Einzelner ging der Fokus auf das Gesamte verloren und endete im Desaster. Es gab nur Verlierer.

Wir alle kennen solche kleinen und großen Projekte.

Danksagung

Ich bedanke mich, lieber Leser, dass Sie bis zu dieser Stelle durchgehalten haben. Was wäre ein Autor ohne seine Leser. Für konstruktive Kritik und auch eine kurze Rezension wäre ich dankbar. Mit so einem Feedback kann ich mich und das vorliegende Buch verbessern. Die Geschichte geht auch noch weiter. Für Kommentare, Lob, Kritik, Anregungen oder Fragen können sie mich gerne unter

das_projekt@gmx.net

kontaktieren. Vielleicht möchten sie mir auch schreiben, falls sie ähnliche Erfahrungen gemacht haben. Ich freue mich auf ihre Zuschriften.

An diesem Buch haben viele mitgewirkt. Bedanken möchte ich mich bei den Mitwirkenden des 9. Symposiums der Oswald-von-Nell-Breuning-Schule in Rödermark zum Thema „Der neue Mensch." Hier konnte ich durch viele Diskussionsbeiträge neue Ideen aufnehmen.
Großen Dank auch an meine Frau Barbara, mit der ich immer gewisse Szenen besprechen konnte und wertvolle Hinweise bekam. Das Manuskript haben Dr. Karsten Falk, Marcella Vargiu, Steffi Bauer, Diana Eifert-Volz und Oliver Kempf gewissenhaft geprüft und mir Tipps zur Verbesserung gegeben. Danke dafür.